方草心 ◎ 著

有些人在心底从未被遗忘

YOUXIE REN ZAI XINDI CONGWEI BEI YIWANG

中国華僑出版社

图书在版编目(CIP)数据

有些人在心底从未被遗忘／方草心著. —北京:中国华侨出版社,2013. 12

ISBN 978-7-5113-4329-1

Ⅰ. ①有…　Ⅱ. ①方…　Ⅲ. ①长篇小说—中国—当代　Ⅳ. ①I247. 5

中国版本图书馆 CIP 数据核字(2013)第 300325 号

●有些人在心底从未被遗忘

著　　者／方草心
出 版 人／方　鸣
策　　划／周耿茜
责任编辑／月　阳
责任校对／志　刚
装帧设计／顽瞳书衣
经　　销／全国新华书店
开　　本／710 毫米×1000 毫米　1/16　印张/16　字数/250 千字
印　　刷／北京中印联印务有限公司
版　　次／2014 年 2 月第 1 版　2014 年 2 月第 1 次印刷
书　　号／ISBN 978-7-5113-4329-1
定　　价／29. 80 元

中国华侨出版社　北京市朝阳区静安里 26 号通成达大厦 3 层　邮编:100028
法律顾问:陈鹰律师事务所
编辑部:(010)64443056　64443979
发行部:(010)64443051　传真:(010)64439708
网　址:www. oveaschin. com
E-mail:oveaschin@sina. com

目　录

楔子　剩女方小初

一个秋日的暖暖午后。

浦东新区一个休闲会所里，今天一改往日的幽静，热闹非凡。举目可见穿着整齐又入时的青年男女，端着派头看着面前的人来人往，假装用漫不经心的眼神搜索着心仪的猎物。

要不是门口那个展牌上写着“沪上白骨精百人相亲沙龙”，不知情者以为这些漂亮的男女聚在这里要办什么酒会呢。

这场相亲活动是一个知名的相亲网站举办的，宣传时打出的口号是“不是精英非诚勿扰”！对每个人的学历、长相、身高、收入都进行了严格筛选，真实程度只有天知道。

托吕唯唯这位姐姐的福，方小初同学在毫不知情的情况下被带到了这里，直到看到门口的大牌子，方小初才知道又受骗了。

怪不得让我出门时要好好打扮一下呢！这个唯唯！

吕唯唯是方小初的大学死党，两人的友谊已经持续十年。一毕业吕唯唯就嫁给了家境优裕的大学男友，并且过上了养尊处优的生活。她现在最大的愿望就是帮助孤家寡人的方小初寻觅理想的男人。

她在网上偷偷地为方小初报了名，交了费，然后又编个理由把方小初骗到了相亲地点。嗬！小样，就不信你不来！

两人到达的时候，其他人已经悉数到齐了，从外表上看，每个人都能亮瞎其他人的眼，男男女女都装扮得无懈可击。

几乎是一进门，上百双眼睛就齐刷刷地聚拢过来，让方小初浑身不自在，她恶狠狠地剜了吕唯唯一眼，恨不得要掐她的肉。

吕唯唯说：“早说让你也好好打扮了嘛，谁让你不听？小初，这些可都是基因良好的优质物种。”

方小初不屑地说："你怎么知道？我就不相信这些年薪几十万有房有车长相又不差的人，找不到对象！"

沙龙有几个主题活动，一些男女很快就熟了，不知道的以为他们本来就认识，只有方小初像个坏了的热水器，半天热不起来。

到了"心的沟通"环节，方小初和其余的几个男女被安排坐在一起，互相"咨询"，唯唯因为不是单身，不能进这个密室，只剩下方小初一人面对，更觉如坐针毡。

旁边一对男女已经迫不及待地聊起来。

女的问："资料上写你一个月收入 15000，是真的吗？"

男的说："其实有点水分，我一个月 12000 左右吧。"

女的说："哈哦，那可能没有机会啦。"

男的惊讶："12000 和 15000 区别很大吗？"

女的说："也不大，但我的底线是收入至少 15000，这是原则问题。"

男的说："我一加薪，就很快达到了嘛，我们公司……"

没等他说完，女人已经噔噔噔地走开了，走时还优雅地冲这个男人笑笑，以示礼貌和同情。

方小初在一旁瞠目结舌：自己的见识可真不是一般的浅薄啊！

这时有个男人坐到她身边，戴着眼镜，长相斯文，他上下打量了方小初，笑呵呵地问："你有多重？"

方小初刚沉浸在这个男人质素还不错的小兴奋里，瞬间被这个问题毁了三观，她睁大眼睛看着对方，问："我没听清，你刚才问的什么？"

男人说："我问你有多重？体重。"

方小初没好气地说："不到 120 吧。"

咱可是有教养的人，爸妈从小就教过不要生无谓的人的气！

没想到那男人呵呵干笑了两声，说："你的身高，我目测也就 164、165 左右吧？这个体重可是有点偏高哦。在上海滩，很多体重才 90 斤的女人，还都天天减肥呢。"

你以为你是谁？凭什么挑剔我的身材？去他的教养和矜持！

方小初也故意从上到下打量了他一遭，用轻蔑的语气说："在上海滩，很多男人年薪 90 万了，还天天奋斗呢。你戴的这个眼镜牌子不错，和我爷爷去年扔掉的那个一样，质量好得很呢。"

没想到那男人修养还极高，说了句"不好意思打扰了"，就起身离开了。

方小初厌恶死这种惺惺作态的男人。

眼镜男走后，另外一个男人坐到方小初的对面。着一身黑色的修身西装，里面的白衬衫白得像日光灯一样，在灯光下耀眼。男人看起来40来岁，一脸的成熟老派。方小初在心里给他起个名字叫“西装男”。

西装男主动打招呼：“小姐，可以坐这里吗？”

你不是已经坐下了吗？方小初心想。不过还是礼貌地回答他：“可以啊。”

西装男自信满满地看着方小初说：“小姐很内向呀。让我分析一下，是做行政秘书，还是财务？”

方小初说：“我是做销售的。”

西装男有点失望，为了扳回一城，以挽留自己颜面，于是说：“哟，做销售的这么内向，可不多见啊。”

方小初反问：“做销售的必须时时刻刻像打了鸡血吗？”

西装男说：“不是狗血就行嘛，哈哈哈哈！”他大概认为自己这个笑话相当幽默，笑了好久才停。

方小初在一旁看得莫名其妙的，过了一会儿西装男不笑了，方小初才意识到自己有点太犀利，咱不能对不起唯唯那几百元的报名费呀！于是语气收敛了一些，对着男人说：“现在的销售不比以前了，什么样的性格都可以。”

西装男继续分析：“以小姐的气场，至少是个经理吧？”

方小初无奈地说：“又让你失望了，我是个销售代表，在日企叫销售担当。”

西装男说：“敢问小姐芳龄？抱歉我……”

方小初没等他解释，回答说：“快要30岁生日了。”

男人显然有点吃惊，嘴里嘀咕了一句：“30岁了还在做销售啊？”

方小初没好气地问他：“那30岁该做什么呢？”

西装男顿时来了劲头，很是自豪地说：“我今年36，在一家公司当副总，已经好几年了。”

“那恭喜了。”方小初没打算和他继续聊下去，也不想继续待在这里。她想我一个体重超标、职位不高、即将30岁、既不成功又不成仁的剩女待在这里，假惺惺地和你们这些冒充上流社会的伪高级们在一起做什么？简直是浪费本小姐的时间嘛。

打定主意后，挎上包包立马走出这个悄悄话的密室，走时还回头看了一眼，心中发誓此生再不来这种地方。

唯唯看到方小初气呼呼地出来，就知道事情一定又没成，对她这位老同学，唯唯是再熟悉不过了。她走上前去和方小初说：“我们走吧。”

方小初有些过意不去，转头对吕唯唯说：“吕大人，小女不才，又让你失望了。报名费多少？我给你。”

“哎，不用了。”唯唯摆摆手，问，“今天这些人里都没有一个对上眼儿的吗？”

方小初说：“了解了几个，就想吐血了。窥一斑而知全豹，够了。”

唯唯不放弃：“可他们条件都……”

方小初打断她，说：“唯唯，你最了解我了，我就想要个正常的男人，正常的男人啊。以后不再参加这些相亲会了，乱花钱。”

吕唯唯像看透了她的心事：“谁是正常的男人？郑子衿啊？”

听到“郑子衿”三个字，方小初一下子敏感起来，她不敢看吕唯唯的眼睛，嘴硬地说：“十年没见了，根本快要忘了这个人。”

吕唯唯没有拆穿她的心事，撇了撇嘴，望了望天，淡淡地说：“忘了就好，忘了就好。”

两人一直逛到晚上才分手，唯唯老公过来接她，方小初送走他们便一个人坐地铁回家了。

准确地说，是方小初的租住房。这是东昌路上的一个老住宅小区，下地铁后几分种就走到了，离陆家嘴不远，是上海传统的一室户。方小初把房间布置得舒适温馨，是她虽小却自由的港湾。

方小初同学虽剩女一枚，却热爱生活，虽然是租房子住，生活品质也不能丢。女人对闺房有种天生的依赖，这里是在工作之余能做梦的地方，何况销售工作压力本来就已经很大，辛勤工作之余不享受一下可对不起自己。

方小初顺手先把热水器插上，然后坐在沙发里半天没动窝，眼睛闭起来养神。这是天天固定的画面，总是会一动不动瘫在那里半小时，电视电脑通通不开。

眼睛一如既往的酸胀，脑子里天马行空开始游走，想到明天的月度报告会议，过几天的大学同学会，两天没给父母打电话了，现在打又太晚，又想到郑子衿……哎，郑子衿……

单身的女人最容易胡思乱想。

楼外飘来音乐，不知这么晚了谁还在放歌，是最近流行的“蓝精灵体”，方小初想起来是在办公室也听过的，调侃剩女的一段……

“在那山嘀那边海嘀那边有一群必剩客，她们挑剔又苛刻，她们自负很落寞，她们芳心难动有时拉拉有时变恶魔，觉得七姑八婆全部很啰唆——哦高傲的必剩客，哦高傲的必剩客，什么张三李四王二麻子通通不合格，只有德华彦祖才勉强符合——”

剩女方小初对着空空的房间，对自己说：“我才不是高傲的必剩客，我只是想要一个纯粹的爱情罢了。”

第一章 销售的压力

次日清晨，方小初在与床和闹钟做了无数次的斗争后终于起床成功。眼睛还是一如既往的酸胀，睁睁就会流泪，方小初已经记不起上一次睡到神清气爽、耳聪目明是什么时候了。

上班族往往都有着一个超强本领，那就是军事化的穿衣洗漱出门速度，没有最快只有更快!

电视台应该弄个节目，就专门比赛上班族早上准备出门的速度，一期一大奖，还能接地气，节目一准儿火。

此刻的方小初已经化了个淡妆，恢复了精神奕奕，所有的困倦肉眼看不见，像一本漫画书里说过的那样装扮成一个正常人，上班了。

上班，是每个人用来约束自己最好的工具：首先上班就是有饭碗，约束自己不犯懒、不晚睡，不吵架、不乱哭。因为要上班，女人不能肿着眼睛去公司，不能让别人看出前一天晚上伤心过，这样很丢份。

方小初发现身边年龄相仿的朋友天天为自己不是公司中层高层、不是月薪过万、不是高富帅和白富美而焦虑，这年头，30 岁了还没有混出点人模狗样来都不好意思和人打招呼。

就像相亲大会上那个西装男说的："怎么 30 岁了还在做销售啊?"

她想，我怎么知道? 我就是一个销售代表，我喜欢我乐意，怎么了?

地铁到公司不远，路上顺便买点早餐。上海的初秋气温宜人，路上净是干枯泛黄的树叶，踩在上面吱吱作响。

剩女方小初，无暇欣赏风景，淹没在下了地铁后急步行走的人潮里，急匆匆往公司走，每个人都在和时间赛跑，步伐矫健。

今天公司要开月度的营业报告会，这几个月华东区的业绩一直没有起色，日方副总松田已经用多种方式表达过不满，这次营业报告估计又少不了一番狂风暴雨的批斗。

松田脾气差了点，方小初早已经习惯，现在早点去公司把报告准备周全便是。

肖课已经把会议室安排好，大家都在将自己熬灯点蜡做的 PPT 和各种格式的报告拷进会议室电脑里，同时做最后的检查。

方小初所在的大精公司，平常各种流程繁琐冗长，就连 PPT 也越做越长了，动辄 50 页以上，更有部分勤劳的同事常常做到 100 页，因为这种勤劳往往得到领导的喜欢，于是乎写长篇报告的人越来越多，会议时间也越来越长。

每个月的营业报告会为期两天，每次有将近一半的销售担当由此而心情大糟。

会议最不人性化的地方，是每次都会按照上个月销售业绩的排名来决定发言的顺序，排在后半段做报告的人多数战战兢兢、提心吊胆，过程和结果都郁闷极了。

方小初的业绩虽然在公司一直排在前列，同样还是对这样的安排深恶痛绝，总觉得这种制度貌似奖惩鲜明实际非常小儿科，一堆成年人被拿着比来比去，既无效又无尊严，真不知道这制度是哪位脑残的管理人员制定的。

高处的人永远不知道地面的空气。

会议准时召开，副总松田浩二果然先施压，处处表示不满，所有的讲话只传达了一种意思，那就是迫在眉睫，任务艰巨。

松田讲话完毕轮到担当们开始做报告，老样子，按上月业绩的优劣次序。

云贵区域的销售担当廖成首先发言，这小子沾了云贵市场前几年低谷的光，所以随便一使劲就全是增长，最近一年每次报告都是在前列，扬扬自得的神情掩都掩不住。

廖先生也常以“老子是开荒者”的姿态自居，而松田似乎很吃这一套，加上廖成吹捧的功力一流，说到动情之处往往会朝着松田鞠一个 90 度大躬以感谢领导的栽培，看者脸红，做者坦然。

但这次似乎不妙，他的 PPT 一打开，翻到第二页，松田便第一次打断：“为什么先做贵州的报告？”

松田黑脸。

“呃……松总，我是按我出差时间的先后顺序做的 PPT。”廖成满脸堆笑，也许松田的黑脸让他有点措手不及，他看起来有点慌乱。

方小初想：廖成的承受能力有待提高呢。

松田继续发问：“那为什么不先去云南？”

廖成终于明白这次不会那么好过关，松田明摆着是有话要训，那里有个大坑，就等着他往里跳呢。

廖成心里有点打鼓，不知道该如何回答刚才的问题，定了定神，继续讨好地说：“松总你有什么指正的?”

“你还没有回答我刚才的问题。”松田的脸对着桌子，没有抬眼。

廖成一下子说不出话来，在遇上真正有情况时，他表现得没有平常那样伶牙利齿了，不敢回嘴也不知道如何作答。

松田接着问：“为什么不先去云南？你是觉得那个区域已经做得非常完美了吗？那边的代理商说要停止和我们的合作，都反映到我这里了，代理商为什么不找你？之前是不是早就出了问题？你知道这件事吗？你是一直逃避吗？为什么不汇报?”

松田的三言两语，却把廖成长期以来存在的问题说了个底儿掉，对此谢嘉义部长最清楚不过。廖成确实是喜欢习惯性隐瞒问题，报好不报坏、报喜不报忧。

廖成此时已完全招架不住，低着头虚心地接受着松田的训导，不知他此时心里是不是已经开始骂娘，但面部还是一脸谦恭色。

松田似乎没有要停止的意思，连珠炮似的训，不断用手敲着桌子，投影仪都突突突地跳。

方小初看着那只上上下下的手和因工作劳累而不太健康的、不停翕动的嘴唇，有一点走神，眼睛不由地瞟向玻璃门看着外面大厅。

北京总部来的聂小图正和几个同事告别，他对上海公司的协助工作已经完成，准备返京了。

方小初想起前两天带他到外滩看夜景时，自己面对这个无敌帅哥聂小图而哈欠连天的景象，不由得想笑。

聂小图的背影已经消失在大厅，方小初将眼神收回，正好对上对面赵静的眼睛，赵静狡黠一笑，小初瞪她一眼。

手机屏幕一亮，方小初悄悄拿起来看，是赵静发来的。

“人家走咯哦。”

方小初回复：“有病！坐在对面还发短信。等开完会再说。”

随即又被这厢凝重的气氛带回来，不敢再分心。

廖成开门不利，接下来的报告大家心里都有了底。

等轮到赵静时，松田的脸色便开始由晴转阴。先剜了一眼赵静，之后看着前方的墙壁不再理睬。

旁边的谢部长是个香港人，已经在上海工作生活很多年，说着一口不太标准的普通话。他大概知道暴风雨就要来临，轻声地说了句：“小赵你开始吧，捡重要的说。”

什么是“捡重要的说”？是要提醒小赵不要像廖成那样回避问题，还是觉得小赵每次的陈述太过于啰唆冗长？

唯一可以确定的是，在广东这个重点区域里，松田和谢部长已经准备了不少要陈述的内容。

此时方小初开始替赵静担心起来，但又相信以赵静对区域足够的熟悉度和业务水准肯定不会出太多错。

方小初和赵静是销售部仅有的两名女将，是同一批进入公司的员工，加上年龄相仿，自然会比较亲近。

赵静却异常平静，她游刃有余地讲解着她的区域。报告做的很好，既有条理又有内容，方小初一直佩服她的思维和勇气不输男人，自叹极不如她。

赵静说：“广东市场遇到的对手是美国的力克公司，这家公司的特点就是产品质量稍差于大精，因为原材料选用没有大精严格，但他们委托了一家知名的管理公司做策划，公关力度很强，而且办事灵活，首先从广东入手，开始由南向北的市场渗入。

力克打出的招牌是低价、付款账期长，同时还有试用政策。这家公司由于非常重视开拓中国市场，所以虽然起步晚些，但大客户都是由他们驻亚太区的总监亲自联络，已经接触了广州几家最有影响力的加工厂和我们大精的总代理，并且大量招兵买马做终端市场的开发。”

松田从头到尾出人意料的没有发话，但表情凝重得让人感觉空气像是要爆炸开来。

他并不是无理取闹的主，严谨是他惯有的工作方式。他内心也知道失去市场并不是赵静一个人的问题，你在做工作的同时，竞争对手也没有闲着。

松田现在应该是搜肠刮肚地想应对方法，私底下肯定也早和谢部长讨论过，但或许没有一个完美的方案，所以没发表任何意见。

松田眼睛睁得挺大，“太阳”脑袋（“太阳”发型是多数日本中老年男人惯留的发型，耳朵上边分别有两撮头发，但头顶光秃，不少漫画里叔叔伯伯多有此造型，颇形象。这是日本公司的员工常对这些日本人私底下的叫法）显得比平时更亮。

大家屏息静气的，没有人发言，会议室陷入了短暂的安静。

大精在这栋写字楼的第 23 层，是知名的电子和机械配件制造商，500 强企业。上海公司租了这栋 5A 写字楼整整一层，处处有视野良好的大玻璃窗。

此时窗外的秋高气爽与会议室的沉闷形成强烈的对比。天空蓝得彻底，白云大片大片在空中流过。

秋天，最好的季节。

某位余姓演讲家说过，人解压时，看云、看海都会让心境有所不同。这句话是方小初唯一记住的演讲大师的话，她对成功学很不耻。

赵静汇报完，松田抬眼示意可以结束，赵静便如释重负地收拾资料回到了自己的位子上。

之后连续两天的报告便无波无澜地进行着，方小初负责的山东区域这些年来都是连年增长，报告顺畅，不提。

结束时谢部长做了“简单”总结：

“首先感谢兄弟们的辛苦。按照这个增长的速度下去，我们大约在 11 月就能完成今年的任务，今年增长比率在 18%左右，当然这是一个理想数字，最后两个月的业绩至关重要。

大家都知道我们公司在业内原来是龙头，可现在全国大大小小的同行越来越多了，能与我们大精抗衡的也有好几家，竞争激烈啦。

目前不对大家的工作进行评判，大家时间最短的也在公司近两年了，我对每位的工作非常信任！

今天重点只说一条，就是我们在平常遇到竞争对手时采用的方法和习惯。现在美国力克开始大幅度扩张中国市场，我们又面对一个强有力的对手，虽然我们的客户大多数都是多年的老客户，但是对方的行业地位和产品也不容忽视。就像刚才赵静做报告时说的一样。

我们能做到的就是针对他们的弱项：1. 产品质量在我们之下，而且刚进入中国市场不久，技术参数要克服水土不服，还需要研发，因为这个行业对技术和规格要求极高；2. 我们目前有良好的市场基础，但这个优势，同时也是最容易失去的东西。

商场上从来没有什么永远的朋友，只有合适的条件下创造的合作伙伴，如果作为一个资深的销售人还一厢情愿地认为哪个客户和你关系好的不得了，就太天真了。

关系好是有条件的，比如你的产品符合客户需求，你给出的条件优越，台面上、台面下的功课都不错，等等。

对手提供的条件超出你的，人家转投其他人的怀抱是相当容易的事。

面对竞争对手力克的强势渗入，如果大家有好的解决方法，可以发我邮箱，我们共同探讨，尽量将这事做到防患于未然。松总，还有补充吗？”

松田摇头，谢嘉义宣布散会。

第二章　单身女子是非多

大精公司创立于 1954 年，总部位于日本东京，世界知名企业，主要从事电子仪器、机械配件行业的生产销售，近年涉及终端消费市场。近年来亚太地区业务发展迅速，连年增长。

日本人的敬业和严谨举世闻名，真正能做到“全身心投入”和“废寝忘食”。他们可以一块面包当正餐、不眠不休地投身在岗位上。

在这样的工作环境里，方小初只感觉自己的头发一天比一天少，很担心自己会不会有一天变成秃顶，那对女生来说、尤其是还没有嫁出去的女人来说多要命！

老娘我还想花容月貌地找个如意郎君呢。

松田先在北京生产基地做了一年的生产监督。此人技术出身，并不精通市场运作，执拗不随和，个性过于有板有眼，并不得日方总经理喜欢。

上级领导逆向思维，硬是将他放在销售岗位上，于是从来没有接触过市场和销售的刺儿头松田被调到了上海。

总经理目的是想看他笑话，一年后如果做不出成绩就有充分理由让其卷铺盖走人。没想到此君将日本人那种逆水行舟不服输的性格发挥到极致，愣是在接受考验的一年里把中国市场做得有声有色、可圈可点，并且加入了很多自己独特的风格，上面便知人善用留住了他。

这一用就用到了现在，而他的属下谢嘉义部长，上海公司的骨灰级员工，从成立初始便一直在销售部，足足 10 个年头。虽然圆滑能干，但也没能做到副总的职位，所以谢部长虽然心有怨言，但苦于自己经营这么多年的事业不愿放弃，只能眼睁睁地迎来送往着一任又一任的顶头上司。

会议结束，大家各自回位，廖成走在方小初旁边，贼兮兮地问：“老哥羡慕你，来公司就接这么好的区域，几年一直在增长，今年收入又不错吧？”

“比不上你的。”方小初没停脚步，也没有拿眼看他。

“哪有，还是你赚钱多，这谁都知道的嘛。对了，老实告诉老哥，公司的人一直都说你是某个领导介绍进来的，老哥我不相信，你是女孩子中很有能力的，绝对有能力！但是大家老说，弄得我都好奇了，咱现在这关系刚刚的，暖，这是真的吗?”

方小初原来就不想理他，内心已有一丝不快，心想男人八卦起来还真不是一般的鸡婆！

公司说她是裙带关系的消息她早有耳闻，非礼勿言、非礼勿听，她都没当回事，没想到廖成居然直接问到头上来了，还惺惺作态地说相信自己。

廖成意思很明显，就是“你是靠关系进来的，所以才分到好区域，不是凭能力”。

方小初很懊恼，她对“能力”这件事极为敏感，这方面非常好强。但又没法冲他发飙，只好学明星面对记者时的打太极，冷冷地笑着顶回去：“我负责的山东，当时可是所有人都不想接的，哦对了，我记得当时还想分给你来着，是你不要嘛，怎么现在后悔啦?”

廖成没想到方小初反将一军，他一直觉得这女人没脾气，软柿子挺好捏。

嚣张什么，怪不得没人要！

廖成心里骂了一句，表面上继续堆着假笑：“我不是这个意思，你别误会，人们都说市场部高部长呢……所以我只是问问，咱一个部门的，我可不愿意别人说我们部门的人。”

方小初扭头看了看廖成那张脸，一阵鄙夷：“那我还要谢谢啦。”心想：全部门也就你最爱乱嚼舌根，编起八卦来不输那些娱乐周刊的狗仔，让你做销售真是屈才了。

方小初觉得有必要在这个问题上画个句号，不想再有人问第二次，于是脸一沉，严肃地对廖成说：“我很想知道你说的‘关系’是指什么？裙带关系还是男女关系呢？高部长是吧？你可以去问他嘛，或者让他来我们销售部发表个声明？我也挺好奇的呢。”

说完加快脚步往自己的办公区域走去，像是要躲一个瘟神。

廖成悻悻地，嘴里嘟囔了一句：拽什么？

方小初回到自己的位子上，打开电脑，WINDOWS启动的时间里，方小初想到刚才和廖成的对话，心情有些受了影响。

记得刚来公司时，负责湖北区域的智央第就被他好好八卦了一段时间，想象力之丰富让人扼腕，声音只要一降八度那肯定就是又要说人坏话了。他说智央第在进公司之前在夜店做过牛郎，并说他有个朋友亲眼见过云云。

方小初当时还是新人，没有反驳他的勇气，为了维护智央第只能回一句“不会啦，智央第又不是什么帅哥，不可能”！

这几年在公司，少了一些怯懦，多了一些犀利，但也少了一些侠气，多了一些圆滑。

方小初不太喜欢现在的自己。

心智尚未磨炼成熟，淡定心态急需修练，活在他人的口舌里，既不快乐也不聪明。

这时赵静走过来，她看了看远处的廖成，问方小初：“廖先生又制造啥新闻呢？”

方小初回答道：“说我是高部长的裙带关系户。”

赵静笑笑，说：“前两天还问我是不是和广东一个客户关系匪浅呢。”

方小初说：“真是够无聊的。对了，亲爱的，找我有事？”

赵静压低声音：“想问你和聂小图的进展。”

方小初吐吐舌头：“我们哪有什么进展？”方小初把嗓门压到最低说，“先是高部长，后是聂小图，敢情我就和市场部扯不清关系了？而且，办公室这机关重重的地儿，适合说这个么？”

赵静四处看了看，觉得没有人注意她们，于是说道：“我就是迫不及待想知道，你们不是前两天单独出去了么？”

“那我们晚上一起去吃饭，有足够的时间满足你的好奇心。”方小初提议。

“这还差不多。下班老地方见。”赵静满意地走了。

电脑已经打开，OA系统里有不少需要处理的工作因为这两天的营业报告会议而累积到一起，光未读邮件就有100多封。

方小初再无暇去想那些毫无意义的小事，马上处理邮件：发货、退货、订单、应收款、报价、招标、报告……紧急且重要。

同事们全都在伏案补工，开完会忙碌两天，就要张罗着出差了。销售人员的时间总是过得很快，这个月的任务好不容易完成了，下个月的马上就来了。

销售是既活在当下，又得展望未来。时间常常倒数着过，三天、两天、一天，嘀达嘀达地赶业绩，争分夺秒地完任务。

谢部长那边，好不容易挤出来一点时间，准确地说是工作之外补了一块时间安排面试。

企业员工流动极大，从中高层到基层，从开始到现在，天天都有人员来来走走，多数公司一般是挂在网上常年招聘。

这是一个矛盾的现象：找工作的人千军万马，用人单位又总是招不到合适的。HR说了，合适的人才真的太少。

谢嘉义，大精销售部部长，年将40，身材保持得不错。但人虽没老，头顶毛发渐稀。

马上就到下班时间，谢部长正在一间小会议室里等待面试候选人。人事部交上来两个人选，已经筛选过一次，谢部长单独面试是第二关。

第一个面试者已经坐在了谢部长的对面，一个非常年轻的男生，王飞雨，1986年出生，湖南长沙人，个头不高，瘦黑却精神奕奕，眼神明亮，一副精力充沛的样子。

看着他一头茂密而且微微上立的头发，谢嘉义不禁在心里感叹自己真的是老了。秃顶的人对头发的爱往往是头发浓密的人无法感受的。

木心说：头发是人身上最好的装饰品。

秃顶男人通常喜欢将两边的头发往头顶中央梳一梳，心理上平衡点。

这个男生工作两年，之前在国内一家颇有名气的电商公司做销售专员，平常主要的工作是电话营销，偶尔拜访客户，长期的电话销售锻炼了一种说话比较严谨又非常程序化的习惯。

"你好。"王飞雨半起身，简洁地打了一个招呼，底气足声音亮。

谢嘉义礼貌回应："你好，不好意思让你久等了，我们这两天开会，耽误了一些时间。"

王飞雨爽朗地说："没关系。"

"那我们开始吧，"谢部清了清喉咙，眼光轻扫这个小伙子：他一身西装，看起来干净整洁，身体坐得直直的。

谢嘉义接着说："因为时间的关系，就不用自我介绍了，我也大致看简历了解了一些，我比较关心的是，你以前的销售模式和我们现在是不太一样的，不知你是否了解过，据我所知，电子网络公司大都是从电话营销做起，是吗?"

"是的，我们的销售模式就是TMK电话营销，通过打电话来扩展客户源、挖掘潜在客户，这个销售模式通常就是掌握行业内经常会说到的4C法则，通过跟进客户不同的阶段，来分析自己的客户和市场。"

"可以说得详细一点吗，我对你以前的行业不太了解，很想多知道一些啦。"谢嘉义谦虚地问道。

对谢部长来说，面试往往也能获取一些新的知识，让自己对各行信息了解得更加全面。

王飞雨好像就在等谢部长这么一问，表情很开心。电话营销是他熟悉的工作，他正想借机会发挥一番。

“所谓的4C原则，呃，其实就是迷茫客户confuse、唤醒客户clear、安抚客户comfort、签约客户contract，听起来有点像玩心计，而实际上销售就是耍心计的嘛。”

讲到这里，王飞雨语气轻松起来，他接着说：“其实就是四个销售的阶段，我想不管是电话营销，还是其他销售模式，可能都是这样一个过程。电话营销是有很大难度的，人们对此往往比较反感，因为这是有点骚扰人的。所以我们在打电话时都提前做好心理准备，这样比较容易接受被拒绝，然后挑一些有效的时间段打。内容要简短，之后根据客户的反应将客户划分为有效的、待定的和无效的等等，做完了这些就要定期跟进有效客户，不断维护，再借助于公司的客户管理系统进行管理。”

谢嘉义点点头，继续问：“我大致明白了，但我们的销售是针对大客户和代理商的，和你们这个很不一样，你觉得自己能很快转换观念和工作习惯吗？”

王飞雨干脆地说：“触类旁通！不管销售模式有多少种，性质全是一样的。”

谢嘉义同意这种观点，他觉得王飞雨有以下特点：有精力、思路清楚、乐观且有点自嘲，还会时而迸出一两句有哲理的话。

唯一担心的是，电话营销的销售人员说话总是有点浮夸（大家别拍砖），尤其是对于一个刚毕业的大学生来说，毕业后的第一份工作往往会决定以后的工作习惯。

也就是说，你初入社会，跟的是阿猫还是阿花，阿呆还是阿瓜，会对你有深刻的影响。

谢嘉义问：“你喜欢你以前的工作吗？”

“还挺喜欢，不过希望能改变一下，毕竟谁都不愿意天天嗓子发哑地去工作，我的前一个公司还常常发润喉糖。”王飞雨老实地说，“我也希望能接触不同的工作模式，多学东西多长见识，做销售最忌讳的就是见识短。”

谢嘉义说：“这点我承认，销售人员的知识要涉猎很深，如果真能成为我公司的一员，会让您有一个很快的成长。”

之后谢嘉义又问了一些问题，对王飞雨心中有了一个基本评价，结束时对王飞雨说：“如果被录用，公司会在5个工作日内给您通知。感谢你的到来。”

下一位面试的也是男生，但很多要求都不匹配，谢嘉义在心里将他PASS掉了，不再赘述。

面试就像是相亲，茫茫人海中找那个与自己最适合的，最与公司文化匹配的，就像是男女的一见钟情。

面试也是实力加运气的一件事情，很多企业的HR们天天收到多如牛毛的应聘请求，可没有精力逐章逐字地去看，会提前进行一个运气筛选，有一些宿命的感觉。

之后这些“上天多看了几眼的幸运儿”们经过一轮轮简历的过滤坐到了HR的面前，就要开始“相亲的游戏”。

你的身高比例、相貌、学历、性格、专业、工作经历等，最好全是对方的菜！如果某个HR的标准是不接受大龄未婚女，那这个大龄未婚女无论能力多优秀都很难敲开公司的门；还有可能，或许你各方面都并不突出，反而被挑中。

第三章　如果没有火花

深秋的夜晚来得早，从23楼往下看，白天的钢筋水泥早已经变成了万家灯火，近处的写字楼窗口齐刷刷地亮起了灯，与马路上流动的红色车尾灯，交汇成象征城市文明的光怪陆离。

夜色是最好的夜行衣。

白天所有要做的事、要说的话、不得不面对的问题，因为夜晚，都可以暂时放一放。

同事们多数已下班，大厅里稀稀拉拉坐着几个人，谢嘉义一看手机，一个未接来电，是老婆打来的，赶紧回过去。

“喂，我刚才在面试，刚结束，累死了，啊啊……”谢嘉义忍不住打个大哈欠，在最亲近的人面前，可以真实，可以撒娇讨怜惜。

谢的老婆心疼地说：“我知道你肯定又在忙，现在忙完了没？”

“嗯，马上走了。”

“你记不记得你舅父（舅舅）的孩子说要来上海出差的事，今天下午到了，我订了个饭店，就在南京西路上，一会儿我把饭店名和地址发给你。”

谢嘉义这才想起来，赶紧说道：“我都忘了这事情，那我现在走，下班时间应该挺堵，我可能会晚点儿到。”

挂了电话，谢嘉义深深地吁了一口气，看来晚上还是不得闲！美好夜晚又泡汤了。

人到中年后为什么连可以自由支配的夜晚都越来越少了？真是身不由己。

有时候坐飞机，从空中俯瞰灯火辉煌的上海，下面一片壮丽璀璨的海洋，流动的、静止的，连高高的摩天大楼都是那么地渺小，脑子里会突然闪过离开这里的念头。哪里才是属于我的烟火？每个来到上海打拼的人都有一个理由，怀揣着或大或小的梦想，甚至理想并不是那么地清晰，但人人都相信这座城市能带给自己一些什么。新的时代赋予很多人一个新的使命，这个年代生人多数有一颗追求自我和叛逆的心。

这边方小初和赵静的夜晚却刚刚开始。

在陕西南路上闲逛，一溜儿精致的小店，往前走就到淮海路。下班后她们是各自离开公司，之后又约了地点碰面，为了避人耳目。

公司很介意员工搞小团体，所以身在职场之人都深知“多一事不如少一事”的生存法则。

方小初关心赵静区域的问题，一见面就急急地问赵静：“你怎么样？没被老松破坏心情吧？”

赵静轻轻摇摇右手食指：“百毒不侵！”

方小初不信：“别把自己说的跟钢铁侠似的，真没事？”

“莫谈工作！”赵静抗议道，“就算松田掀桌子，喝我们血吃我们肉，我们都审美疲劳了不是？我是有点工作狂，但是要我24小时脑海中挂念着他，实在是太便宜他们了。现在是下班时间，让这些工作见鬼去吧！”

方小初附和道：“好，一个松田不足挂齿！”

赵静问：“我们先吃饭还是先逛街？”

方小初说：“先吃饭吧，吃完饭再逛才能消消食。”

赵静说：“我记得再往前走有一家非常好吃的茶餐厅，那里的咖喱牛腩很美味，奶茶也正宗，要不就去那里？”

“我正好很久没有吃炒牛河了呢，还等什么？走吧！”

两人沿路走去，路两边摆小摊的小贩贩卖各类小物件，林林总总，有水晶雕成的各种小娃娃，有水货CD、有丝袜帽子围巾小手套、卡通暖水袋等，精致可人。

女人多数对这些小物件都没有抵抗力，两人时不时蹲在路边挑挑拣拣，不一会儿的工夫已经收获了两个水晶挂坠和三盘CD。

方小初一直佩服这些地摊小贩，她对赵静说：“这些练摊的人很厉害，地摊摆出大生意的大有人在，除了要有货源，还要有足够的体力、灵活的头脑。”

“想当年本小姐上大学还练过摊呢。”赵静说，“不过资质平平没练出名堂。你看人家董思阳也有此番经历，现在都是年轻的美女CEO了。”

两个人聊聊逛逛，很快到了茶餐厅。

餐厅内人不多，两人找了一个二楼靠窗的位置坐下，点了菜，等上菜的工夫，赵静开始探询方小初的私人问题。

“你前两天和聂小图单独出去，有啥进展？”赵静笑眯眯地问。

“没上床！”方小初回答。

“什么？意思是……至少 KISS 了？”赵静惊呆。

方小初看她那个八卦样儿，笑出了声：“KISS 你个头，开玩笑啦。我就带他瞅了几眼外滩夜景，然后哈欠连天的，就早早回去了。”

赵静不信，继续问：“这么一个帅哥在你身边，你居然还打瞌睡，方小初，你是爱无能了吧？”

听到这里，方小初也细细地回想了一下，然后平静地说：“我确实是困了，在他身边就是没法激动。观乎情止乎礼，一场不会开花结果的小故事而已。”

赵静提醒她：“聂小图条件不错呢。”

方小初沮丧地说：“是啊，可不知为什么，他对我来说就仅仅是一个条件不错的异性而已。哎，我可能真的爱无能了。”

赵静问：“他是不是比我们都小？”她想知道是不是可能姐弟恋。

方小初发现并不知道聂小图的年龄，说：“我没有问过他多大呀。”

赵静持续惊讶状态，这一晚上估计她被方小初雷得不轻，她很不解地问：“单独在一起那么长时间，连这都不知道，那你们都聊什么呢？”

方小初说：“说到重点了！我们就确实……没话题。亲爱的，你说我们做销售这么多年，不能说口吐莲花吧，至少也是见多识广天文地理都略懂的，可我和聂小图在一起就是常常冷场，也没有打探他隐私的好奇心，我就想着回家睡觉了。我真的对男人没兴趣了啊。”

赵静听完，半天没说话，只是看着方小初，脸上一副此人没救了的表情。

稍刻，赵静认真地说：“我倒是明白一些了，不过不知该怎么和你说。不过你别担心，你性取向应该还正常，只不过，可能聂小图真的不是你的菜吧。”

方小初想：真不知道谁是我的菜啊。

赵静接着说：“不过我还是觉得，他是喜欢你的。”

“噗……”方小初笑喷，“你从哪里看出来的？”

“直觉。”赵静说。

“我却觉得，是你一直在拉郎配。我们俩真心没感觉。”

菜上桌，牛腩里有红薯是这家店的特色，汁浓肉鲜，两剩女开始扫荡。

方小初问：“亲爱的你几号出差？”说话时嘴里还塞满了食物。

赵静也正狼吞虎咽着：“下周二、三吧，没什么事我就走了，我喜欢在外面奔跑多于在公司面对四方块的电脑，还有同样四方块的松田。”

方小初说：“我也差不多，这次谢部长说可能要一起去，那边事儿不少。”

赵静没接她的话，若有所思地抛出另外一个问题："你说，我们要是有男朋友，会不会多照顾一下形象？你瞧我俩吃东西跟抢劫似的。"

方小初说："如果是聂小图，我估计会放不开，但如果是……"

赵静停止了吃东西，好奇地问："谁?"

方小初赶紧打岔："没有谁，我只是想找一个这样的人，在他面前吃东西依旧可以像扫荡的。"

方小初的脑海中又浮现出了郑子衿。如果在他面前，自己会不会保持本色呢?

酒足饭饱后去逛小店。两人对逛街都不太在行，用赵静的话来说就是"女汉子"，有目的才会逛。

赵静计划要买两件换季的衣服，最好有件合适的风衣，中长款的。方小初没有赵静那么高挑瘦削，自知身材不适合风衣，所以她此番逛街充当打酱油的角色。

赵静在试风衣的时候，方小初羡慕地在一旁看着说："亲爱的，我前两天去相亲了。"

赵静马上新一轮的惊讶："你居然也去相亲！你今天晚上的炸弹太多了，雷死我算了。"

方小初说："是我一个姐们偷偷帮我报名的，跟你说过的，吕唯唯。不去不知道，一去吓一跳。价值观太不同了。其中还有一个男人，一见面就问我体重的。"

赵静仰天大笑几声，说："下次再遇上这种事，也叫上我去开开眼。那有没有喜欢的?"

方小初摇摇头。

赵静接着问："那你打算减肥吗?"

方小初还是摇摇头："我不觉得我胖，而且我要是瘦了，担心伤心的是我爹妈。为了他们我也得吃得珠圆玉润的。"

赵静同意："这就对了。我就是觉得我太瘦了，体质问题。小初，你也挑几件衣服吧，别只看着我试嘛。"

过了一个多小时，赵静和方小初满载而归，赵静如愿以偿地买到了自己想要的风衣外加一双长靴花去两千大洋，打酱油的方小初也按捺不住买了毛衣外套一件。

平时难得逛街的她们只要出来通常就不会空着手回去，两人目前还都体会不到很多人"光逛不花钱"的乐趣。

“每次一败家，我们两个又得好好工作往回赚啦。”赵静心疼。

“我们这叫独立自主，自己赚钱自己花心里踏实嘛，”方小初撇撇嘴，接着说，“谁让我们没有男人养啊，才必须压力山大地投入工作，天天疲于奔命。”

不到十点的时候，两人在地铁口分手。方小初买的所有衣物都装在一个袋子里，她是环保达人，买东西几乎自备袋子，无论什么材质的袋子，她的原则是能少就少，能小就小。

这点也影响了赵静，所以虽然购买了不少东西，每个人手里只一个纸袋。

和赵静愉快地告别后，方小初挤在深夜的地铁里。她想晚上还有任务，要写一个出差计划表，明天交上去，尽快出差走路。

第四章　青青子衿　沉吟至今

时间还早，办公室还没有几个人，喝完了手中的酸奶后照例打开邮箱，十几封邮件就叮叮叮地跳出来。

重要邮件有两封，一个是华北代理商大会的会议安排函，这是一会儿要向谢部汇报的；另外一封来自一个猎头。

方小初心头一紧，怎么发到公司邮箱这么不安全的地方了？她连忙在纸上记了电话和猎头顾问的名字，就将邮件永久删除。

猎头在邮件里说先让她简单了解一下所推荐的公司行业和职位，会在中午休息时间给方小初来电话，如果不方便可回复邮件告知。

她没有回复，就算暂时不跳槽，谁都不会放弃更适合自己的机会。对于一个年龄已近 30 岁的女性来说，工资诱惑只是跳槽很小的因素而已，公司整体的文化、管理、发展可能性、做事习惯和对女性员工的尊重，还有职位，才是方小初最在乎的。

外企一样是鱼目混杂。

桌上电话轻响两声，是谢部："小初，你现在来我办公室。"

方小初想谢部大概要和她谈这次出差和客户招标的事，于是将自己的相关资料一起带着去。

进到谢部办公室，发现松田也在，他示意方小初坐在旁边的位子上，眼睛瞥向谢嘉义表示可以开始。

谢嘉义脸上带着微笑，开了个干巴巴、不痛不痒的玩笑："小初是不是瘦了？"

松田也在旁边做轻松幽默状："好像是瘦了。"

方小初觉得松田开玩笑比骂人还让人难受，不过人家是夸奖自己，于是开心地配合道："没有啊，早上称体重，还没有变化，非常苦恼。"

"你还天天称体重呐？习惯挺好，不过没必要刻意减肥，到了我们这年纪就知道健康才最重要。”谢嘉义传播健康理念。

方小初点点头。接下来重点话题开始。

谢嘉义问道：“你的出差行程安排好了吧，这次你的区域事情比较多，我想听听你自己是怎么安排的？”

方小初说：“华北代理商大会是 11 月 25 号举行，像往年一样，一共两天，我们定了是两人去。这个会议还挺重要的，谢部，是你陪我去吗？”

谢嘉义点头，说：“我已经安排好要和你一起去，还有招标呢？AA 公司的招标是几号？”

方小初说：“19 号，是议标。”

谢嘉义思索一下，随即说道：“呃，那两件事中间还有几天，我可能无法陪你去参加招标了，招标的工作只要功课做足，到那天我去不去都没关系。AA 是老客户，应该没什么问题的，你让肖课陪你去吧。25 号的会议我参加，我大约 23 号就能到济南，想提前跟华丰的华总见个面，谈谈明年代理的事情。”

方小初说：“好的，那我去准备一下。”

谢嘉义接着说：“记得早一点向财务预借费用，参会费和可能用到的招待费，一会儿拿过来我直接签字，正好松总也在，可以急签；走正常流程太慢。OK，就这样吧，其他事情我会和肖课交待。”

松田大概和谢嘉义还有话谈，于是方小初告辞，轻轻掩门出来。

上午在忙碌中度过，眨眼到了午餐时间，部门里同事开始讨论中午吃什么这个历久不衰的上班族必备问题，比工作还纠结。

赵静约方小初去吃饭，方小初想起上午那个猎头的邮件，想找个空档去回电话，于是冲着赵静夸张地做了一个无可奈何的表情：“我今天只能啃面包了，最近上火严重，就不去啦。”

“工作狂啊。”赵静有点不解，撂下一句话，拿了钱包和其他同事出去了。

方小初拿着手机从楼道走到 22 楼，然后在一家黑着灯的公司门口拨通了猎头顾问的电话。

这是一家外企办事处，办公区域很小，方小初印象当中这家公司经常没有人，偶尔才会看到个老外在里边。所以这里是方小初常跑来打电话的安全宝地。

电话响了几声，一个好听又专业的女声传来：“你好！我是 Rita。”

“你好，我是方小初，今天上午收到您发的邮件。”

猎头顾问通常都是英文名，经常与外企打交道，既洋气又实用，还有一种神秘感，很贴合他们的工作性质。

“你好方小姐，我这里是千里马咨询公司，您现在说话方便吗？”对方很有礼貌地问。

方小初说："很方便，您说。"

Rita 开始介绍："是这样的，我是看到您的相关资料，觉得您非常适合我们这边的一个工作机会，和您现在的行业很接近，是 500 强的一个美国公司，而且待遇和提升机会可能要比您现在的公司会好一些，您有兴趣了解一下吗?"

猎头总是神通广大，你又是怎么知道我的收入的?

"薪水待遇只是一方面，" 方小初说，"我考虑的还有其他的呵呵，我想请问，具体是做什么呢?"

Rita 答道："也是销售。我会把这家公司的职位信息发到您的私人邮箱，公司名暂时保密，希望您能理解。您有兴趣可以再次联络我，我们七点才下班。"

方小初好奇地问："您知道我的私人邮箱?"

Rita 说："知道的，求职网站上有，是搜狐那个吧? 呃，那方小姐我期待您的来电哦。"

收线后，方小初走向电梯打算去 B1 层的便利店买面包，这时看到主管浙江区域的黄建华也在一个角落打电话。

他也看见了方小初，伸手打个招呼，便心照不宣地将眼神岔开。电梯很快就来了，方小初迅速地走进去，逃离这小小的尴尬。

方小初暂时把猎头的事放下，她不是没想过跳槽，只是想接触管理，哪怕只管两个人，而有过的几次工作机会都和现在一样，只是销售代表。

方小初深知自己没有做过管理，想一下子找个部门经理的职位很难。但她实在太想在工作里融入自己的风格了，不要那么多，只要一点点。

工作几年，业务工作很熟练，业绩也过得去，就是总觉得还欠缺些什么，慢慢地都产生了惰性。她不喜欢千篇一律的工作方式。

方小初一直坚信：销售风格必须是百花齐放才是正解!

下午一点空闲的时间，方小初打开私人信箱。大概是因为太久没光顾这里，里面的广告信件几乎把邮箱的内存全占满了。

从一堆垃圾邮件中看到 Rita 发过来的，方小初没打开，打算晚上回家再看。这时突然看到来自聂小图的邮件，结结实实地吃了一惊! 除了 HR 那里，没有人知道我私人的邮箱呀。看日期显示是一个月以前，她急忙打开：

小初：

下个月我可能要去上海公司出差，你到时候会在吗? 如果在的话，有个不情之请，想让你晚上带我去田子坊逛逛，不知可不可以? 回报是我请你吃大餐! (笑脸)

方小初苦笑，自己完全没看到这封信，更没想到前几天晚上带他去溜达，他居然一个字没提，可真是沉得住气啊。

看完邮件后眨了眨酸楚的眼睛，抬头看见对面的赵静又朝这边看过来，脸上洞悉一切似的坏笑。

方小初马上在 MSN 上给赵静发信息："亲爱的，我发现，你总是阴魂不散地洞悉我做的坏事。"

赵静回复道："你心里有鬼。我只是无意中和你四目相对。"

方小初发了一个大刀向鬼子头上砍去的表情。

赵静继续问："那你说，你做什么坏事了?"

方小初回复："是聂小图。"

赵静发来一个问号。

方小初解释说："来上海之前发过来的邮件，我没看到。他也没提。哎，不说他了，我对他又没感觉，不知道更好。"

赵静说："我就觉得他对你有意思。"

方小初回复："有毛意思? 都说了我性取向不对了。"

赵静发过来一个哈哈的表情，然后说："我看你就是心中对有些人放不下，因噎废食。"

方小初回复："你和唯唯是一个大脑分成的两半，思维都一样。"

方小初的脑海中又闪过郑子衿的脸，他才是真正的阴魂不散。

整整十年没有见到过的初恋情人，说十年未见并不确切，因为就在两年前的国庆节，方小初回西安老家后，还在历史博物馆门口见过他。

当时方小初和父母正带着外地来的亲戚在博物馆门口买票，节假日期间人头攒动，方小初在人群当中看到了青春依旧的郑子衿，他一个人背着大相机包站在又长又粗的队伍里。

那一刻方小初像见了鬼一样马上躲起来，跟父母说身体不舒服要回家休息，然后就飞快地撤离现场，以致于白白浪费了一张票。

逃脱时，方小初用太阳帽尽量遮住脸，不想让郑子衿发现，却又忍不住在自认为安全的地带偷偷地看着他，心跳快得像是 Disco。

郑子衿没有变老，他依然如高中时一脸明媚，方小初却没有勇气见到他，不知如何面对，对他的一切全然不知晓。

没想到这匆匆的一窥，却像一颗小石头投入了平静湖面一样，方小初的心再也没有宁静。哪怕波澜已过，小石头却沉在心底，只是不敢轻易拾起。

那时候方小初结束第二段感情不久，和那个花心大少分手都没有流过一滴眼泪的她，居然因为这短暂的一眼，像个懦妇一样回家哭了一场，连她都觉得心痛得莫名其妙。

方小初从那时才发现，自己的思维经过几年岁月的洗礼，一直没有长进。也同时明白“刻骨铭心”和“念念不忘”这两个被用滥了的成语，原来是这么真真切切。

第五章　拒绝暧昧

济南。

在一个酒店的大礼堂内，到会的300余名业内人士正在懒洋洋地听着台上的人发言，手里都拿着大会发的笔和本子，但几乎没有人在上面记点啥。

不少人已经打起了瞌睡，比赛似的打哈欠，但更多的人在窃窃私语，拉近彼此和谐关系。

有大人物在上面卖力发言，夹杂一些干巴巴的笑话，急需台下人互动的那种，可听众却反应淡定。每当有人演讲完毕后，下面才稀稀拉拉响起一些掌声，掌声很短。

方小初看了下，华北五省一些重要的客户都有出席，但派来的代表多数不是一把手，会议年年举行，想是不太重视了。

因为前两天AA客户的招标比较顺利，所以方小初和谢嘉义此刻的心情很不错。招标时遇到的还是老对手，美国力克没有参与投标，他们渗透的区域暂时还在南方，方小初和谢嘉义还没有见过对方在这个区域的代表。

此刻谢嘉义也没有在听台上的讲座，耳听四路眼观八方，一双锐眼尽可能搜索会场内的客户和同行，做销售，任何有用信息都多多益善。

谢嘉义指着一个人问道："小初，那个是旭天的吴麟吧？"

方小初顺着他手指的方向，看到了吴麟正和AA公司物资部的秦经理并排坐着，头碰头聊得亲热，于是回答："是。"

旭天电机是一家民营企业，总部在昆山，这些年的业务后来居上，影响力虽不如大精，却也能小小分块蛋糕。

谢嘉义意味深长地说："他和秦经理看起来关系不错嘛。"

方小初想领导意指自己和客户的关系并没有那么热络，心神领会。

谢嘉义说："以后要多注意客户和竞争对手的关系，维护比开发更难，他们关系越好，我们的工作就越难，知己知彼才好。没办法啦，销售就是要处处留心，眼睛鼻子都要比常人多长一个才行。”

会后直接就进行晚餐，席间方小初又喝了不少酒，一桌一桌地去敬去表现，客户、同行、对手，在这个时候融汇成一塌糊涂。

一张张或熟悉或陌生的面孔，记住又忘了的名字，各种不同风格的名片统统打包了来，这是业务资源，这是生意的钥匙。

谢嘉义带着方小初敬了一些客户，豪气地饮完一杯又一杯，到最后有点语无伦次了，和一个经销商坐在一起掏心掏肺、称兄道弟起来。

酒真是增进感情的润滑剂啊。

酒会接近尾声，很多人已经都回房间了，方小初请示了领导，也打算一起离开。

这时，AA 公司的秦经理走过来，拍拍谢嘉义的肩膀：“谢部难得来山东，我是东道主，招呼不周见谅见谅啊！”说完看了一眼方小初，像是不太想让她听到，方小初领会，拿起电话假装要接，就走开了。

等她走开后，秦经理继续微笑着，问道：“谢部晚上还有没有其他安排?”

谢嘉义表示没有。

秦经理说：“谢部要是没有其他活动，晚上想单独请你坐坐，喝个咖啡，一天会议也累了，好好放松一下，济南不比香港上海，却也有不少好去处，你看怎么样?”

谢嘉义想他一定有事要谈，心中虽不乐意，但还是装作欣喜若惊的样子说：“我们好默契啦，我也正想请秦经理出去坐坐。哎哟我现在已经很多年不在香港，完全定居上海了。你们济南很好的喔。”

方小初远远地看到谢嘉义正找她，猜他们应该谈完了，马上跑到谢秦二人面前，语态轻松地说：“秦经理不好意思，我妈打来的，我答应帮她买的东西，这两天全忘了，所以催我呢，一会儿回去在网上找找去。”

谢嘉义马上说：“那你赶紧回去买吧，别让父母着急。”随后又转身和秦经理说，“小初好孝顺的。”

秦经理表示赞许：“现在心里有父母的年轻人不多啊！”

一堆人演了一出精彩小戏，方小初见好就收，推说不好意思那我先走啦，就赶紧离开了。

回到酒店，一直保持着良好形象的方小初再也忍不住，跑到洗手间吐了个七荤八素。

吐完后看着镜子里涨得红红的脸，还微微地出了虚汗，胃和喉咙都难受极了，于是漱了漱口，摔倒在床上稍做休息。

方小初以前是不喝酒的，记忆中唯一一次喝醉，是大学毕业的散伙饭。自从做了销售，酒就成了标准配置，成天形影不离地跟随着她。部门里已经有不少男同事都成了“七高一低”（工资低）一族了。

方小初近两年来的喝酒次数，其实已经比刚做销售时减少很多，她在刻意寻找自己的销售风格。

记得在刚进公司时，面试小初的 HR 经理诸琳，就曾经说过：日本的企业更愿意招男性销售，只是后来才放开政策，期待女性销售的不同表现。

所以方小初的销售就越来越倾向于细节关怀，有意远离折冲樽俎。

跟健康一比，什么才更重要呢？方小初心里很清楚。

济南的深秋，夜风清冷，冬天快要来不及等待，别秋之后，凉的刚刚好。万物伏藏了本来竞争面目，清凉凄净，让人犹记四季的存在。

这时方小初洗漱得一身清爽，用吹风机把头发吹干，没有方向的乱蓬蓬，别有一番颓废青年气质。她把窗户稍开一条宽缝，向外望去，夜色很美，这是一天中最惬意的时刻。

坐在写字台前，打开手抄本将一周内容理理头绪，开始做周报表。桌面右下方的任务栏里，聊天软件全挂着，剩女内心很需要爱情和友情，这世界上是没有人喜欢寂寞的。

方小初一共有两次恋爱经历，初恋就是郑子衿，那个让她再也忘不掉的人。那时是高中，那个所有同学都热火朝天挤独木桥的时刻。初恋只一年多，时间不长却深刻隽永。

第二次恋爱是在初入社会后第一家公司的同事，办公室的恋情和高中一样，是在地下进行，为时三年，以对方劈腿四次方小初忍无可忍之后告终。

这次恋情伤痛不大，但对方小初的自信心打击不小。她开始怀疑自己的魅力，究竟是差劲到什么程度，才会导致男朋友三年四次劈腿？这还是浮出表面的，地下都不知隐藏了多少。

第二次恋爱过后，吕唯唯还有一帮姐们把她叫出去痛痛快快地喝了一次酒，并想尽方法让她知道只是喜欢上一个人渣，与自己的魅力不魅力毫无关系。于是自强自立、善于自我疗伤的方小初很快走出来，并彻底地将那个人渣打入记忆冷宫。

现在方小初已经有四年的感情空窗期，名副其实的超级大剩女。

没有人在网上呼她，继续做周报，这是太熟练的工作。填到一半时，方小初猛然发现这种熟练让她很心慌：重复的内容越来越多，无须用心用脑的那种麻木。

周报表居然也填到一个瓶颈！

方小初在大精已四年，就像结婚多年的夫妻一样，恩爱还有激情不再，脸红心跳是不可能了。

每天都按部就班地扮演好自己的角色，像身后有个车轮一直在推着自己向前转呀转，没有自己往前走的心境。

方小初负责的山东区域，这些年来业绩一直稳定增长，像很多人一样，方小初也躺在这些业绩上睡大觉有一些时日。

其实这个区域重要的潜在客户只抓住了一半，前提条件还是不能丢掉任何一个，因为那个后果伤不起。

区域总代理是多年的合作代理商，优点是较为稳定，缺点是太有惰性。代理商的惰性反应在：开发终端客户的力度越来越小，对厂家提出的要求越来越多。

松田和谢部经常对此满腹怨言。可就算相互约束不了，合作还是要继续，业务上从不流行打死结。

做销售就是要凡事留三分后路，就像两口子一样“打打闹闹要过一辈子”。非黑即白的极端特质不适合于做销售。

偶尔遇上客户红了脸，销售人员往往都会用一种迂回和友好的方式给对方台阶下，这种工作上的习惯慢慢滋生开来，进而会影响到生活的一些习惯。从校园里出来的那一刻，针尖麦芒都隐藏于心。

方小初一个大学同学一语道破天机：经济基础决定上层建筑。以前上学是我们交钱给学校，现在是赚人家的钱，能不夹着尾巴做人吗？

总代理不能放，新委托一个代理肯定会把关系弄僵，而且1+1不一定大于2。

方小初填完了报表，下面附上了文字，把刚才想到的问题一一列举，实事求是地汇报给谢嘉义。点击“发送”后，心中瞬间觉得又充满了斗志。

谢部现在估计还在陪着秦经理“坐一坐”，今天晚上不会回复邮件了，那工作的事情暂时放一边，乐得轻松一下吧。

起身去贴了张面膜，回到了电脑前，这时候QQ嘀嘀响了。

“妞，干吗呢？”是吕唯唯。

“刚写完报告，敷了张面膜臭美一下。”

“还好，还懂得敷面膜。”吕唯唯知道她是个工作狂。

“咳……我还得嫁人嘛！比不上你有个好老公可以养尊处优，羡慕嫉妒恨。”

“羡慕可以，不嫉妒不恨哈哈。”

吕唯唯是新时代“假不正经女性”的典型代表，性格麻辣，方小初很爱她。

吕唯唯在大学时期最热衷的话题就是美男，直到现在也是。她的话题总与风花雪月有关，操场上这个帅哥的肌肉，那个学长的长腿，教室里这个小弟的斯文，那个老师的眼神都可以让她眼冒桃花。

但就是这号色女，对待感情却出乎意料的认真，她的初恋就是她现在的老公，大学毕业后不久就结婚了。几年过去腻味的二人世界居然也没过够，目前丁克。

这时唯唯转入正题：“最近身边有男人了么?”

方小初回答：“有的话，你肯定是第一个知道。”

吕唯唯问：“也没有不错的异性?”

不错的异性！方小初脑子里浮现出了聂小图。

方小初说：“有是有，但有感觉的，没有。”

吕唯唯说：“妞，你单身太久了，干巴巴的，也该找个男人了。上次那个垃圾男对你早没有影响了吧？千万别因噎废食。”

方小初笑了：“这个……真不会，放心吧，吕大人！”

从上学开始，吕唯唯就特别喜欢别人叫她“大人”，自认为特别霸气，有一种权势在手的感觉。但大概是闲得太慌了，唯唯现在特别喜欢苦口婆心。

吕唯唯问：“那郑子衿，翻篇了么?”

方小初一阵沉默，对着唯唯不想撒谎，同时自己也不知道答案，于是茫然地回答道：“都这么久了……”

“那如果现在再让你见他呢?”吕唯唯试探地问道。

“我之前在西安见过他，他没发现我，于是我开溜了。”方小初一想起这件事就沮丧。

“也不知道他现在有没有女朋友……”吕唯唯说。

方小初觉得唯唯最近好像老提到郑子衿，有些不解，于是问：“大人，你最近好像老提到他哦，我哪知道他有没有女朋友，说不定已经妻儿成群了呢。”

吕唯唯话锋一转：“小初，我这儿有一个百分百的帅哥……”

方小初马上制止道：“大人，打住！小女这厢先谢了，你还想搞相亲啊?”

吕唯唯说：“这个你一定会喜欢的。”

方小初求她：“不要啦！亲大人，我真的受不了和一个陌生人在一个咖啡厅里装模作样，然后再互相盘问那些和面试一样的问题！”

方小初的经验，模棱两可的回答对唯唯不管用，必须坚定表明立场！

吕唯唯不容分说："过几天不是我们几个同学聚会么，我把他带上，这样你就不尴尬了。严格意义上来说，不算是相亲。我先下了啊，拜拜，等我电话。"

头像暗了。方小初没听明白她说的话，怎么"不算是相亲"？肯定是相亲啊，难道是从同学里面帮我找一个？

方小初苦笑。

这时候电话响了，方小初一看是聂小图，有些惊讶，犹豫3秒后接起来："你好。"

聂小图说："小初，你在济南出差么？"

方小初说："是啊，怎么啦？"

聂小图说："济南离北京挺近的，坐高铁2个小时就到了，有没有时间抽空过来，我带你玩？"

方小初说："可能不行了，周末我还有好多事，剩下半天的时间，我得睡一觉补充体力呀。"

聂小图有点失望，说："哦，是这样啊，你上次在上海陪我逛一圈儿，我还想也带你在北京玩玩呢。"

方小初笑笑，说："不用放在心上的。举手之劳。"

聂小图支吾着说："小初……"

方小初答道："嗯？"

没想到聂小图没再说下去，只说一句："没事，那你早点休息吧。有空来北京玩。"

挂了电话后，方小初想聂小图想说些什么，不过她已经下定决心：不要和人暧昧不清，就算他说一些暧昧的话，本小姐也要表明态度。

爱情不就是应该酣畅淋漓的吗？

这个房间靠着一条马路，马路不宽，树上的叶子没有完全落尽，枯瘦的枝桠在微黄的路灯映照下，阴影在轻轻摇动，增加夜的荒凉感。

因为接近深夜，一些烧烤的小摊都摆出来营业，这个时间不用担心城管，烟雾缭绕的，看来生意不错。

烧烤的气味吸引着方小初，之前吃的东西已经全吐干净，胃空空如也。她一直看着楼下，窗户就这样开着。

这些小摊贩们的生活是什么样的呢？收入应该不错，但看起来真是艰苦，人们的生活真是各有各的不易。

方小初想想自己，这些年的奔波生活，拉坏了多少个行李箱。有的地区交通不便，坐着慢字号列车，半夜两三点到目的地找酒店是稀松平常的事，安不安全都已经不在话下了。

不管天气多么的恶劣都风雨无阻，还要面对来自各方面的压力。方小初在刚做销售时还接到过一个骚扰电话，那时见世面少，心里害怕得很，一整晚都不敢睡。

那时就有要放弃销售的念头，可事后稳稳情绪，一咬牙就坚持了下来，一直坚持到现在。

销售就是这样一个工作：它让你所承受的越多，带来的收获也越多，所以大家抱怨销售压力过大的同时，又往往乐此不疲，欲罢不能。

烧烤的香味继续飘来，方小初就这么一直在窗口站着看，她很想下去吃几串，再喝一杯扎啤。但一个女人半夜三更去吃烧烤喝啤酒又多少有些奇怪，经过思想斗争，最终没下去。

明天有很多的事，我要理理思绪，啃那些硬骨头去。

第六章　折冲樽组

谢嘉义一大早就发一通短信给方小初："小初，其他区域有急事，我先走了，今天的会议你一个人参加。最近把AA公司的合同盯着签了，秦经理昨天晚上私下和我说了一些条件，到时候你答应他就行。你的周报我看了，你提的问题确实存在，不过要讲究方式方法。"

领导看来一夜没睡。领导是情商极高的一个群体，很少能从他们嘴中听到"累"这个字眼。

今天大会继续，方小初把昨天收集到的名片分了类，一边搜索记忆，一边对照着名片里的信息。把重要客户的名片放在随身携带的包包里最容易找到的地方，整理好了便去吃早餐。

会议的第二天，人数比第一天少了些，大家都在大会安排的这个酒店餐厅吃早餐，方小初和认识的人一一打招呼。

没有了谢嘉义在旁，方小初有点犹豫自己该坐哪里。思索了一下，方小初找到一个靠墙的角落坐下来。

经历过前一夜翻江倒海地吐，方小初此时已是饥肠辘辘，很快就把盘子里的食物一扫而光，准备再去取一盘。

四周看看，发现几乎所有的男人吃得都比她少，有点羞于自己的食量。不过为了面子就失去里子，一会儿饿得抽筋了更难受，于是毅然去取菜，满当当又是一盘！

因为是代理商大会，终端用户和厂家都是由代理商邀请来的，大家算是给足了面子。当然唱主角的还是客户，他们才是衣食父母，才是上帝，才是摇钱树。

会议每年一次，举办地点是五省轮流，今年正好轮到济南，按大精公司的习惯，并不需要五个省的销售代表全部参加，只要求举办地点的代表为同事搜集信息，回去再报告和分享即可。

尽管参会的客户头衔有越来越小的趋势，但这不影响这种会议是业内重要信息的来源，包括新的技术。

会议 9：30 开始，方小初想找一个摇钱树坐着增进革命感情，不料发现自己锁定的目标身边都已经有人捷足先登，只好去找华丰公司的华总，假装随意地走到他旁边的位子。

“来来，小初，坐这边。”华为夷热情地招呼。

方小初坐下，笑脸盈盈。

“小初，这是我们新招的业务员 Mike。”华总指着右边坐位上的一个小伙子。

方小初问好：“你好，Mike！贵姓呢？”

Mike 说：“叫我 Mike 就好了，大家都叫我 Mike。”

华为夷在旁边哈哈笑，说：“也学学你们上海大公司的习惯嘛。”

“不错不错。”方小初想起上次在理发店，头上一坨蓝毛的洗发小工也叫 Mike，这两个 Mike 的形象还真有点像。呵呵，管他呢，Mike 就 Mike 吧。

“Mike，以后很多地方都要麻烦你了。”方小初伸出右手。

“应该的，应该的。”Mike 慌忙之中伸出了左手。

方小初当作没看见，笑笑地收了场。

华为夷发现谢嘉义不在，问道：“你们谢部呢？”

方小初说：“他一大早走了，去别的区域有事。”

“谢部可真是大忙人啊。”

“已经年底了，马上要做明年的目标规划，很多事要是定不下来，谢部睡不着觉啊。”

华为夷当然知道方小初的意思，合作这么久了，哪还需要拐弯抹角，他说：“是啊，现在都很难，我们费了好大的劲才把今年的任务完成，然后再吃一点点你们的返点，利润小得可怜，用你们谢部的话来讲就是‘洒洒水’啦。

小初，我们都这么熟了，你还不知道吗？现在市场多难做，你们的支持却一年比一年少，巧妇难为无米之炊。

谢部前两天和我谈的那个明年目标，开玩笑，怎么可能完成？哎，我就当你们是说笑话了哈哈。咳，跟你说这个也没用，我知道，还是得谢部和松田做主。

松田那个家伙最坏，来中国多少年了，怎么就不懂一点中国的风土人情，要点费用那个难受劲儿，哪有空手套白狼的道理嘛？实话不瞒你说，你们公司真的太不灵活了，这点就比不上旭天，他们公司小，程序简单，一件事很快就能拍板。

就上次凌业的教训，你也知道，人家就是希望给车间送一台小设备，也就万把块钱的事，你们要这个批准那个批准，两个月过去了没消息，旭天二话不说就送了，最后客户成人家的了。你们再把客户抢回来，工作就难做咯！”

华为夷是老江湖，每次见面最爱说的话就是诉苦，一诉起苦来话闸子关都关不住。就像前面说的，代理商通常对厂家诸多怨言。

每年只要谈到次年的任务目标，这些牢骚话都要再重复一遍，然后在双方各让一步的情况下，半推半就地签了合同，和菜市场还价的性质完全一致。

华为夷是有能力的人，在区域内影响很大，只要他想好好做，现在的市场份额肯定不止这些。

但凡事都要留白，商业合作更是如此：今年做的太猛了，明年按增长比例再定个目标，我该怎么完成呢？

华为夷当然最圆滑，事事都留一手。方小初对他的牢骚已经习惯性地关起一只耳朵，没太在意，而且他说的不无道理。日本公司抠门的事地球人都知道，凌业机电丢客户的事也历历在目，松田几乎把所有的责任都推给谢嘉义和方小初，确实是华为夷口中“最坏”的人。

方小初说：“华总，你说得对，但今年我们公司在代理商支持方面比去年宽松了很多，哪有越来越小啊？”

方小初很不乐意华为夷说“跟你说也没用”这样的话，她方小初又不愿当个传话筒！

方小初接着说：“关于明年的任务，我们俩抽空好好分析一下，看还有哪些增长点。山东区域是重中之重的区域，我会多抽些时间配合你。华总，这个区域有不少经销商都找过我们，我们都没有答应，论实力、论影响力、论能力，我们就是只愿意和您合作。”

你是老奸巨滑，句句给人压力，我也得给你点紧迫感！

后面那句马屁拍完，华为夷显然挺受用。再圆滑老道的人也一样爱听好听的，用谢嘉义的一句话形容，就是“他也是人啊”。

华为夷深吸一口气，说：“合作肯定是要的，可你们给的任务太……”

方小初深知这个场合不适合聊得太深，及时停止这个话题。这时候瞟见旁边的那个Mike，他好像完全置身于事外，眼睛直愣愣地盯着台上的演讲人，嘴角线条绷得挺紧，一直抿着。

方小初想：这个Mike正处于一个紧张状态，想必是刚进公司的缘故，所以在领导面前不知所措。不知道以后和他去见客户，是不是很好配合?

其实不用想太多，代理商那里的业务员流动很快，或许下次见面他已经走人了。

台上讲演的正是凌业的研发部副部长——汪佑峰。凌业主要做传感器和仪器仪表等，产品用于船舶、汽车、机械等行业，用户群广泛。

讲演的题目是“电子机械行业 10 年间技术更新”，方小初觉得听技术讲座很实用，于是在本子上刷刷刷地记录着。

销售的基本技能有两种：专业知识和商务技能。大公司分工明确，员工各司其职，技术问题有专门的技术支持。尽管这样，销售代表的专业知识还是必不可少，所以方小初不放弃任何一次提高的机会。

会场上大多数人都在窃窃私语，有的人低声打着电话，有的人刷着手机屏幕，还有的人走来走去。人们使劲看表，恨不得这枯燥的会议早点结束，下午可以好好玩一玩。

中午。最后的宴会。

又是一阵觥筹交错。因为不是晚宴，无人劝酒，大家杯中物多数不含酒精，但人们还是一桌一桌地互敬，到处都是玻璃杯清脆的碰撞声。

方小初拿出包里的名片，记了几个名字，也捡重要人物敬酒去了。宴会上女性比例原本就小，方小初又颇有些姿色，每次去别桌敬酒都会惹起一阵欢呼。

方小初提前做了功课，客户的名字一个没叫错，使得她看起来一身随和，效果自然不错。

方小初觉得有必要好好地敬一下凌业的那位研发部副部长，她在人群中找到了他，端着酒杯，径直走过去：“你好，汪部长。”

“你好，你是?”汪佑峰对她没印象。

方小初自我介绍道：“我是日本大精公司的方小初，山东区域代表，这是我的名片。”

“哦。”汪佑峰接过名片。

方小初说：“刚才您讲的真好，我做了七八页的笔记呢。您讲的专业知识对我们来说很实用，所以我想请问……您刚才的这个讲义我没有完全消化，不知道方不方便把内容拷给我呢?”

汪佑峰痛快地答应了，说：“当然可以，这个没什么机密，就是一些行业分析，你把邮箱留给我，给你发 E-mail。”

汪佑峰很开心自己的演讲会有人这么认真听。

方小初很感激，说：“太好了，谢谢您，名片上有我的邮箱。对了，汪部长您有名片么?”

汪佑峰递上自己的名片，方小初认真看了名片内容，不禁崇拜地说：“汪部长原来您还是大学的客座教授，很钦佩您。”

方小初与汪佑峰碰了杯，又对整桌的人都敬一圈，一饮而尽。

大家叫好，还有人痴痴地笑着。

餐厅是最好的公关场所，人们在食物面前通常不设防，大家“共吃一锅饭”，共享这原本是私密的事，关系自然就像盘中餐一样“熟了”。

中国的饭局文化延承几千年，历久不衰。时代在更迭，哲理永流传，折冲樽俎间，制胜在两楹。

这不是很好么？能在酒桌上解决的事，何必刀光剑影？

餐桌终究是台面上的交流场所，台面下的好多东西，旁人无须看得到。天知地知你知我知，用在商场上合作的双方，也同样适用。

方小初这些年喝酒数量减少，喝酒除了伤她的胃以外，更容易伤感。

这只是一个工作，就他妈的只是一个工作！

电话叮一声，爸爸的一条短信：女儿又出差呢最近怎么回家少了什么时候回家呀晚上给你妈打电话。

老爸最近刚学会发短信，没有标点符号，方小初看着心里一暖，身上顿时又有了力气：为了给爸妈舒适的生活买单，一切都值了。

方小初回复：最近安排回家。还有，不要告诉妈妈。

下午主办方带着一众人去游览济南名胜，之后会议在热烈祥和愉快友好的气氛下圆满结束，省略不提。

网上有一首关于销售的打油诗，信手拈来，我想听过的人应该不少，随即送给各位销售大将们：有感触就抱头去哭会儿吧。

一把鼻涕一把眼泪/投身销售英雄无畏/西装革履貌似高贵/其实生活极其乏味/为了生活吃苦受累/鞍前马后终日疲惫/点头哈腰就差下跪/日不能休夜不能寐/客户一叫立马到位/一年到头不离岗位/劳动法规统统作废/身心交瘁无处流泪/逢年过节家人难会/追讨欠款让人崩溃/开发客户经常喝醉/不伤感情只好伤胃/工资不高还充富贵/五毒俱全就差报废。

第七章　我还不想走

这两天方小初正带着华丰的 Mike 去拜访客户。

方小初想多开发一些代理商手中的客户，可华为夷这个老油条肯定是不愿意的，华为夷更愿意让方小初分担这个带新人的任务。

方小初去华丰公司找 Mike 的时候，他的主管何英伟正唾沫横飞地教育他，Mike 低眉顺眼，嘴巴抿得紧紧的，既不反驳也不解释。

时间过了很久都没见要结束的意思，方小初等不及了，过去把 Mike 解救出来。说想和 Mike 一起出差。何主管这才停止了训导。

“多向方经理学习！”临走时，何英伟交待道。

“Mike，主管教训你什么啦？”出租车上，方小初笑着问。

“他说我不灵光。”Mike 答道。

“你是哪一年的啊？”方小初问。

“我是 88 年的。”

“那不是不灵光，刚参加工作，经验不多。没事，这几天我们多跑几家客户，争取做点有成效的事，回去和他做报告。”方小初鼓励他。

“嗯。”Mike 还是一个字。

方小初心想，这个 Mike 真是有点太内向了。

上午回访了一个客户，他们去车间认真看产品的使用情况，也同时在车间隔壁瞅了一眼库存，车间主任说最近正好要新采购一批货，Mike 很开心地记下来，打算向他的顶头上司报喜。

方小初提醒他：“Mike，等看到客人的采购单，再报告也不迟呀。”

Mike 没明白：“为什么？”

方小初觉得有必要给他多说一些，于是说道：“刚才只是车间主任说要进货，提供了一个好的信息，而采购货物是车间提出，副总、财务签字，最后才到采购那里的。你现在要做的，不是急于邀功请赏，而是催着车间主任早点提报告。到了采购那里了，再向领导汇报也不迟。如果你现在说了，到最后人家没有进货，你又要被教训啦。"

Mike 明白了，高兴地说："哦好，那我先催着车间主任吧。"

方小初宽慰他说："不过你放心，看他们的库存，和目前的生产量，要进货是没错。我只不过是和你分享一些做事的方法。"

Mike 一脸崇拜地说："你真厉害呀，方经理。"

方小初笑笑，没有回答他，心想：这可是最基本的。

中午吃饭的时候，Mike 的主管打来电话，问上午拜访客户的情况，Mike 这次学乖了，说客户"最近可能会进货"，没有把话说死。

大概主管又开始循循善诱了，Mike 拿着电话去别处接，方小初也拿起手机打算刷刷微博。

电话响，是 Rita。

"你好，方小姐方便吗？"顾问们常用的开场白，"上次发给您的邮件看了吧，我没有收到您的回复哦。"

方小初道歉道："哦……不好意思，我急着出差，忘了答复您。"

Rita 说："没关系的。方小姐，这个机会其实很不错，这家公司比日本公司的福利、休假制度都要宽松，而且最主要的是更加人性化。"

方小初笑着说："这个我知道，我其实是希望能够在新公司有所突破，我很想锻炼自己管理上的能力。当然，我知道这个比较难。除了这个，其他方面我目前都没有具体的要求。"

Rita 说道："这个我可以去和用人单位继续沟通，我今天打电话的目的是想知道，方小姐您是不是真的有跳槽的打算，如果目前没有，我们的工作就白费功夫了哦。"

方小初说："有合适的机会当然不会错过的。"

Rita 领会了她的意思，说："好的，那我先去和那边沟通，再打给你，不打扰了哦。"

以大精目前的工作而言，方小初觉得并不是太差。

不知不觉已过四年，这期间不少猎头找过来，方小初都没答应。她很清楚自己为什么一直不想跳槽的原因，就是在大精的成长，她还不满意：前两年很拼，后两年有点混日子。

方小初一直想学习管理，管理是门很深的学问，不在其位，不懂其味。她深知自我并没有满意提升，所以迟迟不想离开，觉得走了有点灰溜溜的。

方小初期待 Rita 的回复。同时心里又很清楚，答案不会如她所愿。

Mike 接完电话回来了，时间挺长。看来又被教育了一番。

果然不出所料，Mike 又习惯性地紧抿着嘴唇，方小初终于找到他的特点：大凡紧张或是不高兴，都会抿着嘴。

方小初心想：你的领导真是耳提面命啊。

和 Mike 在市场上转了几天，颇有收获。销售需要奔波在第一线，偷懒要不得，不经常去客户那里看看，一些细枝末节的变化就捕捉不到。

方小初抽空问 Mike："帅哥，你有没有独自拜访过客户？"

Mike 想了想，说："还没有，我们主管说我还没有独立工作的能力。"说完好像想起什么，补充道，"经理上次有个新客户交给我，说让我锻炼一下。我去了以后，就送了一张名片，人家说有事，我就回来了，这算独立工作不？"

方小初笑了，Mike 真是实在人啊，于是回答他说："当然算。刚开始都这样的，没关系。那你这几天觉得怎么样？"

方小初本来想问"你这几天有没有收获"，但觉得这样的语气有些居高临下，所以就问他感受如何。

Mike 说："我觉得你和我们主管做事不一样。"

方小初问："怎么不一样啦？"

"我也说不出来。"Mike 又低下头，方小初不为难他，随即说："我们已经拜访过好几个客户了，你要是没什么事的话，我们去趟凌业吧。"

"啊？"Mike 像是吃了一惊，说，"不要去了吧。"

方小初觉得他的反应不太对，想试探一下是什么原因，所以就用激将法逗他："怎么，客户太大，不敢去咯？"

"不是，我们主管说，这次我们不要去凌业了，他说前几天刚去过，去得太频繁了，客户会反感。"

果然不出所料，是何英伟交待过。

方小初想：凌业虽已经丢了，去拜访也是可以的，只是不想断了联系嘛。不让去肯定有别的原因，而最有可能的就是：华为夷这边已经和旭天正式合作了，近期大力推旭天的产品。

在事情还只是判断阶段时，目前不须贸然挑衅华为夷，免得给他留话柄。于是方小初装作没事，笑着对 Mike 说："即然你们主管交待过，那我们就不去啦，去别的客户那里吧。"

Mike 说："方经理，我们去霍李威士吧。"

"行啊，我们就去霍李威士，这回你挺有主见哦，也是你们主管交待的吧？"

方小初笑着问他。

Mike 被看穿，很不好意思，说：“方经理你真聪明。”

方小初说：“你表扬一个成年人‘聪明’，听起来太奇怪了。”

Mike 嘿嘿地笑着。

华为夷这老江湖就把我当炮灰了，带新人就能想起我，好事就把我们大精放一边。

两人商定妥，出发。

霍李威士的厂子离市区比较远，出租车足足跑了 40 分钟。

到了工厂门口，Mike 坚持要抢着付车费，被方小初阻止了：“Mike，你还挺绅士！别抢了，这些我们都能报销的。”

霍李威士是空白客户，接连几年都没有用过大精的一个产品，总代理这边也没有攻进去。

霍李威士有固定的合作厂家：3N 集团。该公司比前面提到的美国力克更早占据中国市场，是大精一直以来的对手，同样来自美国。

其中的原因不言而喻，无论是 3N 还是那个代理商都与霍李威士有着千丝万缕的联系。华为夷从来没有放弃这个客户，每逢节日都会送去大小礼品，适逢各种大会、活动，都一定会邀请。

生意场上没有永远的朋友，也没有永远的敌人，华为夷深知销售要打持久战的道理。就像他的名字一样，遇上任何的困难都一定要想办法“化险为夷”。

方小初也没有放弃。但霍李威士公司的人员总是“温柔地拒绝着”方小初的电话、邮件和拜访。

去年谢嘉义有机会带着方小初去过一次，负责接待的生产副总很热情地接待了他们，方小初抓住机会狠狠介绍了大精的产品和供应政策，说到“可以先试试我们产品”的时候，对方委婉地拒绝了。

那位副总说：“这个不是我一个人能决定的，公司每次选用产品都是招标决定，要有很多部门共同参与。”

谢嘉义和方小初当即灰头土脸，颇为难堪。

事后，他们分析了拜访的经过，有点后悔太急于求成。对于这种“钉子客户”来说，第一次见面混个脸熟就已经不错了，你去的目的，客户比你更清楚，何必挂在嘴上？

被对方一拒绝，短时期内想再见就很难再找理由。方小初作了深刻的自我检讨。

自上次拜访到现在已经一年多的时间，方小初还是很忐忑。她扭头看看身边的Mike，不禁叹口气：他是新人，看来也指望不上啥啦。

方小初说："Mike，你来过霍李威士么？"

Mike说："以前华总带我来过一次。"

方小初仿佛看见一丝希望，华总见过的，至少是一些关键人士咯。

方小初赶紧问："那不错哦，你们上次见过谁，你都有他们的联系方式么？用不用预约？"

Mike回答说："不用预约。"

"你们上次见的谁，还记得吗？"方小初想，这个Mike重要的不回答，害她再问一次。

"管生产的张平，张总。"Mike像挤牙膏一样地回答。

方小初突然想起了什么，她接着问："你们主管今天安排你来霍李威士，应该是有想法的，他怎么说的？"

方小初快急死了，Mike真是问一句答一句，一下子说完重点多痛快，老娘我要在这公司门口站多久呀。太阳好大的啊小弟！

Mike还是不紧不慢地说："我们主管说他已经联系过了。"

"那太好了，走，我们去门卫那里登记吧！"方小初不再等他回答，径直往厂门口走。

北方的初冬季节，大门口栽种的花花草草还隐约有些绿色，基本都是枯枝了，正午的太阳却是异常的烈。

两个人快步走向公司大门口。方小初觉得，这个大门她一定尽快打开，想到这里，她的步履轻快了好多。

目标，不论是短暂的，还是长远的，都是每个人的精神支柱。

第八章　我要眼前风景如画

张平正带着方小初两人在生产线上参观，她认真地听着张平的介绍，张平的言语之间处处流露着对公司的自豪，方小初恨不得将自己所懂的技术知识全部从大脑中调动出来，用来和张总交谈。

张总没有很大的架子，方小初时不时插几句倒也相谈甚欢。车间的工作人员不时偷偷朝他们这边看来，有张总在谁都不敢多说闲话，方小初狐假虎威了一回。

不知不觉已过半小时，方小初结结实实地了解了一下霍李威士的车间、仓库、电脑操作室和科研室，很高兴这次的收获。

这时候 Mike 同志说话了："张总，我们华总一直很想请您和供应科的车经理吃个饭，总是找不到机会，两位领导要是方便的时候可以赏脸，我们不胜荣幸。"

Mike 像背台词一样说完这段话，他可能想这就是一句客套，说说无妨，但没想到张总不露声色地沉下脸来。

仅几秒的时间，方小初还是注意到了这个细节，她想：不好，又要上演一年多前的晴转多云了。

果然，张平扭头问 Mike："这是你们华总说的？"

超级大憨蛋 Mike 还挺开心，说："是啊。"

张平没再看他的脸，表情严肃地说："我们搞技术的，不比做业务的那么活跃，你回头跟华总说声谢谢，大家都是朋友，就不用客气了嘛。对了，我这边下午还有个会要开的，你们要再看看吗？"

逐客令已下，还看什么看？这个傻呵呵的 Mike！

方小初说："张总，已经很麻烦您了，您那么忙，还带我们这么详尽地参观，真的很不好意思占用您这么长的时间，我们就先走了，您忙您的。"

方小初和张总礼貌地告别后，拉着 Mike 离开了。走的时候回头看了一眼霍李威士的办公大楼，对自己两次拜访却只能止步于此，不禁有些唏嘘。

想到这里，方小初看看身边的 Mike，这家伙真是“不鸣则已，一鸣惊人”啊！

有一点点的生气，但没有办法冲他发火，只能憋着。同样的错误，自己尽量避免了又怎么样，还不是再次断送在一个毛头小子身上！

他们出了霍李威士的大门，在路边等出租车。这里处于还未开发完的高新区，打车不容易，于是两人站在路边一直等着。

方小初想起上次来拜访，张平还帮他们打电话叫了出租车，今非昔比，人家都没有再为他们考虑这些。

方小初平静了一下心情，觉得不应该把责任全怪到 Mike 身上，自己比他经验丰富还犯这个错误呢，想到这里又有点不太好意思。

方小初觉得有义务给 Mike 讲一讲这其中的复杂关系。复杂关系不能用复杂的语言表述，怕 Mike 听了更蒙。

方小初尽量用缓和的语气问：“Mike，感觉怎么样？”

Mike 说：“方经理，我是不是今天把事搞砸了？本来还谈的好好的，为啥张总一下子就冷淡了？可我真的不知道是为什么？”

Mike 并不笨，而且他很诚实，肯正确面对自己的问题。这就是方小初为什么虽然觉得 Mike 憨憨的，但还是情不自禁愿意帮他的原因。

方小初脑子里飞快地组织语言，她不想说得太复杂，从而让 Mike 对业务生畏，更不想让他听出相反的意思来，那岂不是白讲了吗？

Mike 是新人，要照顾到他对工作正面的态度，还有自尊心。

方小初装作没事一样，说：“没有那么严重，Mike，做业务就是这样。你觉得自己是哪句话说错了？”

Mike 说：“我真的不知道，我只是说华总要请客啊。”

方小初问：“那你记得你说华总要请张总和车经理吃饭时，张总的回答？”

Mike 想不起来，说：“忘了。”

方小初说：“好吧，张总当时问‘是华总说的’？就是说，张总认为华总是肯定不会这样说的，他觉得是你的意思。Mike，这话是华总说过的吗？”

Mike 想了想，说：“华总有一次叫我和主管开会的时候，说过的，他说‘争取和霍李威士的张总吃个饭，还有那个车经理。”

方小初说：“但华总没说要两个一起请呀。”

Mike 不解：“这个有问题吗？”

方小初说："是不是有问题，我不太清楚，我对霍李威士这个客户也不熟。但是公司这么大，部门多，各种关系就会很复杂。霍李威士这几年一直都用一个代理商，只用一个厂家的产品，这已经说明：三者之间有很强的一个关系纽带。这个关系网，可能只关乎一个人，也有可能是很多人。"

Mike说："我听公司的人说，那个代理商和霍李威士的高层关系很要好。"

方小初笑笑："这些都是道听途说，可真可假，但真正的原因肯定不会这么简单。就像华总说要请两个人吃饭，但并不是两个一起请。因为张平和车国庆，他们可能很要好，也有可能有矛盾。"

方小初分析，张平和车国庆肯定是不和的，但她不敢这样肯定地和Mike说，这娃太实在了，保不定又顺着她的思维胡乱猜下去。

方小初接着说："还有，华总没有这样说过，就不要乱传话，否则你们主管也饶不了你哦。"

Mike一听"主管"二字，明显比刚才慌了："那我怎么办？哎呀！"

通常顶头上司比公司老总更可怕。

方小初看他那样，在心里笑死了，打算不继续吓他，说："你也别怕，我吓吓你，谁闲得无聊会打这种小报告啊？"顿了顿，又认真地说，"Mike，要想做好业务，要先把客户的情况摸清楚，谁是一把手，谁是二把手，公司是一个人说了算，还是一群人都有说话权；客户内部的关系，是和好的，还是貌合神离的，甚至是矛盾重重的？都得搞清楚。光谈产品是不行的，如果只谈技术，有技术中心就够了。销售人员要做的，就是认清客户的需要，理清客户的关系，再慢慢地把产品卖进去。"

"哦。"Mike似懂非懂。

"这只是经验，没什么太深奥的道理，别想得太复杂，以后慢慢就懂了。"方小初说。

"谢谢方经理，那我回去该怎么写工作汇报。"

"就实事求是地写，"方小初很讨厌工作那种浮夸造假，"请客这段不用写了，越写越糊涂，别惹得满城风雨了。"

Mike高兴地说："嗯，方经理，我明白你说的话了。真的谢谢你，这两天我学会好多，我们的主管要能给我讲这些就好了，他就是喜欢训我。"

方小初说："不要在外面说主管的坏话哦，尤其是面对客户时。哪怕你和主管在你们公司打起来了，有杀父之仇，在外人看来必须是团结一致的，不要各说各话，互相拆台。"

Mike说："知道，我真的学会好多啊……"

方小初打断他："Mike 我求你了，不要说'学会好多呀'这些话，很套话的，不如请我喝瓶饮料来得实际呢。"

与 Mike 在外面奔波几日，又回头和华为夷交差，体力上有些不支。方小初看到 Mike 只需头靠在车上睡一觉就能恢复体力，万分羡慕，心想自己真是老了，睡两觉也缓不过神来了。

人们忙忙碌碌，终日为稻粱而苦，没有时间停下来歇歇脚；

人们不断追求，永远为攀比而累，很少人知道自己到底要什么。

生活与梦想为什么要冲突呢？

剩女方小初，常常做自己的心灵鸡汤！

和 Mike 出差回来后，时间过去了一半，要做的事大多圆满收关。

正值周末，睡了个大懒觉，醒来后一直赖在被窝，一边看电视一边玩手机。难得的颓废时光。

电视里面某个娱乐至上的电视台正在播着一档极其有名的节目，几个早过了青春期的主持人活蹦乱跳地和嘉宾们玩着游戏，现场不时发出"WOW、WOW、WOW"的欢呼声。

没太留意电视的内容。对方小初来说，电视只是一个在宾馆里提供声音和人气的机器。

瘫在被子里看 QQ 空间，举目皆是朋友们晒出的宝宝照片，刷刷刷。怀孕的说孩子现在几周了，生了的说孩子几个月了。宝宝会翻身了，宝宝尿裤子了，宝宝会走了，宝宝生病了，带宝宝去哪儿玩了。

方小初喜欢小孩，那是人的一生中唯一一次纯粹的机会，她喜欢小孩眼睛的透澈清亮，笑得干脆大声，哭得又肆无忌惮。

可天天在空间里看各路孩子的照片，难免有些审美疲劳。

方小初把手机锁定，拿手机的镜面照照自己：也不赖啊！我怎么就嫁不出去呢？想晒幸福都不行。最重要的是，我怎么嫁不出去还觉得单身其实也不错呐。

改天有空，一定去医院做个性取向检查。

电话响了，又是聂小图。方小初很怕接他的电话，不知道该说什么。她硬着头皮冒了句："小图，有事么？"

问完以后又狠狠地骂了一句自己脑残，这也太伤人了！好在电话里看不到对方的表情。

聂小图问："小初，你还在济南吗？"

方小初说："呃，还在。"

聂小图说："我周末有空，你要是来不了北京，我去济南找你。"

方小初吓了一跳，这是表白还是啥？一个单身的男人到另外一个城市找一个单身的女人，这层意思不是明摆着吗？

方小初半天没回答，她现在很凌乱，不知道是该直接拒绝，还是答应。聂小图这么好的条件，自己一个在相亲会上都被冷落的剩女还有什么好挑的？现在没感觉，或许相处一下就有感觉了呢？

看着方小初半天没吭声，聂小图有些挫败感，他自找了一个台阶下，说："你一定还是很忙吧？要是没空就算啦。以后有的是机会。"

方小初支支吾吾地说："其实不忙，呃，我正在床上呢……"然后不知道哪根神经错乱了，说了一句："你是不是喜欢我啊？"

聂小图没想到她会这么一问，一时之间不知所措。方小初此刻已经豁出去了，她早就打定主意，不玩暧昧。于是接着说："小图，你总是拿北京的美食美景诱惑我，是想如果将来能在一起了，让我跟随你去北京是吗？"

聂小图说："这个……"

方小初说："可我从来没有打算去北京，我喜欢上海。而且……"

聂小图装着轻松地问："而且什么？"

方小初一咬牙一跺脚，说道："而且我们真的不可能。"

聂小图听了，沉默许久，然后哈哈大笑，对着方小初说："小初，我觉得是你想多了。我就是觉得你在上海好好招待过我，我也有义务在北京当当你的导游。今天呢，是周末没事，想去附近的城市玩玩，没有别的意思，你想太多啦。"

方小初听了这话，恨不得把自己拍到地板缝里，不要拉出来的那种。但是听了聂小图的话，心里又有些许轻松。于是说道："哦哦，原来是这样，我又自作多情了。行啊，等有机会去北京宰你一顿吧。"

挂了电话后，方小初看到对面镜子里的自己，脸红得像猪肝一样，一直红到脖子根。

丢人就丢人吧。总算把话说清楚了。有一天真的没有人要了，再后悔也来得及。

刚用冷水冰了冰脸上的红，赵静的电话就来了。

赵静问："亲爱的，还在睡呐？"

方小初像找不到七魂六魄一样，无精打采地说："醒了。"

赵静问："怎么啦，又被谁蹂躏了？"

方小初不太想说聂小图的事，于是说："没事。你最近好不好？"

赵静叹了口气："我就天天和竞争对手打，一刻也不能放松。最近很辛苦，但牢骚没有用，只能多做点工作。这个月也早回不去了。"

方小初说："我们是难姐难妹。哎，你说我们俩这么拼命干吗，就不能和很多女人一样，找个清闲点的工作，找个能赚钱的男人，天天负责貌美如花不就行了吗？"

赵静说："这不像你说的话，小初，我们俩可是一直都号称要妇女解放的。"

方小初也叹口气："女人解放了，更累了，不过经济能支撑一些自由，累也值了。"

赵静说："是啊，买个啥都向男人要钱，我看我是过不了那日子。"然后话锋一转，问道，"聂小图和你联系了吗？"

方小初发现赵静特别能提聂小图，就像吕唯唯总提到郑子衿一样。她想了想，回答说："没有啥联系，我们也没戏。我觉得你倒是对他有意思的。"

赵静连忙说："我能有啥意思？"

方小初说："瞧你紧张那样儿，我觉得，你俩倒是挺合适，身高比例很登对嘛。实在不行你们凑成一对好了。"

两人东扯西拉地聊了近 50 分钟，心情放松很多，最后手机都烫耳朵了才收线。

方小初知道，聂小图是那种如果把他带到父母朋友面前，会百分百地得到赞许的那种，可人和人的气场就是很奇妙，不喜欢就是不喜欢，这勉强不了。

我方小初不懂男人，但我总懂得自己吧！

剩女们总是嘴硬，内心渴望着爱情，表面却全然无所谓。

"不急"这类的说辞，安慰了他人，也安慰了自己。但方小初不想为了婚姻而婚姻，讨厌"不以结婚为目的的恋爱都是耍流氓"这种理论，过程一样的重要。她一直期待有一个臭味相投的人，和她惺惺相惜。

她想：人的一生很短，又很长，什么盖棺定论，万古流芳都不关我事。我就是一介凡人，只需要人生在世时，眼前风景如画。

第九章　放　下

上海。

刚刚和谢部、肖课开完小会，方小初抱着大摞资料从谢嘉义的办公室出来，看到廖成正看着自己，还和旁边的同事窃窃私语。

方小初实在是懒得理会他，走到赵静身边打了招呼，转身回到了自己的办公桌。

手机里一通未接电话，一个未知号码，方小初以为是广告诈骗类电话，就没回复。没想到过一会儿这个号码又打来了。

"你是小初吗?"对面的男声太熟悉不过，方小初讨厌这个声音。

"你好，我是方小初，请问你是哪位?"尽管知道电话的那一头是谁，方小初故意装作听不出来。

"你听不出来我的声音啊?"那男人总是喜欢玩这种游戏。自我感觉过于良好，凭什么别人就一定要记得你。

"你有什么事? 我这会儿很忙。"方小初根本不想提到他的名字。

"我来上海出差，所以给你打个电话，哦，我是打到你家问阿姨要到你的号码的，你不介意吧? 我想难得来上海，请你出来吃个饭。那个，你别多想啊，就是单纯地见个面。我待两天很快就走了，而且我就一个人。"

听着对方强调自己是"一个人"，方小初听着很反胃。谁关心你是几个人? 而且都要了电话了还问我介不介意，介意有用吗?

方小初冷冷地说:"我也马上要出差了，晚上还要写工作报告，真的没有时间。"

对方说:"小初，你看你，还是以前那个性格，拒人于千里之外。我就是见个面而已。你还是在以前那个公司吗? 要不我晚上去公司楼下等你?"

"别，千万别! 我说，你好歹也是念过几年书的，别老搞这些流氓霸气行为行么？你征求一下我的意见好么？你要是不管不顾地过来，我铁定发火，啥后果你可以想象一下。”

对方说：“行，我不去找你。你能出来么，不占用你太长时间。”

方小初觉得说话不方便，于是答应道：“好，我就当是接待老朋友了。你把地址发我手机上，不用打电话了。下班后我就去。”

没错，就是前男友大丁，那个3年劈4+N次腿的男人。

方小初把赵静叫出来，借去洗手间的机会把这件事告诉她。

赵静听了，说：“小初，你去吧，我们大方点。躲着不见反而显得你好像在怄气、心里还有他似的。不过，你一定不要被他的花言巧语给蒙蔽了。”

“很有可能哈哈。那货说起谎话来比电视剧台词还丰富呢，都不打草稿的。”

赵静被她逗乐了：“小初，我看你的嘴是钛合金的，心是棉花糖的，说实话，我还真担心你招架不住呢。下班了记得打扮一下，在前任面前，一定要漂亮得就像走红地毯似的，亮瞎这些男人的眼，懂不？”

方小初点点头。

终于等到了下班，听赵静的建议，方小初借了同事的化妆品，跑到卫生间精心化了个妆，理了理头发，收拾了东西匆匆走了。

前男友叫大丁，一个说谎次数比吃过的米饭粒还多的男人。

他选择的地方是新天地附近一个颇有情调的小西餐店。店面不大却优雅别致，里面的灯光昏昏暗暗的。

方小初进去时看到他已经坐在那里了，打扮得人模狗样。尽管做了很多的准备，心里还是“腾腾腾”跳了几下。曾经熟悉的人变得陌生，再见面还选在这么暧昧的场所里，一种不伦不类的奇怪。

方小初坐定后，问道：“你早到了？”

大丁说：“我也是刚到，路上很堵吧？”

方小初说：“不堵，我坐的地铁。”

大丁招呼道：“来，我们先点餐吧？你吃点什么？”

方小初没看菜单，径直说：“我就要一个三明治，随便一杯咖啡就行了。”

大丁急了：“别给我省钱啊，你别看这店小，大厨可是鼎鼎有名的五星级酒店请来的。”

方小初说：“你几年不在上海了，对餐厅倒是还挺熟悉。我就那些够了，谢谢。”

大丁刷刷刷点了一大堆，还有一大瓶洋酒，方小初由他去。

点完餐，一时间陷入了沉寂。方小初浑身像长刺一样不自在。

大丁看着方小初说："小初，你比以前更漂亮了，好像瘦了些。"经典的老情人再遇开场白。

方小初回了一个微笑，嘴角上扬后马上回复原状，算作回答。

大丁问："还在以前那家公司吗?"

方小初说："是的，没换。"

"有男朋友了没?"大丁问完，又补充道，"了解一下你的感情状况，别误会。"

方小初没回答。

大丁说："我现在是单身。现在发现单身挺好。"

方小初淡定地笑笑，说道："你单身却是难得。"然后调侃地看着他，继续说，"还不快赶紧找一个，你缺了女人应该是一天都不能活吧?"

"你看又讥讽我，是啊，所以我赶紧来找你了啊，哈哈。"

方小初脸马上沉下来。

大丁见势不好赶紧解释："开玩笑的，开玩笑的。"

大丁点了酒，方小初说不喝，说自己做业务之外滴酒不沾。所以他自顾自地喝起来。

酒壮熊人胆，酒也能增加暧昧的气氛，大丁话多了起来，他眼神迷离地盯着方小初："小初，说实话，这次来上海，我不是公事，也不是旅游，是专门过来找你的，为了不让你有压力才说是公事。几年没见了，这些年我都不敢联系你，怕你怪我，如果以前的事真的伤害了你，我现在说声对不起。我记得你很喜欢张雨生，我在网上淘了好多的张雨生的资料给你，以前大陆未发行的都找到了呢。我就是想送你一些东西，因为以前都是你照顾我，我没有珍惜……哎不说这些了。"

说完，仰头又喝了一大口酒，然后从座位旁边拿出一个大大的精美的纸袋，递给了方小初。

方小初接过纸袋，往里面瞟了一眼，满满的一袋张雨生，顿时有些动容。她想起以前上学时期每晚都有张雨生陪伴的时光，想起那个还只有广播和随身听的时代。

那个记忆里没有眼前的这个人。后来他们相处时方小初知道他不喜欢张雨生，所以没有强迫他。可现在，他却违心地帮她找了这么多曾经买不到的CD来讨好她。

方小初问："谢谢，确实都是我喜欢的。这些一共多少钱?"

大丁连忙摆手："别别，你可千万不要提钱，小初，这是我送给你的，你不会是要给我钱吧?”

方小初没理会他的话，说:“其实我大概知道价格，因为我也在网上搜索过这些东西。”

方小初收起了自己刚刚的小伤感，对方一定不会察觉到的小伤感，这些伤感是给张雨生的，是给自己的青葱岁月的，与对面坐着的男人无关。

“你千万别给我钱，方小初!”大丁突然连名带姓地叫她，“你可不可以不要像以前一样，不解风情?”

“什么风情?”方小初微笑着问他，对他的霸道和小伎俩再熟悉不过。

大丁酒喝了不少，显然有些兴奋，他说道:“你就不能傻一点，愚钝一点吗?女人就应该享受男人送的礼物，享受着男人给的生活，不用多想，不用太聪明，你太犀利了。”

但是方小初没喝，她还清醒着:“对男人的谎言也要睁一只眼闭一只眼对吧?哈哈。”方小初像释放一样地笑了笑。曾经的伤痛，现在回味起来都是笑谈。

大丁大概也发现自己有些激动了，看着无动于衷的方小初，有些气馁，压低了声音说:“不好意思。”

方小初说:“没有关系。”

大丁把瓶子里最后的酒倒在杯子里，仰头一饮而尽。死死地看着方小初，头试图要靠她更近一点。

方小初感觉他脸上的热气直喷过来，有些紧张，正不知如何躲，这时听到他说:“小初，有次在街上看到一个女孩特别像你，我追着她走了好远，后来发现不是你的时候，很失落，那天晚上我喝了好多酒。小初，我忘不了你。”

“大丁!”方小初打断他的话，声调不高但坚定。

大丁显然有点意外，从进门之后方小初都没有叫他，她的淡然冷漠让他很挫败。

“大丁，”方小初继续说，“我根本不知道该怎么称呼你，也不想叫你，无论怎么称呼我都不自在。”

方小初定了定神，接着说:“你知道吗，你选的这个地方不适合我们，这种环境只适合恋爱初期的、暧昧中的或是偷情中的男女，老夫老妻或是朋友关系都不会来这种地方的，所以我们不适合。

你很霸道地向我妈要到我的电话，要霸道地去我们公司拦我，霸道地撒个谎把我约出来，又霸道地送我礼物，还霸道地说那些有的没的话，如果是以前，听到这些我会感动，而现在我只觉得恶心。

你说我不解风情，很抱歉，你要我对着一个连朋友都称不上的人怎么解风情？呵呵，这些年你没有进步，还是喜欢在女人面前玩老一套。你是不是特希望我在你面前眼泪盈盈，特希望我像以前一样被你这些小伎俩打败是吧？

其实你今天的这些举动我事前都猜到了七八分，我太了解你了。我来见你，是觉得你既然来上海了，不想让你空跑一场，还有不想让你觉得我是故意躲着你。我现在见了你了，更加确定一件事，那就是我彻彻底底地早把你放下了。”

看着大丁在那里脸色整个呆掉，方小初有些于心不忍，但此时此刻不能给他任何的希望，这样对彼此都不好。

方小初语气缓和些：“这些雨生的东西都很珍贵，我很感谢你的费心，我全收下了。我大致知道价格，但我现在只有一千多块现金，全留给你，算是我买的。我希望你不要再这么玩世不恭，女人们都没有几年可搭给你的。”

说完，方小初把钱包里的一千多元全放在桌子上，只留了几个硬币，然后提着袋子走出了小店。

外面的夜色特别的好，这个路段随处可见那种别有情调的咖啡屋，一阵凉风吹来，凉爽惬意。

方小初终于为自己能够学会勇敢地放下而开心，她不再是以前那个哭哭啼啼一次次原谅男生出轨的小女孩了。她不想早早回家，一个人幽幽地在路上闲逛，嘴角带着一丝笑意。

赵静同学，我没有被蒙骗，哈哈！方小初发了一条短信。

回到家，方小初洗了澡，吹干头发，换上干净的睡衣，心情一阵舒畅。坐在沙发上将大丁的那一袋张雨生的物件拿过来，一件一件慢慢翻，小心翼翼的像捧着宝物。

家里收藏的类似资料已经很多，甚至还保留着上学时候同学们互相手抄的歌词本。收藏品里还有几张因为当年买不到正版而不得已买的盗版磁带。

上学时期没有钱，但方小初却坚守着不买盗版，她觉得既然是自己喜欢的东西，怎么可以以次充好。所以她上学时期的磁带都是从外文书店买的，那时大约 12 元一盘，方小初就买两盘，听一盘收藏一盘。

在老家自己的房间里，方小初至今保留着一台小小的录音机，她怕以后这些磁带真的成了能看不能用的古董，这么久没用，也不知道那台小录音机现在生锈了没？

网络时代想要听歌太容易，网上应有尽有，以前台湾的综艺节目的片段、舞台剧的片段、从来没有看过的张雨生的电影，全都已经找来欣赏过了。尽管这样，方小初每次回家还是要将这些过去的磁带和 CD 一遍遍地抚摸，擦拭得干干净净。

花样年华已过，物品却留痕。

不管怎么样，大丁还是用了心，可惜时不待人，都完全过去了。

方小初拿起一张台湾版的《白色才情》，想起在高中时为这半盘专辑和郑子衿跑遍城市角角落落的情景，想起来甜蜜。青春小小的足迹能走多远？青春时心的世界更宽广。

郑子衿说："我们若能去台湾多好，那里的灵山秀水养着多少文人墨客啊。"于是那时候，在还没有三通的时代，他们开始向往着去台湾，只为那半盘的《白色才情》。

这些都已经不再重要，和张雨生一样，他也只存活在自己的回忆里，除了那匆匆一瞥，再无他任何消息。

自从有了手机和网络，老同学们联系更加容易。使用校友录时，班级里就找不到他的名字；后来校内又开始盛行，依旧没有他的行踪。有同学取笑说："郑子衿大概回了火星。"

方小初却不以为然，郑子衿比方小初更向往闲云野鹤，骨子里深藏着本世纪最后的浪漫主义情怀，肩膀上没有束缚和标签。他就是一个像侠士一样的人，消失几年不足为奇。

袋子里有一个塑料的透明文件夹，里面放了不少张雨生部分歌曲的钢琴谱，一看就是复印的，A4 纸的边沿上都有一道道影印留下的黑影，不知道大丁从哪里找的。方小初数了数，一共有十首歌，有几首是一直想要的，对方小初而言是相当满足了。

还有一些果陀剧场的舞台剧，让方小初如获至宝。她突然想到这一袋子的东西，自己现在居然只能用来收藏。

张雨生歌里唱到"如丝如缕的情怀，也被数码取代"。身边除了保存的那个小录音机吱吱哑哑勉强还能用之外，CD 机也早成了历史，别说钢琴连电子琴都没有，生活真的活生生地被数码活剥了。

打开手机，把里面存着的歌曲拿来听，张雨生清新如孩童的声音传来，是《如燕盘旋而来的思念》，冥冥之中的巧和吗？

我是荒凉的废墟
你是湮没的传奇
来来往往善男信女
膜拜他们的执迷

第十章　新年新计划

销售部的同事们都在紧锣密鼓地安排工作，催款、催货、打电话、做报表，一派热火朝天的景象。

今年马上就要过去，明年销售总任务也制定好，具体如何分配到每位代表的身上，还需要根据区域情况慢慢分析。

这些日子已经开始每年年底的任务划分会议，这是 1 对 3 的细致详谈，每位担当单独进行至少一个小时的交流。每年这个时候每个人压力都比山大。

王文启正在小会议室里和领导们商讨下一年的目标，会议室外面大家都在做最后的功课，每个人桌上都摊了林林总总的大堆资料，没有人顾得上理会会议室里发生着什么。

唯独廖成有闲工夫，他优哉优哉走到赵静面前，皮笑肉不笑地问："小赵，都写得差不多了吧？"

"还有些地方需要确认。"赵静已经做完了，熬了两夜，但怕廖成刨根问底、死缠烂打，就和他说还没有写好。

"都快要叫到你了，还没写好？"廖成不相信。

赵静不耐烦地说："我说了是有些地方需要再确认嘛，又没说没写完。"

廖成接着问："明年广东打算做多少？5000 万？"

赵静说："要和头儿们最后商量的！"

廖成眼红地说："你要是能做到 5000 万，明年收入就大大的啦！"

赵静反将一军："你只需要做 800 万，收入也是大大的啦！"云贵是公司的小产出区域，目前的销售额还没有破千万。

廖成岂是怕别人冷言冷语的人？他每天都享受着八卦和被八卦的快感，心理素质那可是强大得很！

他嘴一撇，冲着赵静阴阳怪气地说："不过你区域现在麻烦事这么多，能保持今年的业绩也不错了，加油哈!”

说完晃晃悠悠地走了。

赵静看着他的背影，在心里问候了他们全家老小。

方小初见廖成又朝自己这边走过来，主动开口问:“廖总就是效率高，如此清闲，一派胸有成竹的景象，明年计划都制定好啦?”

廖成说:“我那小区域订个计划有多难? 不比你们这些大区域。”说完拉长声调，眼睛向赵静瞟了瞟，然后说，“小初你尽取笑我，小声点，别‘廖总’‘廖总’的，真的‘总’在里面呢。”

“以廖总的能力，一定能很快被提拔!”方小初调侃他。

“你还真敢说，都叫你小声点。哥买了两瓶矿泉水，给你一瓶。”廖成声音压低了几个分贝，说完不知从哪儿变出来一瓶袖珍型包装的农夫山泉，放在方小初的桌上，悄悄地走开了。

方小初不敢相信自己的眼睛，什么? 廖成给我买水喝! 而且是单独给我，没有其他人! 这一毛不拔的铁公鸡葫芦里卖的什么药啊? 销售部里出名的抠门男，每花一块钱都跟割肉一样疼的廖成，居然当众给她买水!

虽然只是瓶矿泉水，这剂猛弹还是炸得方小初有点蒙。四处看了看，似乎没有人在关注这边发生的事，方小初更没法因为一瓶水推来搡去惹人注意，只好暗暗接受。

廖总啊廖总，老娘我真心不想让别人误会我俩关系要好啊! 好了，别自欺欺人了，办公格子又隔不了什么，她不相信同事们没看到，职场里别的没有，耳目不缺的。

看上我了?

“噗……”方小初差点笑喷。然后马上推翻这个推测，先不说廖成有家有室，就算他没家没室，他们也完全是两国的人。就算全世界只剩廖成一个男人，方小初也会选择一头撞死。

那是为什么呢? 方小初搜索大脑中的记忆，突然想到了上次廖成问自己是不是公司领导裙带的事，有点恍然大悟: 他不会真以为我是某领导的关系户吧?

真是活见鬼了! 方小初看着桌上的这瓶矿泉水，无奈地摇摇头。好像每次月底回公司，这个八卦天王都要搞点动静出来，一副唯恐天下不乱的样子。

容不得多想，小会议室的门已打开，王文启看来已经谈完了。谢部和肖课出来，去洗手间的方向。王文启脸上还和以前一样淡定，永远的不愠不火。

“谈好了吧?”智央第的办公桌就在他旁边，侧身问王文启。

“差不多了，任务数字还要修改。领导说我定的目标太低。明年艰巨呀。”

王文启回答。

“每年都一样，没事儿。我们吧，该怎么做怎么做。”智央第像在安慰他，又像是在自言自语，“大精是棵大树，大树底下好乘凉嘛，走一步算一步。”

这时候谢部他们已经回来，又返回了小会议室。远远地看，谢部保养得当，总是一副精力充沛的样子，一身西装在身就颇有气场；相比之下肖课在身边却多少有些像小跟班，气势输了不少。

松田自始至终都没有出来过，他们三个人讨论了好一会儿，肖课才起身开门，朝着这边喊一声：“方小初！”

方小初带着自己准备的资料进了小会议室，摊开文件打算开始。四人会议不用开投影仪，所以大家坐得比较近。

“小初，先不急，我先简要地说一下明年公司一些新想法。”谢部说。

“好的。”方小初抬起头。

“现在马上就新年了，今年年初定的任务，我们已经完成。你和赵静是我们销售部万绿丛中两朵花，工作做得都不错，我和松总一直也很认可，看来我们以后要试着多增加一些女代表呵呵。

你知道公司销售人员的流动很频繁，我问过其他产品的销售部，也一样，多向选择的时代嘛，这也正常。公司是 365 天都在储备人才。眼看今年就要过去了，明年在人员分配上，我们争取把区域再细分，这个工作计划在明年的上半年完成，包括和新人交接。

现在很多产出较小的区域，一个担当负责两个省；产出大的区域内，一人一省都忙不过来。所以公司打算为一些大的区域比如北上广江浙，还有你负责的山东，增加人手，这样大家才有精力深挖市场。

前段时间面试了不少新人，接下来的时间，需要你们几大区域的担当们分工，带带新人，尽快让他们成长起来。”

方小初诚恳地点点头，说：“没问题啊。”

谢嘉义继续说：“新人到岗时，我们会有一周的时间对他们进行培训，和人事部配合：人事部负责公司文化和制度的介绍，我们就负责产品知识和销售谈判技巧的培训。我们会挑两位同事做这个工作。

小初，我们觉得你就挺合适，你在公司这么多年，首先对公司的各个流程和销售制度很了解，对人友好，还有耐性，就是不知道你是否愿意尝试做做老师？这是一个很好的锻炼啊。”

方小初想：比我入行时间长的人有很多吧。她考虑了一下，回答说：“我从来没有做过培训类的工作，说话既不慷慨激昂，声音也不气壮山河，我不知道能不能胜任这个工作。如果新人因为我介绍的不好，失去信心跑了，我怎么向公司交待?”

谢嘉义笑了：“我们这又不是传销式的洗脑，不需要那么有激情，其实就是和新人沟通的过程。小初我觉得你行，试试嘛。”

方小初想拒绝也没用，加上自己也愿意挑战新的工作内容，于是说道：“行，既然领导信任，我乐意接受新挑战。那我提前做做功课，到时候把做好的培训内容发给松总和您过目。”

谢嘉义说：“好，你想得很周全，人事部那边也有一些现成的资料，可以找诸琳要来参考参考。我们另外一位人选呢，打算让赵静试试，一会儿找她商量下。行，我们开始吧。”

方小初不置可否，对于公司的决定，我们更多的是听从安排。

方小初说：“松总、谢部，我对你们刚才的赞美很不安，觉得受之有愧。山东市场这两年一直在增长，势头良好，目前也没有太大的动荡。只是我觉得，还可以做得更好。我感觉代理商已经准备开始要大刀阔斧地推旭天的产品，以前是被动，现在是主动。我们不能对代理商怨言太多，他们一定是谁给的利润大愿意做谁的。他们需要我们的品牌名气，又需要旭天这种民营企业的利润。”

“代理商不会选旭天作为主推品牌的，而且这不是我们的错。”松田打断。

“从上次凌业事件开始，代理商就尝到了甜头，华丰是不会和我们断了联系，但不是不可能……”

“不可能，他们会选择大品牌。”松田非常坚持。

真是内忧外患，松田的理念总是让人的工作更难做。他对自己的公司很有自豪感，相信产品好就是王道。同时也坚信别人的选择会和他一样。

谢嘉义打圆场：“小初，你先不要急着下结论，这个等一会儿再和松总汇报，你继续。”

方小初继续说：“山东区域目前力克还没有行动，主要的竞争对手还是3N、旭天，这两家公司占据了我们不少重要的客户。接下来……”

“那你打算怎么应对?”松田再次打断。

方小初在心里骂了一句，恨不得拿个胶带封住松田的嘴和眼。她表面不动声色，对着松田说：“松总，我正说到这里了。”

方小初向来不怕松田，从不在他面前哆哆嗦嗦。

“就目前比较大的这几个问题，接下来我需要做的是：1. 霍李威士要由华丰出面和我一起去拜访，我会说服他，尽量多了解一些3N的情况，不管明年能不能做进去，至少要有突破；2. 要避开华为夷去凌业看看，这需要找个合适的理由，目前还不能惹他的情绪；3. 代理商这边的任务，华为夷发过很多次牢骚，但没有商量，必须让他签了合同；4. 是不是需要重开一个代理商？5. 明年需增加一部分公关费用。”

谢部长问：“AA 公司的合同已经收到了吧？”

方小初说：“收到了，元旦后就会开始进货。”

谢嘉义说：“如果没有新客户，明年的任务就很难完成了。光凭一些老客户的自然增长肯定不够，况且还有部分客户用量在减少。开发新客户是势在必行了。”

方小初点头说：“是的。这是我和肖课核计的目标数字，按公司 18% 的增长就是……”

松田打断：“明年不是 18%，刚才我们讨论过，明年会在几个大区域增加人员，量也要加的。”

方小初停止报告，看着松田，她想说：新人独立工作需要很长一段时间，怎么可能承担太多的任务？

谢嘉义这时开口了：“松总，新人的培养需要时间，后半年能上手就不错了，而且还是在没人离职的情况下，任务先按 18% 算吧，看新人稳定的情况，下半年再调整。”

谢部总是能在该出手时就出手，松田给销售们的任务，其实也是给他的任务，他深知这可不是喊喊口号画画大饼就能完成的，不合理时要及时阻止。革命又不只是请客吃饭！

松田黑脸点头，牙关咬得紧。他不再坚持，谢嘉义的建议总得听。

经过一个多小时的讨论，山东区域的目标制定完成：目标 3600 万，总代理华为夷任务 2000 万。增加新代理须从长计议，增加公关费用方面，松田不同意。

作罢。

第十一章　自信可以驾驭简单

从会议室出来，已到了午饭时间，办公区只剩下四五个人，铁杆饭友赵静还在等她。看到方小初终于谈完了，赶紧起身，拿上钱包，催方小初："小初，快快快，快没有时间吃饭啦。"

方小初问："想好吃什么了吗？"

赵静拉她往外走："没有，边走边想呗。"

"等我拿上钱包。"方小初打开包包，海底捞一样捞她的钱包。

"不用啦，我带钱了。"

方小初没理她，依旧翻出钱包，准备走。

这时智央第走过来："走，两位美女，今天带你们吃好的，我请。"

赵静提醒他："吃大餐时间可不够。"

智央第说："就在公司附近，一家餐馆换老板了，我们去试试。"

三人赶紧出发。

"等等……"廖成不知从哪儿冒出来，"正愁没饭吃呢，一起一起。"

方小初和赵静对看一眼，心照不宣地偷偷作无奈状。智央第很大方，拍拍廖成的肩："我以为你早下去了呢，走吧！"

短短的路程里，廖成从头到尾不失时机地向方小初示好，让方小初越发觉得他近来怪怪的。

走进饭店时，方小初四处看了下，没有公司的同事。四人找了一张桌子坐下来，智央第征求女士们的意见，赵静说："小智你就看着点吧，我们中午时间不多，就不要把时间浪费在点菜上了。"

智央第熟练地点了几个菜。

"小初，你上午进去时间很久，都谈什么呀？"廖成的好奇心来了。

"就谈明年的任务，工作安排这些。"方小初说。

“你进去的时间比别人长。”廖成指了指手表。

“这个我没有注意，哎，我说廖总，每个同事进去谈话，你还掐表计算啊？”方小初就喜欢调侃他，她知道廖成喜欢获取新闻，不在乎过程坎坷。

“别别，千万别再叫我廖总了，让人听见以为我要谋权篡位。”廖成连连摆手。

方小初答应他，说：“好，我不叫了，我就不影响你的仕途啦。”

众人哈哈笑作一团。

赵静开口责怪：“难得中午清静地吃个饭，廖总你就别老说工作的事了好不？”

“你看，廖总，这可不是小初叫了，是大家的呼声啊。”智央第也不忘加进来放箭。

廖成不满意自己的话题被禁止，抗议道：“不说工作的事，我们说啥？说婚姻家庭？吟诗作赋？还是给这两个剩女介绍男朋友？”廖成是实际派，他可没时间风花雪月。

赵静又白了他一眼。

“听说公司要人员大洗牌了？”廖成的表情，总是一肚子秘密情报的样子。

众人摇头表示没听说。

廖成继续说：“我也是听别的部门同事说的，消息不一定可靠。哎，也不知道领导们会不会变，怎么个洗牌法，我们前途未卜啊。”

智央第说：“你天天想太多了，你就没有我活得自在，不管是谁来，廖总你都是前途大大的嘛哈哈！我可管不了那么多，不管谁来，我们该做啥还做啥，公司虽然抠门了点，大精的福利待遇也还过得去。”

智央第发表意见，他要是知道廖成曾经八卦他夜店当牛郎的事，估计都不会请他吃这饭了。

廖成说：“就怕会裁减人，我们被开了。如果真被开，一定要够3个月的赔偿金。”

方小初侠义心肠又来了，她说：“小智，你就没有廖总这么有上进心。廖总当然要把公司上下关系都摸清啦，你看人家连每个员工进公司之前做什么都要一清二楚的，连HR的工作都代做了，就是一个FBI的紧缺型人才，是吧廖总？”

廖成听出方小初的话中话，有点不好意思，正好菜端上来，他马上说：“吃菜吃菜。”

中途方小初电话响，是吕唯唯。方小初猜八九不离十又是相亲的事，怕同事取笑，于是出去接。回来时看大家基本用餐完毕，智央第结了账，大家就准备回公司了。

四个人就廖成没带钱包，嘴一抹，第一个起身离座。

下午领导们继续和销售担当们单独谈话，方小初此刻比较轻松，她打开MSN，赵静的窗口跳出来。

“小初，中午你去接电话的时候，你知道廖成说什么了吗?”

“说什么啦?”方小初也想知道。

“他说公司人员变动，说你可能要升职。”

“可笑死我了。不过公司网络，聊天须谨慎。”方小初打一个封口的表情。

“不妨事，聊完删除。”赵静说。

方小初突然顿悟，和赵静说：“我知道了，终于明白了。”

赵静问：“明白什么?”

方小初笑笑：“他为什么这次回来使劲向我献殷勤。”

赵静也恍然大悟：“哦哦，原来如此。”

方小初说：“他既然认为我要升职，就让他猜好了。我也可以多喝几瓶他送的矿泉水。”

赵静说：“喝他的水，迟早要还的。不过，你已经谈过话了，有这方面消息吗?”

方小初表示不知道：“领导只说了明年要大幅度增加新人，其他的怎么可能和我们说嘛?”

“哦，不行，我马上要去赴战了，随后聊。”

那边已经在叫她，赵静抱着一堆文件往小会议室走去。

吕唯唯的短信又过来：你这次不能耍赖，拒绝任何理由!

唯唯中午电话里说，大学同学里在江浙沪的也不少，有条件聚一聚。想念了，何必等到十年才同学会?

最重要的是，唯唯曾答应说要把一个优秀的男人带给她，大人可是说到就要做到的。方小初让她保证不要把同学会搞成相亲会，就去。

唯唯答应了。这会儿又怕她找理由临阵逃脱，又来强下指令。

吕唯唯说：“妞，你没有以前勇敢了。”

我也觉得我没有以前勇敢了，我患得患失，不懂人生妙在过程，纠结多心累。我封闭内心，怕被轻视，怕被拒绝。唯唯最了解我，她知道我本来的面目。

“我一定不会放你鸽子。我还会盛装出席!”方小初回复。

“这才像话。”吕唯唯终于满意了。

方小初把昨天廖成讨好自己的那瓶矿泉水打开，咕噜噜灌了几大口。你孝敬本小姐的，我就享用了，管他是不是能晋升成你的上司。

马路消息总是有它的市场，有固定的受众人群。廖成的快乐就是捕捉和散播这些信息，并利用有效信息为自己谋福利，这是他的处世习惯，无可厚非。

他有他的理想，他的理想就是与天、与地、与人斗。方小初想自己只不过是这公司八卦里一个极小元素，何必自我将它放大呢?

廖成看方小初接受了自己送的水，得意地在那儿笑。

方小初视而不见。

这时间满大街都是节日的味道，各商家制作的圣诞树竞赛似的美丽，橱窗张贴得琳琅满目。大厦和商场有空间优越性，搭建的圣诞艺术造型规模越来越大，人们纷纷在这些工艺品前合影。

外界的世界越喧嚣，越发显得人的渺小。几个素日里最常来往的姐妹，都名花有主，这个时候都纷纷约会去了，连赵静晚上也有同学聚会。

方小初不想太早回家，于是提前下了车在陆家嘴附近闲逛，答应唯唯的，要挑一件“盛装”去参加她组织的同学会。

辛苦一年，必须好好犒赏一下自己，方小初走进一家服装店。

“你好。”店员是一位训练有素的美女，微笑着走过来。

方小初回敬她微笑。

店里的衣服风格是以前从未尝试过的，款式简单，剪裁别致。方小初以前不敢穿这类型的款式，怕显得老气，她一直没有自信撑起这种气质的衣服。

有一种说法是“越自信的女人越敢驾驭简单”。方小初挑了一件黑色修身连衣裙，加一点好看的泡泡袖，长度不过膝，羊毛质地。

她跟店员说：“小姐麻烦你这件，我要L号。”

店员把衣服给了方小初，说：“小姐，我觉得你M号就可以穿的，要不一起试试?”

“可我从来没有穿得进去M号。”方小初怀疑自己的身材。

店员笑笑，把两个尺码的都给她。

换好衣服出来，果然是M号最合身，店员小姐眼光犀利。

看着镜子里的自己，方小初立马忘记了以前的衣服，这才是最适合自己的风格嘛！而且，我什么时候瘦了些?

店员在旁边赶紧赞美：“小姐，这件衣服很适合您，您的气质一下子全出来了，很漂亮。”

“谢谢。”

店员小姐看方小初似乎很满意，趁热打铁，拿出一双黑色及踝短靴，说："小姐，这靴子是今年新款，是我们自己的设计师设计的，你试一下，买不买没关系，你可以搭着看看效果，我觉得很适合你身上这件裙子。"

靴子穿上脚，很适合，与裙子浑然天成的，方小初突然发现自己原来也可以驾驭它们。

我的生活，也可以像身上的这件衣服一样：简单，有质地。

方小初指着模特儿脖子上的一条大圆圈的毛衣链，问："这项链卖不？"

店员小姐笑着回答："不好意思，这个是陈列用的，不出售。小姐你要买衣服的话，我可以申请送您。"

"要的，羊毛裙和靴子我都要了。"

结账，一共3800元。方小初第一次买这么贵的衣服，有一些肉疼。但总体感觉还不赖，女人找到适合自己的衣服，就像找到适合自己的爱情一样让人舒心。

方小初终于可以在衣着风格方面向前迈进一步，在这个新年即将开始的时候。店员把衣服包好，把项链用鹿皮布擦拭一遍，装在一个小盒子里，一起给了方小初。

"小姐，这是您的衣服，同时免费为您办一张会员卡，你填一下表格，下次来可以打95折。谢谢您的光临。"

"不客气，你比我更了解我适合穿什么呢，今天算是开窍了。"方小初对她莞尔一笑。

出了店门，方小初突然发现自己原来只逛了这一家店就有了战利品，买东西可真是比男人还痛快。她看到一家咖啡店，进去要了一杯热腾腾的拿铁，找个位置坐下来，看着窗外的今夜霓虹。

过节了，想家了。方小初家在西安，爸爸妈妈今年刚刚退休。

拨通了家里的电话，爸爸接的。

方小初问："爸，妈呢？"

爸爸说："她在看电视，这娃一张嘴就是找妈，不想我？"

方小初赶紧说："想想想，我可想你们了。吃饭了吗？"

"吃了，你妈早早就把饭做好了。天天变着花样的做好吃的，退休了净琢磨这个了。你要是在家就好了，能吃好。"

"我在外面吃的也好，都胖了。"方小初撒谎，虽然刚刚衣服成了M号。

爸爸小心地问："交男朋友了吗？"

方小初哎了一声，说："没有。爸，你女儿没有人要了……"

“我的女儿怎么会没有人要？缘分没到呢。我和你妈又没催你，不给你压力，你自己先别自暴自弃。”

“嗯，我知道。爸你最近的小生意好不?”爸爸退休后自己开了一个小便利店，和妈天天开心忙碌着。方小初一方面心疼父母会太辛苦，一方面又想他们要有事情做才不会无聊，就随他们去了。

“生意最近不太好，是不是金融危机给弄的?”爸爸心态很好，他喜欢和女儿开玩笑。他们是开明的家庭，父母不摆架子。

方小初劝说道：“金融危机呢，就关系不大，爸，关系大的是，你们要知道，这个小生意，只是为了打发时光开的，做生意有好有坏，你要为它太操心，那就违背我们的初衷了。我们公司的业绩也是这样，有时候一个月前25天都没业绩，但后面几天就完成了，生意的事情说不准的。”

爸爸笑呵呵地说：“知道，知道，我不操心，不操心。你比你妈还啰唆哈哈哈，和你妈说话吧。”

“嗯。”

妈妈跑过来接电话：“小初，妈正在看电视呢，《铁梨花》，好看着呢，妈一会儿给你打啊。”

方小初说：“好吧你快去看。今天晚上不打了，明天再打，明天我一定记得在电视剧开播之前打。”

“等一下，你爸还要和你说话。”电话那头传来妈噔噔噔往客厅跑的声音。

方小初会心地笑了，一对老活宝。

“小初，爸想问你，你确定要留在上海么?”

“暂时是的，爸怎么了?”

爸爸问道：“有没有想过买个房子？爸听你说在上海的这几年，都换过几次房子了，老被房东赶着跑，爸爸妈妈希望你有个定所。”

方小初说：“爸，上海的这房价，你知道，我想凭自己的能力买还需要一定时间。”

“爸爸知道你独立自主，但房子是早点买好。我和你妈都不是老顽固，不是说非要找到老公才要他买房子的，如果有看上的，就告诉爸妈，要是能承担得起，我们就添一点付个首付。你在外面三天两头换房子住，你妈心疼呢，老房子还有蟑螂，连卫生都保证不了。再说房子也保值啊。”老方最清楚自己的女儿，太好强又死倔，吃软不吃硬，得哄。

方小初安慰爸爸说：“爸我知道了，我最近留意一下吧。我也想买的，有房子了，就可以接你们过来住了。还有，你们不用太操心我，我生活有质量滴很!”

这时方爸爸想起了什么，说:“小初，前两天有个男娃打电话过来，要你的手机号，你妈也没听清是谁，怕是骗子就没给他。叫什么‘金子’的，你认识吗?”

方小初说:“爸我不认识什么‘金子’‘银子’……”话没说完，方小初突然想到，会不会是郑子衿?然后对爸说，“太晚了，不聊了，你们早点休息吧。”就匆忙收了线。

每当被负面情绪占据，有些小伤感小自卑小阴暗小情绪的时候，爸爸妈妈就能及时地把她的心绪拨乱反正。

年少的时候觉得父母不了解自己，有代沟。长大后才发现，父母其实才是最了解自己的人。每当感觉撑不下去，沉不住气，父母就会说一些让她豁然开朗的话。

工作不容易，前男友劈腿，方小初自卑到极点，妈妈那时一边看《西游记》，一边对她说:“小初，你看唐僧多笨一个人，取经都九九八十一难呢，最后还不是成了佛?”

爸爸在电话里说的那个“男娃”，很有可能是郑子衿，方小初不禁哑然失笑:老妈呀老妈，你倒是真有原则。直接就把你女儿牵肠挂肚的人，用铁扇公主的芭蕉扇扇跑了。

从咖啡厅看出去，陆家嘴这一带的璀璨高楼群尽收眼底，这是她最爱的上海一景，有生命力。

第十二章　尘封往事终又启

部门里正在忙跨年聚餐的事，因为大家近几天心情较以往轻松，所以销售部最近常常欢声笑语。

不过这种短暂的欢乐气氛总让人觉得不真实，大家在说说笑笑的时候，都会偷瞄一眼松田的脸色，松田的严肃让所有人的欢乐只是隔靴搔痒，不酣畅不痛快。

肖课长负责聚餐的 8 大事宜，他的痛苦在于既想让兄弟姐妹们好好地享受一下，又不敢表现得过于热情。人人都在看领导脸色行事。

部门聚餐是各部门自行组织，不同于公司年会，吃了饭一起跨年，期间会有领导讲话，对下属们鼓励云云。

“开个小会！去 3 号会议室！”谢嘉义召集大家，接着又调侃下属们，“别发愁啦，就几分钟。”

大家集合在 3 号会议室，座位不够，一半人都站着。

松田扫视一圈，发现北京的那对夫妻档不在，问道：“Lisa 和老陈呢？”

谢嘉义解释：“他们上午坐高铁，下午才能到。”

松田脸沉了一沉，瞬间又换上一副比哭还让人难受的笑脸。

“大家辛苦了。”弯腰一个 90 度躬。

“今年每个人都表现不错，尽心尽力，感谢大家。为了回报各位同事，我们部门在 12 月 30 号，也就是这个星期五晚上 6 点一起聚餐，在今年的最后一天，我们一起跨年。

聚餐的事情由肖课长负责，到时候会把详细安排 EMAIL 给大家。这几天我们的工作不要受到影响，和往常一样。散会吧。”

最后一句才是他要表达的，意在将人们从欢乐的气氛中拉回现实。

大家回到座位上“和往常一样”工作，本来这两天其实没什么事，可不敢再怠慢，纷纷装出一副忙乱的样子。私底下同事们都在 MSN 上互找对象倾吐。

有职场的地方必然生存着一个衍生物：牢骚，生生不息的牢骚。

快到 3 点的时候，北京的那对销售代表来了，一进门，大家纷纷站起来去问候寒暄。

谢嘉义也起身迎接，他悄悄地对 Lisa 说："赶紧和老松报告去，你们晚来他有点不高兴了。"

"高铁就这个点儿，不高兴也没办法。" Lisa 才不在乎。她个性犀利果断，很不把松田放眼里。

他们虽是松田的部下，但办公地点在北京总部，区别于其他同事。北京是公司最重要的区域，他们常年坚守，劳苦功高，有恃无恐。没有大的事情很少来上海。

但招呼还是要打的，老陈拉着她走向松田的办公室，春风满面地和松田拥抱，嗯好久不见，哇松总气色很好。老陈你们辛苦了，呵呵。客套不提。

方小初无暇顾及这些，因为过两天要参加同学聚会，所以她加紧着把次年 1 月份的预计发货，应收账款等全都整理出来。之后拉着赵静，抽空去了趟人力资源部，要了一些培训的资料。

公司已经确定让两员女将做新员工的培训。两个人把责任进行分工：一个做技术类的，赵静理工科出身，自然担当此职；一个做商务类的，由方小初负责。

定位就是：让新人对公司、对产品有信心，并且不觉枯燥！

两个人埋头苦干着。人事部给的资料有点旧，看起来这两年都没有更新过，方小初顿觉任务重大。要把这些内容做得新颖又通俗，听者又不觉得是在嚼蜡，需要花费力气好好做个教材。

长年奋战销售一线，她很清楚销售人员爱听什么，客户愿意听什么。

"亲爱的，喂，赵静，你太专注啦。" 方小初轻轻叫赵静。

"在在。" 赵静抬起头。

方小初说："我明天要去参加一个大学同学会，准确地说是'江南一带同学会'，就十来个人，就我那个大学死党吕唯唯组织的。她肯定又想给我介绍男朋友了，顺便看看同学们哪个还单着，拉郎配啥的。你要是没事，和我一起去。"

赵静说："你的同学会，我去了合适吗？大家不熟，会不会尴尬？"

方小初摆了摆食指，说："他们啊，根本不懂'尴尬'，都很好玩的，这个你不用担心。亲爱的，去吧，顺便也帮我把把关。"

"我想想。" 赵静还是觉得不太合适。

“想什么啊，决定了！打扮靓点，说不定会有优质人类。”

“好吧，我穿个大裙摆演出服去。”赵静同意了。

方小初忍不住笑出了声，接着赵静的话：“再贴点亮片啥的！”

两人笑成一团，发现有点失态，赶紧用指头各堵各嘴。

“聂小图！”赵静突然轻喊。

“怎么又提他？”

“不是，你看。”赵静眼神示意门口的方向，聂小图一身清爽地走过来。

聂小图正一路向上海的同事们打招呼，很快走到销售部这边。方小初和赵静站起来。

因为之前拒绝过聂小图，方小初有点尴尬，慌乱之中问：“小聂，你今天怎么来了？”

聂小图镇定多了：“马上新年了，事情比较多啊。”

“哦。”方小初一时语塞。

赵静马上出来救场：“小图，你刚到吗？一点不像长途跋涉过的样子，太有精神了。”

聂小图笑笑：“我是和你们部的老陈他们一起来的，在高铁上洒了饮料，我就先回酒店换了身衣服。”

赵静笑脸如花地问：“这次来了待几天？是不是要和你们市场部的同事一起跨年呀？来我们部也行，我们也列队欢迎。”

旁边的几位同事也听到了，都附和着说：小图来吧来吧。

“我倒是很想，不过北京那边还等着我回去呢，只能待两天。不说了啊，我要去我们部了，有空再聊。”聂小图看了一眼方小初，和大家客套完了，走了。

赵静和方小初回到位子上，方小初马上就开始工作，像没什么事情发生一样。

赵静问：“小初，不对啊，你居然叫他‘小聂’？”

方小初一撒谎就紧张，她说：“那……不然咧？”

赵静说：“全世界的人都叫人家‘小图’，你以前也是这样叫他的啊，怎么变了称呼。发生了什么？”

方小初歪着头看着赵静：“什么事都没有！我早说过了嘛，我俩没火花。”然后又戏谑地说，“我觉得……你俩倒是挺搭的。”

赵静没像以前那样反驳，微笑着说：“先去了你的同学会再说吧，看看有没有好男人。”

同学会转眼就来了。

从苏州无锡杭州等地赶来的同学数量超出了预期，一群男男女女都已早早到齐，在包厢里唱歌聊天，吕唯唯忙上忙下地招呼。

方小初穿着前两天收获的一身行头，效果绝佳。赵静看了都啧啧赞叹，然后气她太有心计，买衣服不叫上自己。

方小初只好安慰她说："赵静你天生丽质，披个编织袋那都是气质，那风度谁都抢不走，你怎么那么会长呢？"

两个人互相臭屁一番急匆匆赶到聚会地点。当她们一进门的时候，有男同学眼尖马上尖叫："两大美女啊！"

同学们一哄而上，吕唯唯是中短发，头发顺溜乌黑，与她的豪爽性格很是匹配。她今天还化了妆，看起来神采奕奕的。

唯唯一见面就责怪方小初："我说，外地的同学都早到了，你在一个城市怎么还迟到？太过分了。不过看在今天有个美女为你撑腰，我们就不罚你了。赶紧的，介绍一下，这位美人儿是谁呀？"

方小初介绍道："赵静，是我的同事兼好友。那什么……单身。"

有人吹起了口哨。

"可以正经点儿吗？看你们一个个就和扔到荒岛上的饿狼似的。"方小初警告各位男同学。

"小初，既然带来了，就由不得你啦。"众人兴奋。

"亲爱的，我说了吧，他们才不会'尴尬'，都挺闹腾的，你别介意。"方小初知道赵静幽得起默，开得起玩笑，不过还是需要给她一剂强心针。

赵静满不在乎："没事，挺好玩的。"

两个人把外套脱下，男生抢着为她们挂衣服。其他的女同学也在旁边煽风点火："干脆今晚弄个相亲角算了。"

大家落座，7 女 8 男，女生男生各占半边桌。男生们对这个安排表示抗议，唯唯说：这是方便你们男人喝酒，更约束你们喝酒后不乱占便宜。

男生们捶胸顿足。

方小初这才发现，传说中的"优质男人"并没有出现。她捅一捅旁边的吕唯唯，问她："吕大人，你不是要给我介绍优质人类吗？"

唯唯支吾着说："呃……他没有来，对面都是优质男嘛，耍单的好几个，先凑合看着。"

方小初恨得使劲掐了她的手背。

没有见到那个要相亲的男人，方小初反而一身轻松，赵静也很快融入他们的小团体，静静地听他们讲述上学时的趣事。

那边几个男生已经喝了不少，强烈要求座位要男女搭配。女生们不同意。

这时候外号叫“司令”的男生开始发问：“方小初，你上大学就没谈恋爱，你搞什么呀？大学多好的时光不谈，什么时候谈，对吧？哥哥我强烈想知道，你到底喜欢啥类型的？”

“你忘了，我比你大半年，你是弟弟，别占我便宜！好吧，回答你刚才问题，不是不谈，是没有人要，你就别提我的伤心事了。”说完方小初夸张地向天花板看去，露出一副怨妇表情，装作用手擦擦眼泪。

司令问：“你不会是喜欢女人吧？”

方小初把手里的餐布朝他扔去，同时举起右手发誓：“我性取向，暂时正常。”

“那就好，那你到底谈过恋爱没有？”另一个男生问。

“两次，高中一次，工作后一次。”方小初老实回答。

“恋爱经验太少了，连我都谈了四五个呢。要不这样，我们内部解决得了，你看我们同学几个，离得都不远，坐高铁来上海比你坐地铁都快。条件也还过得去，你考虑一下。”

方小初同意：“行啊！”

吕唯唯反唇相讥：“恋爱经验少怎么了，我就勾引我老公，只勾引他一个，勾引一辈子啊，怎么样？”

“你旁边的美女，也可以。”男生们开始转移目标。

所有女生用可怜的眼光扫视一遍这些男生，摇了摇头。

唯唯说：“咱好歹也是名校毕业的高材生，咋就跟那些市井莽夫一样呢？我就奇怪了，为什么全天下就属咱们班的男生最贫？就你们这样，小初和赵静能看上？深沉，要学会深沉，懂么？”

“一等男人让人冲动，二等男人让人心动，我等男人只能用幽默打动嘛。”司令不以为然，“天下众夫皆一样。谁让我等都是文艺青年，学富五车，才高八斗，腹中才华，不吐不快啊。”

女生们已笑得不行。方小初问赵静：“怎么样，开眼了吧？闹死了。”

赵静说：“文科男确实有意思。我们在公司待着那么沉闷，像这样才开心呢。估计眼前这些男人平常也压抑得够呛，只有在老同学面前才能释放一回。”

方小初说赵静分析得对。她很爱她的这帮同学。

大家吃饱喝足换场地。一行人摇摇摆摆去 KTV 唱歌。唯唯早定好了一个大包间，安排活动她最周全。

方小初已经不记得上次唱歌是什么时候了，新歌统统不会。

男生们都抢着点歌、唱歌，很快包间就号叫一片。

女生们坐在一起聊天。包间的嘈杂反而给女生们谈心提供了一个安全的环境。

吕唯唯这次主动和方小初提起“优质男人”：“小初，你记不记得我上次说过，我给您介绍的相亲，实际上不是相亲。因为相亲是见陌生人的，而我给你介绍的人，不是陌生人。”

方小初一下急了：“你不会是真要撮合我和老同学吧？”

“不是。”唯唯一改往日的有话直说，有些欲言又止。

赵静也想知道到底怎么回事，她们一起看着吕唯唯，等着答案。

吕唯唯咽了口唾沫，终于下定决心说出来：“是郑子衿，小初，是郑子衿，我有他的消息。”

始料未及的，方小初愣住。真是防不胜防。

她马上定了定神，她更好奇唯唯怎么会有郑子衿的消息，于是问道：“唯唯，你是我的大学同学，他可是我的高中同学，你怎么会有他的消息？这太神奇了吧！”

吕唯唯说：“我有他的消息，已经有一段时日了，只是一直不确定要不要告诉你。”

方小初说：“你居然也能藏住事！那你又没见过他，怎么知道就是他啊？”

吕唯唯说：“要说，‘郑子衿’这三个字，在我脑子里可是根深蒂固的，上大学的时候你说得还少吗？而且也看过他的照片嘛。”

赵静说：“唯唯，别吞吞吐吐的，快说，快满足我八卦的欲望。”

唯唯接着说：“我老公在网站工作，他们主要就是做国家风土人情地理那类的。有天我去办公室找他，在他的办公桌上看到几个风光摄影师的简历，随手翻看，就看到郑子衿这个名字。当时反应和你刚才一样，也挺激动的。拿过简历瞟了几眼，又问了我老公一些情况，我就确定他就是你的那个郑子衿。小初，不得不说，你的初恋，挺帅的，怪不得你就放不下的。”

方小初嘀咕着说：“你是花痴，看谁都帅。”但心神却没有缓过来，旁边的吕唯唯和赵静都看着她，面面相觑，等待方小初的反应。

方小初想问，又不好意思让别人看出来她的心思，于是装作漫不经心地问道：“那他……现在也在上海喽？”

吕唯唯说：“应该是的。他在我老公的网站只是合作摄影师，不是专职的。听我老公说，他应该还有其他的工作。详细的就不知道了。”

方小初还是不太相信：“你怎么就那么确定？”

吕唯唯打开手机里的图片，给方小初看："喏，你自己看吧。"然后自言自语道，"就你们共同的家乡，共同的学校，还有那么一个曲里拐弯儿的名字，不是他还能有谁？"

方小初心里通通地跳，面前的照片真的是郑子衿！

"这是他的电话号码。你记一下吧。"唯唯把号码也让她看。

"唯唯，这不会是你偷偷抄简历上的吧？"方小初问。

"是我抄的，不过我老公都有他们的电话，我知道也不足为奇。这个电话，你什么时候想联系，就联系；觉得用不着，就自行处理吧。"

赵静在旁边感叹道："世界真小。小初你记下吧，万一有用呢。"

方小初说："好，电话我记下，不过，10年不见了，我现在真的没有勇气联系一个消失太久的人。"

方小初在手机里输入了那个手机号码，再输入名字：郑子衿。

这三个字犹如催泪弹一样，让方小初的眼眶湿湿的，她有点不好意思自己的矫情。幸好包厢灯光昏暗，遮掩了自己微妙的变化。

方小初自嘲地对赵静说："亲爱的，我们今天来得值吧？"

赵静还沉浸在这种不可思议的巧合里，又说一句："世界真小。"

一直到凌晨才散，女生们说这次男生不用掏钱，由女人埋单，男人们受宠若惊。

唯唯说："这与有钱没钱无关，只是男人的钱也是辛苦赚来的，女人们也应该买回单，让男人们享受一下这个待遇。"

男生们仰天长呼：世道变了啊！

第十三章　十年青春映画

方小初一眼就发现郑子衿的特别。

前脚刚踏入高中的门槛，班主任就已经把高高的压强打入每个同学的心脏。

分班时学校领导和各班主任争得火热：是该将班级分个优劣，还是一视同仁来个一刀切？最后总算“人性化”的声音高过了其他，学校半推半就老大不情愿地将班级整整齐齐划了七个，不分优差。

由于那年学校扩招，学生人数激增，教室数量又有限，所以这一届和以往一样虽然都是7个班，每个班却足足有70多个学生。

夏天还没有过去，这么多人天天挤在一个热烘烘的大教室里，人人脸上都冒烟。

那个时候的高中女生可不像现在的偶像剧里那样，敢穿诱惑的齐P小短裙，连胸罩也是刚刚接触不久。很多女生上衣裹得挺严实，担心别人把那三根细细的带子看了去；男生也都是长裤上场，生怕不小心影响了班容班纪。

在西安那个火炉般的城市里，在当时还没有空调的情况下，一天课上下来，每个人都热得虚脱。

身边除了墨水瓶之外所有的物品几乎都可以拿来当扇子，课本作业本、铅笔盒、衣服甚至黑板擦，拿起啥来用啥扇。天花板上那个大吊扇从早到晚不停地转，到下午时效果已犹如电吹风。

班主任一声令下：“今天重新调座位，同学们先把课桌上的东西收拾一下。”班主任30多岁，教语文，来自陕北，普通话里总是带着一些鼻音。

“才上几天课，就要换座位。”

“我近视眼，千万不要太偏，也不能太往后。”

“我想和我初中同学坐在一起嘿嘿。”

“肯定是成绩好的在前，差等生在后，我们初中就是这样的，哼。”

“……”

同学们七嘴八舌叽叽喳喳地议论着。高中生的情绪容易被感染。

方小初在这个班里没有以前初中的同学，和谁分到一起都无所谓。只是她有点小小的洁癖，希望同桌能讲卫生，而且不希望被分到三人连座的，出入都是大工程。

班主任开口制止喧闹：“大家安静，实践证明，一个班级的座位安排对将来每个同学的成绩是很有影响的，也会影响同学们的学习习惯和将来的高考，非常非常重要。这几天通过对同学们的了解，和对你们初中时期的学习表现，我们重新排座。我已经把座位表打印好，大家先收拾好东西，在教室外面排队，叫到谁的名字，谁进来到自己的座位上就行了。”

一阵叮里咣啷桌子椅子相互碰撞的交响曲。

方小初被郑子衿吸引是因为他的安静少话。他没有参与嬉闹，穿着白色的T恤和浅蓝色牛仔裤，清清爽爽地坐在那里。他收拾了自己的课本，等着大家往教室外涌出后，才提着双肩包跟着走出去。

事后多年，方小初多次想起这个画面，都总觉得，这种聒噪中的恬静，应该是男生对女生的印象。可郑子衿就不偏不倚地用这种安静打动了她。

仿佛老天眷顾，方小初不仅被分到了两排座，身边居然坐着郑子衿这个看起来挺讲卫生的男生。

那时候还不知道他叫什么，方小初没有问，郑子衿也不搭话。下午上课时，方小初偷偷地瞟了一眼他的课本封面，上面漂亮的三个字。

“郑子……”方小初辨认第三个字。

“jīn，‘青青子衿’的‘衿’。”郑子衿告诉她。

“就是说永远长不大。”话一出口，又为这种脑残的话后悔，马上自我介绍道，“我叫方小初。”

“也是长不大呢。”对方揶揄她，脸上偷抹一丝笑。

两人的同桌生涯正式开启。

班主任当时说分配座位的依据是“让一个成绩好的同学，带动一个成绩稍弱点的同学，一起上进”。方小初至今不知道她和郑子衿谁是属于“稍弱点的”，在她看来，他就是她的一面镜子，一切都那么的相似。

高一的下半学期班里已经有人偷偷地谈起了恋爱。方小初成熟得晚，胸罩还是几经挣扎才戴的，她非常惧怕夏天。

方小初极力想表示出自己是一个从不来例假、没有胸部发育、也不戴胸罩的女生，对这些她都很难为情。她特别羡慕男生生理上的不牵绊。加上打扮和个性都极男生，班里没有异性对她表示过好感，所以方小初的课余时间全部用来看书或睡觉。

直到有一天。

数学老师出了一道颇费脑细胞的题，然后问同学们谁愿意上黑板解答试试，方小初发现自己会做，刚要举手，旁边的郑子衿迅速把手举起来，声音洪亮地说："老师，我会做。"

方小初从来没听过他这么高分贝的声音，也从没见他这么想出风头过。

几分钟后，郑子衿回到座位，他在黑板上翻来倒去几次都没有解出那道题，由别的同学上去继续解答。同学们嘘他，但他看起来很无所谓的样子。

方小初有点不屑地看着他，认为他抢了自己出风头的机会。

下课铃声刚刚响，郑子衿就对方小初说："方小初，我上次借你的书，今天可以还给我吗?"

方小初说："我明天带给你。"

郑子衿不由分说："我现在就要，你去宿舍帮我拿一下吧。"

方小初有点生气："现在?? 课间休息才 10 分钟啊?"

郑子衿说："嗯，现在。"

方小初想，不就一本破书吗? 她自尊心一上来，赌气地说："好好好，马上去，还给你好吧?"

一起身，方小初发现不对劲了。往座位上一看，红红的一片。

夏天衣服本来就穿得少，不知何时已经弄在椅子上这么多? 腾的一下，脸迅速红透，郑子衿仿佛没看见，说："我陪你去拿书。"

方小初当时想死的心都有，赶紧往外面走，还欲盖弥彰地拿本书放在身后，内心祈祷其他人不要看到。郑子衿在她身后跟着，靠得很近，拿着他那个黑色的双肩背包挡着。

所有的同学都以为他们要翘课了，还有几个男同学窃窃私语地说："真是形影不离啊。"

在郑子衿的掩护下，一路心惊肉跳地通过操场，这里人已经很少，郑子衿还跟没事一样，对方小初说："你记得快点把书拿回来给我，我先回教室了。"

方小初飞也似的跑回宿舍换了裤子。

再回到教室的时候，自己的座位上放着一本破烂的练习本。年轻的男生毕竟还是羞涩于为她擦干座位上的污迹，方小初红着脸偷偷地擦净。看郑子衿的脸，依然是一潭没有波澜的水，仿佛什么事都没有发生过。

至此除了很感激他外，全剩下难堪，于是整整一天不好意思再和郑子衿说话。

但从那时开始，两个人的情感微妙变化了。

方小初是郑子衿在班上唯一的朋友，没有人愿意主动接近他。同学们都觉得郑子衿太不容易靠近，他成天活在自己的小世界里，古怪得很。

方小初了解了郑子衿的外冷内热后，成为进入他小世界的第一人。那个世界丰富有趣，成熟与幼稚此消彼长。

在同龄人包括方小初都还喜欢跟着潮流的风向标随风摇摆时，郑子衿显得有些老成和清高。只是他的老成面具下隐藏着一颗赤子心。

她从不怀疑郑子衿是她 30 年来遇到的真正有浪漫主义情怀的人。

除了上次那不露声色地对方小初伸出援手，郑子衿总是用他独特的方式关心和引导着神经大条的她。

高中生的恋爱是走到哪里都得不到准许的。郑子衿在确定他们关系的时候，就跑去和一位信任的老师说了这件事，那位老师肯定地说：只要这个女孩是个好女孩，就可以谈恋爱，不要影响学习。

这个大胆的举动让方小初的心脏不正常了很长一段时间：老师那个群体，一个知道了就等于全世界都知道了嘛！这要是让父母知道了，他们有十个心脏都不够用。

后来几个月的相安无事，方小初才渐渐安心。郑子衿说："不要担心，我的事我可以做主的。"

方小初觉得他好酷。

方小初对郑子衿的崇拜之心缘于去他家做客。就在那时，郑子衿的博学彻底征服了方小初。

那是第一次去他家，方小初又向往又害怕，高中生谈恋爱还这么大胆的，也就唯有郑子衿了。郑子衿说要让妈妈给她做好吃的来改善她住宿生的伙食。

她一进门，就看到郑子衿那个占了整堵墙的书柜，里面的书满当当，这让她马上忘了害怕家长这件事，一排排的不知道该先看哪本。书名多数是方小初闻所未闻。她一本本地问，郑子衿就一本本地讲，那时候郑子衿眼睛亮亮的，和在学校里的他完全不一样，笑容温暖得能把人融化。

爱情是能让人成长的东西。

但爱情从崇拜开始，不知道是不是好事。从此方小初开始试着追赶于他的步伐。她总觉得和郑子衿有一种说不出的距离感，青春的心，很好胜，很怕被人看不起。

郑子衿仿佛看透了她的心思，多次安慰说："你不用追赶我，或者，我们相互追赶吧。”

方小初想不到自己有什么好追赶的。

关于他的一切方小初都很想了解。那时郑子衿影响到她的习惯，之后很多年一直没改。她看他的小说，走他的路，听他的音乐，心甘情愿地被他影响着。

当你已经离开我的世界，依旧固执地将我照亮。

年少的时候，总是以为两人有共同的未来，两人看的前方，都在一个地方；可长大后才知道，很多时候两人共同拥有的，其实并不完整。

郑子衿说："只要是自己喜欢的事，没有报酬，也叫工作；这样说来，我从很小就已经开始工作。"

对这句话，方小初到了很久以后才真正理解。

那个时候的方小初很自卑，一边享受着男孩最纯粹的爱情，一边患得患失觉得两人中间有条鸿沟无法跨越，爱情里你追我赶只为了步调一致，这是一件很辛苦的事。

我记得我曾为你疯狂，也狠狠地上演了年少轻狂。

我们随意地践踏着青春，挥霍着青春里最美好的人与事。为赋新词强说愁地制造各种无病呻吟，越靠近越看不清楚。

方小初实在记不起自己几次歇斯底里地冲郑子衿发作，起因是什么，完全都忘了，日后想起就觉得脸红。她只知道自己自卑又敏感的神经郑子衿总是碰不得。

年少时不懂爱情，年少时也承担不起彼此的负面能量，年少时不曾想自己的任性原来直接摧毁了郑子衿内心对爱情最美好的蓝图，也摧毁了自己的初恋。

高三学期刚刚开始，就分手了。

同桌不是恋人后，在一起坐着很是尴尬。

因为他就在身边，总觉得他不会真的走远，她试图再靠近，但郑子衿很平淡，他的无动于衷深深刺痛了方小初，让人望而却步。于是在高三最关键的时刻，方小初央求家人要转学。

家人拗不过她，勉强同意了。

方小初就这样结束了轰轰烈烈的初恋，转学后的她对新学校的老师和讲课进程都极不适应，成绩一时一落千丈。但高考近在眼前，方小初很快想通并走出负面影响，成绩又追上来。

父母也隐约听说了女儿和郑子衿的事，没有过问，看到她成绩又好起来后才欣慰地对方小初说："小初，我就知道，你是一个懂事的孩子。"

原来父母早就知道了。方小初感谢他们的没有提起，他们选择让她自己消化。真不知道父母那段时间如何默默度过内心煎熬，想起就很愧疚。

人内心过度的自尊，隐藏着的其实是无尽的自卑，她躲开了郑子衿，一躲就是十年。她没有再联系过他，他也没有再找过她。

方小初日后的很多爱好从那时起形成，并发扬光大，从某种意义上来说，郑子衿是启蒙她的那个人。

郑子衿自己都不会想到，他曾说过的好多话，深深刻在已经逃离的方小初心里，一直影响着她。

做自己的事，没有报酬，也是工作嘛。

第十四章　当战胜自己

新的一年终于来了，方小初马上迈进3字头的门槛。依旧单身。

爱上一个人，总是情不自禁地将自己“低到尘埃里”，却不一定能像张爱玲那样“在尘埃里盛开一朵花”。

在乎就很容易卑微。卑微的极端就是失控。

单身又不是什么可怕的事！

方小初决定，让郑子衿的号码就这样默默地睡在手机通讯录里。10年足够物是人非，谁都没有权利去打扰彼此的生活。

这天方小初睡了一个饱觉，今天要出差，不用去公司报到。方小初把前一晚整理好的行李带上准备出门，手机响。

“是方小姐吗？”一个女声问。

方小初说：“是，请问哪位？”

对方说：“我是××基金的工作人员小陈，感谢您一直以来对我们的支持。为了扩大本基金在青年人当中的影响力，新的一年我们打算拍一些宣传图片，主要内容就是一些年轻人为山区儿童捐款捐物的实拍照片，不知道您近期是否有空配合拍几张呢？”

方小初有一个账号是直接绑定一个基金捐赠的，是一个名人办的基金，是和吕唯唯上街时看到，一起参与的。每月固定扣100元。

方小初有点忘了这件事。

“我有时间，但是，我不想拍这种照片。”

对方不解：“为什么呢？”

方小初说：“有人给自己钱，还要让那么多人知道，要是我，我可能接受不了这种馈赠。”

“没那么严重的，方小姐，他们只是小孩子。”

“小孩子的尊严更重要，加上我形象也不怎么样，矮穷丑，你们找找其他人吧。”

“那没关系。谢谢。”对方主动挂电话。

在电话没有完全挂定之前，方小初听到对方嘟囔了一句：“矫情。”

不去理会。提行李出门。

这是春节前的最后一次出差，时间不用太长，同事们都已经纷纷奔赴一线了。

因为上个月总代理的任务没有敲定，所以这次一定要把合同签回来。除此之外，主要就是赠送春节礼物。

大精的礼物相比其他公司属于最拿不出手的，招待费用松田是严防死守。松田认为如果一切都由公司铺路，销售人员存在的意义就不大了，对公司没好处，对个人提升也没好处。

去机场坐 2 号线就可直达，方小初不想打车。前面的一班地铁没赶上，嘀嘀嘀嘀提示关门的警示声响完，地铁呜啦啦开走了，带走一阵风，眼前顿时空落落一片。

才十几分钟，手机里又有未接来电。销售人员的手机是全年 24 小时超越无极限。

客户打来的，方小初赶紧回拨过去。对方说：“方小姐，是我，你什么时候来青岛？快来了？那好好好，我这边的生产上有一些问题，我们在找原因，也不确定是哪家的原配件出了问题，你这几天过来的话，可以看看。”

方小初说：“好的，这两天就过去，我会及时通知技术服务中心。”

另外一个是猎头 Rita。

“你好方小姐，方便吗？”Rita 永远一样的开场白。

方小初笑着说：“方便。”

“我帮您约好了，他们说要见一下您，如果条件合适，做管理也不是不可能，可以的话，我来安排时间哦。”Rita 坚持不放弃手中的人才资源。

方小初说：“呵呵，Rita，你可真是坚持，我很佩服你的工作态度呢。如果我不去见见，都觉得对不起你的这份执着了。不过如果这次合作不成功，我们都尽力了，你就把我的简历放你们公司人才库，我也可以帮你介绍人，不妨碍我们能成为好的联络者。”

“没问题。”Rita 很开心，“我安排好后把时间发给你，你要记得回复一下哦。”

猎头也是销售，他们的产品是“人”，销售人员就有不抛弃不放弃的精神，俗称“死缠烂打”。Rita和自己一样嘛，事情有时候就是要靠争取来改变的。

地铁来了，不是高峰期还有位子。地铁里人人都在低着头把玩着手里的手机，数字革命带给人们的除了便利之外还有冷漠。

不管人潮多么拥挤，人的焦点总是被锁定在手中这一个又一个的小方块里，人们通过那些功能类似的软件和这个世界联络着，各行各业的信息轮番轰炸着人们的视野，挑战着每个人的审美疲劳。

人们可以通过任何一种软件几秒钟就找到想要找的人，再也忍受不了滴水成河和细水长流的情感，忍受不了超过一分钟还无法联络的那种等待。

没有人再写书信，没有人愿意花那么多的时间去组织那些情真意切的优美文字。这是个快餐的时代，人人都好忙。

方小初把手机扔进了提包，急速地闭上眼，原本想缓解一下酸胀的眼球，却不知不觉睡着了。

睡梦中迷迷糊糊地看到自己小时候住过的家，旧家具旧电器，柜子里全是小时候爱看的《童话大王》和《作文周刊》，画面一转看见了松田正在一个舞台上唱歌，黑着脸看着方小初……

“小姐小姐……”旁边有人推她。

方小初从梦境中回到了现实，旁边一个中年女人正小心地用两根指头推着她，原来自己的头马上就要歪倒在人家的肩膀上。

方小初很不好意思，红着脸赶紧道歉：“对不起对不起，不小心睡着了。”

到了机场，把机票改签成青岛。给谢嘉义发短信汇报改了行程之后，等飞机的时间里，方小初继续在候机厅里写她的培训资料。

培训仅仅一周，和赵静分工，每个人可讲的内容并不多，其实是可以简单写写的。但她还是很重视这个新任务，写培训资料的过程，也是对这几年工作的内容和心得归纳整理的过程。

青岛那个客户这批生产出来的产品不合格，订单一张张都在那里就等着发货，好多的终端常年用固定产品，中间无法断链。

公司上下连夜紧急开会，争取尽快找出问题加紧生产。几乎每个供应厂家的人都到齐了，人们都急着表现出要为客户服务的态度，却都不愿意承认是自己的原材料出了问题，每个人都想小心翼翼地把这个麻烦推出去。

方小初及时申请让客服中心的同事连夜赶来，和车间的人员加班加点地检测着。

客服的同事告诉方小初：这个事情一时还未有定数，客户和厂家都不太愿意承担责任，所以推诿下来就不太好办，已经将解决方案交上去，由客服中心跟踪解决就可以了，有结果会及时与她沟通。

方小初无暇浏览青岛的美景，交待了同事一些事情，就坐了最近的一班动车去了济南。

北方的冬天已经是一片光秃秃，从动车的大玻璃窗户望出去，大片褐黄色的农田直连到天边，一些枯枝败叶的树木呈现着不同于夏日的硬线条。

这里没有节日的符号，一切都天然的真实。城市里的花草树木经过高科技的变异经常能够四季常青，看不到真正的冬天。

车厢里的暖气开得足，暖得让人犯困。把大衣脱下来挂在后背，方小初便打开电脑继续准备她的培训课程，这需要在工作之余挤出时间来做。

她这种常年习惯于和时间赛跑的人，停下脚反而会心里不安，忙碌才让她有安全感。方小初认为自己有严重的受虐倾向。

转眼间就到了济南，天色已擦黑。一下车先给华为夷发条短信，约好第二天早上9点见面。

还是上次的那个酒店，方小初是签约客人，来济南一般都住在这里，服务员都认识她，热情地打招呼。

前台小姐送了她一个新年礼物，说感谢她长期以来的支持。小礼物是一个插满十几个小布偶的费列罗，布偶倒比费列罗还多些，做成花的形状，煞是好看。

方小初谢过之后，把费列罗分给前台的几个小姑娘吃，又留了一个给楼层服务员，自己留下了那些可爱的小娃娃，婉拒了行李员的服务，自行乘电梯上了楼。

这时方小初才发现早已饥肠辘辘，这次她不再犹豫，毅然决定去门口那个地摊吃烤肉。

赵静发来短信：小初，廖成的小道消息原来是真的，听说公司要裁人了，还要换领导。

方小初回复道：随便他们裁吧。此处不留姐，自有留姐处。

方小初想，如果真被裁了，这家烤肉更是必吃不可了，以后怕吃不上呢。她马上起身去烤肉摊。

这时候电话响，是Mike：“方经理，我是Mike，我听华总说你明天过来是吧?”

方小初说：“是的，明天上午去你们公司。”

Mike说：“我明天有事要请假，所以想问问你明天去不去拜访客户，方经理你后天再去呗，我挺想跟着你出去跑客户的。”

方小初说：“好的，没问题，不过你为啥这么喜欢跟我出去呢？”

Mike 说：“嘿嘿，因为跟你出去可以打车嘛。”

可真是个实在娃。

方小初笑了，问：“Mike 你现在在干什么呢？”

Mike 说：“在跟女朋友吃饭呢。”

方小初想，连憨憨的 Mike 都有女朋友了，自己真是做什么都比别人慢半拍啊。

烤肉味道不错，老板娘问她要什么饮料，方小初说：“我要啤酒。”

旁边有男人不时地朝这边看过来，从上到下肆无忌惮地打量着她，要在以前，这些眼光会影响到她，连饭都吃不安生。

可现在方小初就算知道后背上长着各色眼睛，也要学着坦然地只关注自己的事，心情不受影响。内心要变得强大，首先要学会过滤身边任何无关紧要的杂质。

吃到一半时，烤肉店的老板娘过来问方小初要不要吃主食。

方小初问：“有什么主食呢？”其实已经快要饱了。

老板娘说：“有汤面，有干拌面，还有小店自己做的凉面，凉面是小店的招牌，不过现在是冬天了，你可以吃点热乎的。”

“我就要凉面。”方小初冲老板娘笑笑。

很快凉面就端上来，面是蒸过的，上面的调料很简单，就是切得细细的葱花和黄瓜丝，还浇了一些芝麻酱和辣椒油，卖相像极了四川的担担面。

方小初盯着这碗面，思绪又不自觉地飘到十年前。

方小初有一天对郑子衿说：“有一家很有名的担担面，听说很好吃，和其他家的味道很不一样，很便宜才 1 块 5 一碗，我好想去啊。但是从城南到城北路很远。”

郑子衿说：“这一定要去的啊。”

方小初还是犹豫：“可是一个人车费来回都要 8 块呢？面才 1 块 5！”

郑子衿非常坚定：“想吃就要去。”

于是他们坐车出城，到一个中学的门口，每人欢天喜地享用了一碗 1.5 元的担担面。

那是方小初最最疯狂和不切实际的时光。

方小初想自己一定是老了，30 岁而已嘛就总是回忆。

她又觉得自己并没老，血液里流着太多不稳定的因子，随时会做一些鸡飞狗跳的事，只是身边再没有出现一个能让她本性释放的人。

碗里的面分量不少，有点挑战，方小初就着啤酒狼吞唬咽地将它扫荡一空。

邻座的那几个男人的目光从没有间断地瞟着这边，还能听到一些窃窃私语。方小初像个胜利者一样，又要了一杯啤酒，咕咚咕咚喝完后结账，吃相喝相都让这些男人大跌眼镜。

方小初笑嘻嘻地和老板娘讨优惠，好不容易老板娘答应可以优惠她一杯酒，方小初又说："不用啦，100 不用找了，我还要外带几个羊肉串！"

老板娘一定认为是遇见了奇葩女。

方小初觉得今天战胜了自己太爱面子的毛病，心情显然很爽。她有点爱上这一刻有点神经质的姿态，趁 30 岁生日还未过，赶紧再洒脱一回。于是提上打包好的羊肉串，喜滋滋地带回宾馆，打算空一会儿肚子就干掉它们。

第十五章　销售可春风化雨

华为夷已经在办公室等候，身边还坐着 Mike 的主管何英伟。方小初一进门，华为夷先热情洋溢地请她坐下，又让助理给她拿了一瓶可乐，说：“小初，先喝点饮料，我先打个电话，等我一下。”

这个电话一打就是十几分钟，方小初和何英伟有一搭没一搭地聊着。何英伟代表着华为夷铺垫苦大仇深的信号弹，市场难做啊之类的。

方小初笑着陪他感同身受，心里却想：你在这里哭诉没用，拍板的人是你们华总，就别这么卖力表现啦。

华总的电话总算结束了，回来后问：“小初，你们公司今年的任务定好了吗?”

方小初说：“已经定好了，还是按以前的增长比例定的，现在就差您这边的合同咯。”

华为夷果然开始发牢骚：“你们给的任务太高了，一年比一年高，我都看不到尽头。别的公司都是 3%、5% 的增长，你们倒好，随便就定个 20%，不符合市场实际规律嘛，对不?”

方小初早有准备，她觉得有必要除了任务之外，要适当地约束一下他的举动：“华总，现在虽然是不好做，我们也是极力地配合你，给您最好的政策呢。告诉你个好消息，明年公司增派一名人员和我一起负责山东，我已经计划就让他主要配合你们，尽快上手，这样你们就相当于多招了一个业务员了，我保证，绝对是优质的人选!”

看华为夷没说话，方小初继续说：“还有，我去年在地级市跑得比较多，开发了不少潜在的客户，很有意向，规模多数是中型企业，规模不太大但数量多，我精力忙不过来，正好今年也有新人，可以让 Mike 他们一起跑，做成了全都算你的。”

华为夷说："你们公司利润点太低了，又没什么招待费，工作起来很不方便的。好多时候都是我出钱。"

方小初笑笑，说道："正要告诉你呢，公司现在把山东区域归为和北上广一样的A类区域，任务没有这些区域的多，但给的利润点一样，怎么样，这算最好的消息了吧?"

华为夷斜着眼睛问："多少?"

方小初伸出5个手指头，华为夷明白了，然后方小初说："这个可是我和谢部长给你争取的，为此没少费心思。大精对山东区域有信心，对你更有信心。齐鲁大地，灵山秀水，经济形势赶超其他国家呀。"方小初说完不忘开个玩笑。

华为夷也乐了。大概是方小初提出的条件正中他下怀，华为夷稍微松动了些，说："哎，你快把我忽悠瘸了。"

方小初装得很委屈："开个玩笑轻松一下。华总，我们合作这么多年了，你不相信我们的诚意吗？或者，是不是我能力太差了，让你没信心?"

"不不不!"华为夷面对一个小女子还是得表现出风度，"我相信你的能力，小初，你是个挺实在的人，这些年我们配合得很好。"

方小初相信他这句话的真实程度，开始打感情牌："我记得有一年，华丰的业务就差一点点没完成，按照松田的固执脾气，他是差一块钱都不行的。我和谢部，还有肖课，为你争取了好久，最后还是把返点全部兑现了。虽然我们没有松田的职位，我们都是很愿意为您做点事的。"

"你和谢部都没得说，最坏的就是松田，哈哈。"每次见面，华为夷总不忘在背后损松田一番。

华为夷内心其实已经同意了，只不过按照每年的习惯，他必须摆摆架子，争取争取。

其实双方都很清楚，这个合同就是再纠缠还是要签的，谈判就是这样不厌其烦打心理仗。缠到最后，和最初的条款无甚区别，但重在过程，过程就是双方的面子和台阶。

华为夷也觉得这事已经拖得太久，现在只要方小初再求他一次，他的台阶已经准备好给她下了。

方小初当然明白，寥寥两句就把事情定了下来："我看您平常对下属那么体贴，我和他们其实是一样的，就别让我为难啦。"

华为夷马上说："行吧，我要是再不同意，别人会说我欺负一个小姑娘。"他转身对何英伟说，"小何你把前几天方经理发过来的合同，改几个数字，打印出来给我签个字，一会儿再去楼下盖个章吧。"

何英伟出去了。

方小初还有一个任务没有完成，她必须要控制华为夷大肆地推广别的厂家的产品，但觉得这个时候提不太合适，打算等合同签好后，再找机会说。

方小初说："华总，马上春节了，这次来，客户们都要分别拜访一下，礼物我们来买。所以想带着 Mike 出去跑几天，算是春节前的拜年了。"

"大精的礼物，可真是不敢恭维。"华为夷撇撇嘴，"这样吧，以前我们是分开送，要不今年我们把费用合起来，送点像样的礼物，再加上贺卡。贺卡上就写我们两家公司的名字。怎么样?"

方小初绝对同意，开心地说："这样最好不过了，华总思维果然厉害，您顺便指点一下，送什么礼物合适呢？讲真的，连我也觉得我们的礼物有些寒碜，就中秋节那个月饼礼盒，我都不敢想象客户收到后的反应。"

华为夷趁火浇油："我都不敢想象这是国际大公司送的！"

何英伟已经把盖好章的合同给华为夷过目，华为夷说："早看了几遍了，不看了，给小初带回去吧。"

方小初说："带回去来不及，回去都快要春节了。何主管，还是要麻烦你，快递寄回我们公司，我让他们签字盖章后马上寄回来。麻烦了哦。"

方小初扭头对华总开玩笑："华总，快递费我报销。"

"不用了不用了。"华为夷连连摆手，"今年多给我一个客户就行啦。"

你可真会交换！

方小初说："下午有时间，我把礼物买好吧。明天又要开始奔波。今年就好了，有新人和 Mike 一起，我可以专攻大客户，那这几天 Mike 就先给我用咯。"

方小初把原来想提的话题收住了，对区域的代理商而言，有时水至清则无鱼，他们有他们的生存规则，我们无法左右代理商怎么去经营自己的公司。

现在最主要的是，几个重要的客户华为夷不要从中做手脚就好。所以方小初没再提代理商主推旭天电子产品的事，把这次谈判做了一个愉快的 Ending。

春节将带来的喜庆气氛成全了销售人员的工作顺畅，人们的脾性比往日好很多，一句祝福一个小礼物都让平日紧绷的脸变得笑意盈人。

华为夷和方小初选定的节日礼物已买好，华丰员工负责包装、亲笔写贺卡和邮寄，谢嘉义那边已口头批准。

方小初提出邮费均摊，由于客户众多、快递费不是个小数目，华同意了。

"为什么不直接送到客户手里呢？那样我们去客户那里时就很好套近乎嘛。"Mike 很不解为什么要用邮寄的方式。

"因为客户太多了，我们快马加鞭跑断腿，也不可能在这几天跑完山东省所有的客户。”方小初回答他。

Mike 还是有疑问：“可我觉得空手去肯定效果不好。”

Mike 的思维似乎进了一个死胡同，认为必须拿个礼物才能换取客户的认可，这也太没自信了。客户见多识广，难道会为一个春节礼品而折腰？

方小初说：“办公室那么多人，你只送给其中的一个，无论被送者，还是其他人，心情一定是相当别扭的。”

Mike 点头表示明白。

方小初说：“我们做销售，战胜对手，攻下客户，是一个目的，公司也是这样考量我们的。但这只是一方面成绩，在我看来，有好产品能为客户提供最合适的选择，解决他们生产中的问题，才是我们赖以生存的纽带。有的公司旨在宣扬暴力倾向的销售‘要干掉竞争对手’，听起来很有力量，但这种强势的理念会影响到每位销售者，他们再把这种咄咄逼人的态度带给了客户，客户不是感受不到。就算是这一单做成了，我敢保证，客户对你除了业务上的关系外，没有任何附加价值。这样的销售就很失败。”

Mike 认真地听着，不知道是不是能完全明白。

不明白没有关系，方小初之所以愿意和 Mike 说这么多，是觉得 Mike 是愿意进步的人，他身上有特质使得方小初愿意引导他，那就是 Mike 很懂得分辨，也急于提高。

Mike 说：“方经理，你和我们何主管是不一样，不过我觉得你说的我最爱听。”

方小初觉得自己说多了，不好意思地说：“呵呵，我只是一个建议，我们以后要合作，理念相同会更有默契嘛。你可以选择用哪种方式，这是你的自由。”

方小初这次势在必行要去一趟凌业，太久没有他们一线的消息，客户已经变得陌生了。

“Mike，今天我们先不去外地，就在济南，下午去凌业。”方小初的语气不容置疑。

“那，我得和何主管汇报一下。”Mike 说。

“行，你汇报你的，就算领导不让你去，我自己也是一定会去的。我必须去了解一下现在的情况。”

Mike 考虑到不能先斩后奏，拿起电话和何英伟汇报去了。

在他去打电话的空档，方小初给凌业的汪佑峰发了一条短信：你好汪部长，打扰您了，我是大精的方小初，就是上次向您要演讲稿电子版的那个。下午我要去贵公司，很想去拜访一下您，不会占用您太多时间的。如果不方便请告知，我们再约时间，盼回复。

过一会儿，汪佑峰回过来：那你过来吧。我们 1：30 上班。

Mike 打电话回来，说："方经理，主管说，让我跟你走就行了，你走到哪儿，我跟到哪儿。"

方小初说："我也刚和那边的汪部长联系过了，那我们走吧。Mike，你肯定能做好销售的。"

"为什么？我觉得我什么都不会。"Mike 被人赞扬，有点不好意思了，用手挠挠头。

"不为什么，因为，我刚做销售的时候，也把礼物直接送到人家办公室里过哈哈。"

"啊，真的?"

"真的。"方小初肯定地说。不过她还是有点担心 Mike 像上次一样说错话，她觉得有必要提醒一下："Mike，一会儿见了凌业……"

没想到 Mike 马上抢话，说："方经理，这次我肯定不乱说话。"

方小初反而有点不好意思，对人家太没信心了嘛！她笑着对 Mike 说："没关系，我还希望你放开手脚呢，就是不要像上次一样乱承诺啊。"

第十六章　转　角

凌业的厂区就在市中心，是原来的老厂房改建，占地面积不大。凌业是由国有企业改制，与外方成立合资公司。因为老厂区的位置属于市内黄金地段升值潜力巨大，公司一直在这里生产办公。

方小初手里几张变黄的名片，有一半信息都无效，公司改朝换代的速度很快。方小初清楚这是一场持久战，不会马上收效，这次能通过汪佑峰再次进入凌业而不被赶出门外，已经是一个好的突破了。

同样，因为没有熟识的人，无法按照以前的习惯拜访，只好先去研发中心。

这种拜访心里没有底：对技术研发人员进行感谢，或是大聊新产品，方小初不知道这种话题能撑多久。

研发中心异常安静，没看到汪佑峰。一个穿蓝大褂的男孩告诉他们说汪部长在实验室为几个实习生做材料检测的培训，实验室外人不能进，所以要在办公室等一会儿。

办公室只有两个男生，一共五张办公桌，方小初想后面那张大桌子一定是汪部长的，于是她和Mike谢过了男生，坐在大桌子旁的椅子上，安静地等着。

这时从外面进来一个中年男人，两位男孩见了都起身热情地打招呼，方小初也跟着站起来，Mike见她起身，也赶紧跟着站起来，他一时没弄清楚是什么状况，只是看着方小初的反应。

中年男人穿着凌业的工作服，脖子上挂着的工作牌上写着：生产主管，刘××，名字没有看清楚。

方小初对这位主管没有印象，猜到可能是新上任的领导，生产车间是产品直接使用部门，要使用哪家的产品，他们的话语权是至关重要的，所以主动去打招呼：“你好刘主管。”

办公室极安静，只这低低一声便显得异常清晰。

刘印波也看见她，问道："请问你是？"

方小初打算模糊一回刘主管的概念，这个有点坏，但兵不厌诈，谁让自己上了销售这条贼船，于是说："刘主管，我是大精公司的方小初，之前我们部长带我来贵公司时，在车间见过您一面，可能时间很久了，您不记得我了。这是我的名片。"

方小初顺手递上自己的名片，这中间几乎是一气呵成没有停顿，不待刘印波想想，她已经成功地把自己推出去。

刘印波拿起名片随便看一下，问："你们是找汪部长吗？"

方小初说："是的。"

刘主管听到"大精"两字有点敏感，脸上出现短暂的躲避表情，稍纵即逝。他听到方小初并没有提业务上的事，所以放松了一些，对她说："方小姐，那你先坐着等汪部吧，我这里还有事情要忙。"

方小初谢过刘印波，继续静静坐下等。研发中心不宜谈业务，方小初从始至终都压着自己的音量，尽量不惹他人反感。

Mike这次很乖，从头到尾睁着大眼在听他们的对话，没有插嘴，他只要一处于戒备状态，脸上总有一块肌肉是硬着的。刘印波眼神看到他时他马上脸上绽出一个笑脸，面部表情转换之快堪比川剧变脸。

汪佑峰总算回到办公室，一见到方小初马上绅士地道歉："不好意思方小姐，让你久等了。这几天有实习生，新增一些培训的工作，时间耽误了些。"

方小初说："没关系，汪部长，我这次是过来感谢你的，你上次的PPT对我们很有用，连技术中心都拿去学习了呢。对了，这是华丰公司的业务员Mike。"

汪佑峰和Mike握手。

汪佑峰和他们打过招呼后，说句稍等，就去招呼刘印波，刘印波一见他马上笑容满脸："怎么样，还在培训实习生啊？"

"哎，甭提了，成天做这个工作，经常培训一批，走一批，最后也留不住。那些内容重复的我都想吐了。"

"那没办法，现在的孩子们心野着呢，肯定是人往高处走。不过你们是真该设一个新岗位，专门负责培训。"刘印波支招。

汪佑峰摇摇头，说："公司应该不舍得再花钱设置这样一个岗位。我就先兼职着吧。印波，你也别高兴得太早，这一批人还要去车间实习，时间不短，你一样得当老师。"

刘印波说："对培训新人么，本不该抗拒，不过这可以交给其他人做，分身乏术啊。车间人比研发中心多，找个主任、副主任，这个工作都可以胜任。”

汪佑峰羡慕地说：“你倒是滑头，苦了我们研发中心人丁稀少。印波，你们车间春节前后的库存都备好了吗?”

“好了，现在要是不备好，到时候物流都休息了，出了大事谁都担当不起。”刘印波已经忙完他的事，拿出车间分析报告，给汪佑峰：“老汪，劳烦，签个字。”

汪佑峰并不老，两人看起来年龄相仿，但汪佑峰听到这个称呼依旧笑呵呵地给刘签了字，说：“部长这几天不在，他授权我代理，我在电话里向他汇报就行。”

“行，那我先回去了，这两天有空找你喝酒。”说完刘印波拿着报告出了门。

汪佑峰和刘印波无甚防备的谈话，方小初猜想两人关系定是不错了，这或许是一次好的突破。

汪佑峰脱下了蓝大褂，换上工作夹克，坐到自己的位子上，手里的事情似乎还没有完，他一边找着什么，一边抬头招呼方小初：“方小姐，这两天事情太多，让你们坐这么久，上次给你一些演讲用的技术资料，都是举手之劳，不用放在心上，也不用专门跑一趟的，这都快过年了，你们公司还让你们出差啊?”

方小初说：“我们公司明年可能会组织一个业内的研讨会，有技术座谈的内容，以前也没组织过，初步有这个想法。所以如果定下来的话，我们部长说一定要邀请最内行的专家去，所以今天才让我来拜访您。”

汪佑峰确实很忙，他一边工作一边说：“我哪是什么专家，就是在这行工作久了，有一些经验而已。行，到时候再说。呃……方小姐这次还要见见其他人么?”

最客气的逐客令。

方小初早已做足准备，但她想试试是否还有机会。

“因为好久没来了，所以其实是想去生产车间看看的，我现在也不知道哪位领导负责，不知道这样去是不是太冒失，不方便的话，我和Mike就先回去了。”

“那你想去看看的话，我和老刘说一下，哦就是刚才你见到的那个刘主管，我先给他打个电话说一下。”

方小初很高兴，谢过汪佑峰，又和另外两个男生说了再见，就和Mike去找刘印波了。此行终于有些效果，他们两个很开心。

在去车间的这段路上，方小初抽空看手机有没有信息，因为刚才设置了静音。已经又有几个未接电话和短信，因为刘印波那边时间紧，方小初决定事后再处理电话。

一进车间就听见轰隆隆机器运转的声音，门口的工作人员给他们俩一人一顶白帽，把刘印波的办公室方位指给他们看。

方小初带着 Mike 慢慢地走着，她环顾周围的车间生产状况，熟悉又陌生。靠墙的位置整齐地堆放着很多有旭天标志的纸箱，用量着实不小，方小初心中暗暗惋惜。

车间的办公室是玻璃隔出来的，刘印波早就看到了他们，正在门口等，方小初加快了脚步。

这时刘印波已经走过来，微笑着说："哦，那个，方小姐是吧？你们想了解点什么？"

"刘主管，我叫方小初。"后面那个问题不知道该如何回答，只能重复那句说过几次的话："好久没来凌业了，我们工作也够失职的，所以想过来再看看，给各位领导拜个早年。刘主管，凌业果然是业内的大公司，都快春节了，车间还这么热火朝天呐。"

"今年活很多得赶工，春节都不休息了。"刘印波很得意。人们在听到最爱听的话时，对外界的抵御能力也降低。

"客户和我们是鱼水关系，客户的效益好，大河有水小河满，我们也就跟着有饭吃了。"方小初故意说凌业是大河。

"大精家大业大的，产品又好，我们不能比啊。"刘印波客套地应付，紧接着转移话题："现在每个行业竞争力都大，不好做的。方小姐你们今天还要见见哪位领导呢？"

真是相同的思维啊，刚被汪佑峰问过一次，转眼就被问第二次。

方小初还拿不准刘印波和汪佑峰的关系到底如何，却也不能错过任何一个机会赢得对方好感，她打算不露声色地背后赞扬一下汪佑峰，探探刘印波的口气。

"哦，没有具体的事，就是过来感谢一下汪部长，没想到却有幸又能见到您，汪部长刚说了您今天很忙，所以就不多打扰了，刘主管，您有名片吗？"

"有的，你等一下。"刘印波转身回到办公室，翻出一张旧旧的名片，递给方小初，又对站在一旁的 Mike 说："这位小兄弟，我就一张名片了，我们不比跑业务的，名片印得不及时。哦对了，上面的这个手机号码是以前的，我换过手机了。"

说完，刘印波从上衣口袋里拿出一支笔，把之前的号码划掉，在旁边写了新的号码。

Mike 连声说着没关系，方小初双手接过名片，赞美道："刘主管你是博士啊，真厉害，我就一直佩服读书很厉害的人，我就比不了，连研究生都没有考过。”

“我们搞技术的，不往高处走都不行啊。”刘印波平静地回答，“方小姐，你们自己在车间看看吧，二层一般参观人士不能进，你们就在一层转转。我现在是实在有事，就不陪你了。”

方小初说：“我们也该走了，刘主管提前祝您春节愉快！等节后再来看你们。”

方小初没在车间继续逗留，拉着 Mike 离开了凌业。

出了大门以后，方小初跟 Mike 说：“Mike，你现在给你们何主管打电话，就说我说的，给这个刘主管补寄一份春节礼物和卡片，就照这名片上的联系方式，谢谢。”

Mike 照办了。

方小初坐在路边花园的椅子上一个个处理手机里的内容。Mike 一直在旁边静静等着她，这一刻她越发觉得 Mike 其实很懂事。方小初对他说：“不好意思啊，我这边事情多，你就趁此机会多休息一下吧。”

Mike 说：“那我请你喝饮料，我去买。”说完噔噔噔地跑开了。

带着 Mike 在外面跑动四五天，把重要的客户都拜访了一遍，掌握到不少有用消息。

方小初把这几天拜访的情况做成周报发给领导，并请示回公司的日期。发完邮件，她斜靠在酒店的小沙发上，转了转酸痛的脖颈，盯着电脑，眼睛放空。

第十七章　办公室恋情

外面飘飘扬扬地下起了雪，世界马上变得洁白素净。屋子里的暖气热得让人昏昏欲睡，方小初打开窗，让窗外的清冷与室内的热气交换流通，丝丝的凉意激得她精神振奋起来。

她把电脑搬到窗前的小圆桌上，先挑了几首新歌播放，开始上网。方小初觉得自己快和外界失去联系一般，一忙就什么都顾不得。

朋友们看来上网上得都比她勤，很多朋友的空间几乎是天天更新：不变的是各家孩子的照片大轰炸，新鲜的是朋友们各处游玩的足迹。

方小初发现聂小图最近和赵静微博上的互动增多，两人你来我往好不热闹，隐约之间能捕捉到一丝暧昧。而自己？聂小图早就翻篇儿了。方小初想，赵静你这小蹄子，天天撮合我和聂小图，敢情你是在投石问路啊！

逮住机会，定要好好地打探打探。

吕唯唯这个无聊女人的微博几乎全是转发，转发内容多样，不论是哪儿有灾难了，哪儿小孩子被拐卖这种公益的，还是毫无违和感的那些恶搞图文和夸张的小段子，都无一例外地被她打包转了来。这时QQ嘀嘀嘀响起来，想曹操，曹操就到。

"妞，你居然在线，神仙啊！"唯唯夸张地说，像见了鬼一样。

"哪有时间上网啊？5555。"方小初撒娇。

"你就天天忙忙乱乱然后变成个黄脸婆吧。"

"面膜敷着呢，这张脸凑合着还能瞅。"方小初转头看了看玻璃窗中的自己。

"你状态还行，上次聚会看到你漂亮的，像换了一个人。"唯唯开始发表言论，"女人一定要内外兼修，好好保养，囤积居奇。"

方小初关心地问："唯唯你最近好吗？上次聚会也没有聊太多，净说我的事了。"

唯唯说："我就是越来越有空。小初，我也想找点事做，这样天天靠着男人不行啊。现在是感情好，哪天男人看自己不顺眼了，自己怎么办？女人要没点自己的事，自己看着都烦。"

方小初说："我同意，你要不找个工作吧，你自己有想法吗？"

吕唯唯说："还没有，要不听你的，先找个工作，好歹能有个圈子，赚钱少点无所谓。"

"你能受得了朝九晚五的上班生活吗？"方小初很清楚唯唯的个性，她不喜欢受束缚，又有点清高。

吕唯唯说："我这段时间投投简历，也好好想想，实在不行开个网店。小初，你啥时候回来？"

方小初说："马上就要回去了，马上要春节休假了。"

吕唯唯说："我老公他们合作的那几个摄影师，经常会去的。小初，如果你想见郑子衿，有机会。"

方小初没勇气："算了，大人，我觉得，旧梦是不需要重温的。"

吕唯唯劝她："可是或许见了，就有结果了。是向前走，还是遗忘。以我这个旁观者的角度，你们俩都还是过去的样子，都没变。我也不逼你，如果你愿意，我帮你安排。"

方小初很过意不去总是被唯唯关心，说："是从什么时候开始我成了那个被你关照的对象，见面总是关于我。我记得上大学时，都是我照顾你来着。"

吕唯唯说："谁让你总是老大难。谈恋爱多好的事，你要耽搁到人老珠黄吗？"

方小初说："算了，又不是拍电视剧，还制造重逢呢。"

这时赵静电话打来，问方小初什么时候回公司，想约好一个时间一起返回。

方小初想起聂小图和赵静在微博上的互动，她八卦地问："亲爱的，现在轮到我问你了。你和小图同学在微博上很热络嘛，明眼人都能看出来，关系好像和以前不一样了哦？"

赵静马上否定："哪有？哪有？就是无聊的人瞎串门。"

连说两个哪有，还不是心虚？

方小初哈哈大笑，一时不能停，赵静被她笑得心慌慌的，方小初说："亲爱的，你要是无聊的人，这世界上没有'有聊'的了，你比我还工作狂好不好？"然后止住大笑，平静地说："我觉得你是在顾忌我，如果是就完全不用，我和聂小图，算是连开始都没有吧，从头到尾都是你认为我们能配成对嘛。"

赵静沉默几秒钟，她觉得和小初之间没必要遮遮掩掩，大家都是聪明人，还是说透比较好，于是说道："我以前是真心希望给你们拉郎配。我承认，对他印象一直很好，交流多了以后，有点喜欢上他了。"

方小初鼓励她："难得喜欢一个人，就去把握！勇敢些也没什么，碰头就碰头呗，又死不了人的。刚才唯唯和我说起郑子衿，问我要不要见，我说没有勇气。现在想通了，见一面又怎么样，就当是见老朋友老同学，感觉回不去又怎么样，我压根就没想着能回去。"

"或许见了，就有结果了。"

方小初发现女人思维很相似，说："你和唯唯说的又如出一辙了，我就一直觉得你俩是一个大脑劈成的两半。"

赵静说："不管怎么样，我还是觉得有点怪怪的，总是觉得聂小图和你好过，又和我……"

方小初也觉得有点怪怪的，但这时必须打消赵静的疑虑，于是说："可我们就没有好过啊。比我和廖成的关系都纯净呢。"

赵静又说："咳，八字还没一撇呢。我在这里纠结什么？"

方小初鼓励她一番后，挂线。不禁感叹世界变化快。然后赶紧回复吕唯唯："大人，不好意思刚才赵静来电话了。"

吕唯唯说："没事，知道你忙。我也有事要下线了，88。"

大精公司一年一度的年会马上要来了，春节前夕很多的公司都已经停产，物流也开始陆续地休假，这才是一年当中真正可以混混的时光，连一贯严谨的日本人对待下属的松散也睁一只眼闭一只眼。

方小初正在网上看回西安的机票，这个时间基本都是全价了，加上机建燃油费，真是让人心疼。

这时赵静走过来，问她票订的怎么样了，方小初羡慕地说："真羡慕你，坐高铁很快就到家。"

赵静说："小初，你订好了，我们楼下去走走，咱给廖成买饮料去。"

两个人心照不宣地挤眉弄眼。

机票很快订好了，方小初打算用掉积攒的几天年假，多在西安待几天，要不对不起这么贵的机票。

已经到午饭时间，两人去楼下的便利店买东西。

赵静这几天很漂亮，一贯素颜的她悄悄开始化点淡妆，其实所谓的淡妆也就是刷刷睫毛涂涂唇蜜，可从不化妆的人脸上多了几分颜色，效果就立马彰显，容光焕发得很。

赵静身材原本高瘦现在越发挺拔，细看才知道她穿了一双带跟的靴子，平白比方小初又高了几公分。方小初把这些细节都看在眼里，盯着她贼笑满脸地说：“就是一副恋爱中的小女子样儿。”

赵静说：“爱情还在路上，并没来临呢。我只是把自己打扮得花枝招展一些，以吸引目标。”

方小初嘿嘿笑着说：“看你的状态，就知道小图同学马上要来咯。”

赵静不好意思地说：“开年会嘛，当然。”然后换上落寞的表情，“办公室恋情有点不太靠谱，办公室恋情外加异地恋需要勇气。我原来也没打算为谁而离开上海，现在想想真有这个可能。”

方小初分析道：“办公室恋情被制止的初衷，并不是要限制员工谈恋爱。”

赵静问：“那是为什么？”

方小初说：“员工谈恋爱没关系，但谈不成，分了，还要硬着头皮见面，在一个屋檐下多尴尬，这就很影响工作。恋爱本身又不影响工作的，心情愉悦时效率还高呢。”

“有道理。”赵静同意。

“选择一个人，永守一座城，择一居终老，这真是太浪漫了。”方小初认真地对赵静说，“你对聂小图是认真的，和我以前对他的感觉不一样，不过……”

赵静紧张地问：“不过什么？”

方小初觉得聂小图还是有一些“斯文的霸道”，赵静有必要多了解一些，于是对赵静说：“没什么，就是觉得，你应该多了解他一些。毕竟他在北京你在上海，见面又不多，彼此知之甚少。多了解一些再私奔也不急嘛。”

赵静点点头，说：“大家都成年人了，这个我懂。对了，你打算去找郑子衿了吗？”

方小初轻轻摇头：“我不太相信故人依旧这种事。我以前和他谈恋爱时那个神经病的样子，我现在都不好意思回想起，连我都受不了那时的自己。”

赵静八卦地问：“那你们……有没有……那个？”

方小初瞪她一眼：“怎么可能？那时的高中生多纯洁，不过初吻倒是献给他了哈哈哈。”

赵静说：“好好，我不问了，一切交给缘分吧。走，小初，我们去给廖成买个最贵的矿泉水，这样和他上次讨好你的那瓶比起来，算是狠狠地拒绝了他的谄媚。”

方小初咬牙切齿地说：“对，就叫一毛之恩，一块回报！我才不会吃他的嘴短。”

赵静拍拍胸脯："我们多买几瓶，我请。"

方小初说："当然，你春风得意的，必须请！"

大精的年会今年是在上海举行，定在浦东一家星级酒店的大厅里。日方的领导，外地的同事全部到齐，彼此寒暄问候着。

大会开始是各大小领导轮流发言，因为日方来的总经理不懂中文，所以讲话时间很短。点头哈腰地祝愿大家中国节快乐，回首过往，展望未来。

接下来年度十佳职员的颁奖，不仅有口头和精神奖励，还有物质鼓励：除加薪之外，每人一个 5000 元红包，外加境外旅游。

赵静是其中一个，这个奖对她来说多少有点补偿的性质，在大精已经迈入第五个年头，在压力重重的工作环境里，巾帼不让须眉，工作可圈可点。

廖成在后排座，他把脑袋凑过来："小初，我觉得你应该是十佳。"

"是啊，5000 元加旅游，廖总你怎么不好好争取呢？"

廖成没接她的茬，自顾自地说："我都说过的，公司要大调整，领导层要变，要增加新人，也要裁一些旧人的。不过放心，你肯定没问题，说不定还会升职。"

"要是晋升不了，你管我一年伙食。"方小初悄悄地说，扭头白了他一眼。

四周同事们就叫嚷着要赵静请客，赵静爽快地答应，智央第都已经想好要去胡吃海塞的地点，在那里给身边的几个同事介绍着那家饭店的特色。

好运气还没有完，公司抽奖活动正进行得激烈，奖项分了 20 几个级别，从一管牙膏开始节节攀升，现在已经到了 IPHONE 手机，讲台上主持人对着滚动的屏幕大声喊停，出现了赵静的名字。

反应极快地，旁边的同事已经推翻了之前想好的饭店，打算将她请客的地方升一级。同事们哄着赵静上去领奖，谢嘉义在台上张开一个夸张的大拥抱等着她。

和领导一一拥抱过后，主持人让赵静发表中奖感言，她拿着手机，惋惜地说一句："哎，其实，我更想要的，是后面的大奖。"

"你也太贪心了！"部门的同事们起哄。

别的部门的同事向这帮疯子看过来，大家依旧我行我素地喊着："贪心！""贪心！"

方小初突然觉得今天自己就像赵静的陪衬，在一旁显得很是落寞。

方小初马上意识到了自己负能量的萌芽，之后想办法打消这些小忌妒。连连好运气的赵静回到了方小初的身边，方小初看她回来，马上调整好失落，对着赵静大呼："亲爱的，恭喜恭喜，今天日子太好，你爱情事业要双丰收啦，快，手机借我玩一下。”

赵静看她没事，开心地把手机递给她，然后像在安慰方小初，又像在安慰自己地说道：“我今天是走了狗屎运了，几年了，也让我喜庆一下，要不真要发霉了。”

谢嘉义示意大家安静，心中却很得意自己下属这般有活力的样子。

下午各种活动结束后，晚宴在同一个酒店进行。

赵静今天穿一件套头蝙蝠袖针织衫，下面一件今秋流行的百褶半身裙，修长的黑色软皮靴，加上身高优势，在人群中异常地光彩。

因为座次安排都是按部门的，销售部和市场部的桌子隔得不近，赵静便总是假装无意地往那边瞟，时不时与聂小图眼神撞到一起，眉目传情。

方小初发现他们的小互动，不禁感叹这感觉换得真快，一眨眼自己就成了一个局外人。她捅了捅赵静，说：“我看，你们还是吃完饭后再约吧，这场合怕是没机会了。好不容易才能见面，抓紧了。”

赵静说：“我怕他晚上要和部门的人欢庆，拒绝我怎么办？”

方小初说：“他要是拒绝了，我陪你去喝酒。”

赵静点头，说：“嗯，我一会儿发个短信，我该怎么写？”

方小初揶揄她：“思路敏捷行事稳健口才极佳叱咤大精销售部的赵小姐，现在连谈恋爱都要我教哦？”

“少阴阳怪气的，快说。”赵静催促道。

“说真的，我更不会邀请男人，怎么办呢？两个爱情经验明显欠费的女人。”方小初也没有招术，她想了想，说，“要不，你就这样发：我和小初晚上带你去喝咖啡，希望赏脸。语气轻松，而且是两个人邀请他，应该不会拒绝吧？到时候，我就说有事先走。好不啦？”

“行，就这样。还有，你少学上海话，一点不标准。”赵静抗议。

短信发出去，赵静心跳加快地等着回复。

很快聂小图回过来：好呀！

“成了！记得要向我汇报情况，比如 Kiss 了什么的，我晚上多晚都不关机。”方小初八卦细胞被勾起，然后想起赵静住得挺远，就说，“如果你要是太晚回不了家，来我这里住，当然，有住的地方，就不要来烦我喽。”

说完贼光乍现地笑起来。赵静看着她，说：“你现在邪恶的样子，可真和平常不一样。几杯酒就把你本性勾出来了。”

方小初哈哈大笑：“我的心理变态得很呢。记住我交待的事啊。”

第十八章　重逢有点冷

西安。

北方的春节，节日气氛浓郁，家家户户都装扮得一片红彤彤，大街上随处可见一排排的灯笼高高挂。

还是剩女的方小初害怕来自四面八方七姑八婶们的拷问，几乎成日躲在家里，只是时而陪妈妈去商场超市购置年货。尽管这样，还是丝毫抵不住亲朋好友们为她安排相亲的热情。

“小初，你也不小了，你看谁谁家的孩子都六七岁了。”

“小初，在外面工作一个月能赚多少钱啊？”

“小初，咋没把男朋友带回来呐？没有的话姨给你介绍一个。”

“小初，年龄大了就不好找了，将来生孩子都是问题。”

“小初……”

每年过年都跟受刑一般煎熬，这些问候让她不胜其烦。难得的合家欢乐却聊胜于无了。

方小初脾性并没那么温顺，只是表面修练得没有棱角罢了。但她很清楚这种关注就算内心极度想骂人，还是无法发作的。因为每个人统统打着一个旗号，那就是——“都是为你好”！

中国人就是能用这个理由，没完没了地刺探别人私生活一辈子。

妈妈看出小初的不开心，用同样的话来安慰她：“他们问就让他们去问，都是为你好啊。”

方小初用沉默来抵抗。

妈妈也很想知道小初现在的感情状况，又不敢开口问，只好作罢。爸爸倒是很淡定，完全没把这事放在心上：女儿不愁嫁，急什么？

回绝了一堆好心的相亲安排，方小初打算去找高中同学叙旧。同学家在西安的北郊农村，乘公交也要40多分钟的路程。

越远越好！方小初恨不得躲那些七姑八婆远远的。出发前方妈妈叮嘱她要给同学的父母和孩子买一些过年礼品，不要失礼数。方小初照办，买了大盒小盒的礼品和玩具。

公交车晃晃悠悠地前行，准确地说是挪行。因为到处人山人海，车又要穿越市中心，车开得异常的慢。

快半小时了车终于开到了北大门，方小初忍不住去看远处的一个老小区，里面一排排米色涂料的6层旧楼，毫无生气地矗立在冬天的枯瘦枝干里。那是郑子衿家曾经住过的小区，后来听同学们说他家已经搬到西高新。

只一秒的冲动，方小初便提着一堆沉甸甸的花花绿绿的礼品在这一站冲下车。她确认不会遇到他，她只是想看看郑子衿的家如今是什么模样。

小区马上就要成为记忆的印迹，一副等待拆迁的模样。很多人家的窗户都成了黑乎乎的空洞，玻璃碎成各种形状，示意着大部分住户都搬走了。

门口以前热闹的小店，卖麻辣烫的四川夫妻，卖糊辣汤的陕北大嫂，不知何时都消失不见。只剩下一个看起来很久没装修过的小超市和瓜果摊依然营业着，一切看起来都恍如隔世。

方小初凭着记忆向着郑子衿家的方向找去，一路看着这个将要消失的小区。到了一栋楼前，看到楼体上用涂料喷的一个巨大的楼号，记忆的闸门马上打开了，就是这里。

眼前的一切仿佛穿越了时空，她望着二楼的窗户，门窗安好，还有拉紧的窗帘，看起来还有人住的样子。方小初站在那里良久，过了好长时间才收起了回忆，打算继续前往同学家。

一转身，看见了郑子衿。

时间定格，画面凝固。

郑子衿正站在她身后，肩膀上挎着一个大大的相机包，里面装着的一定是方小初叫不出型号的相机。他还是很瘦，只是比以前壮了些，脸上线条分明，多了一些岁月的成熟。

方小初不知他在那里站了多久。

如果是十年未见的老同学，这时大概已经进入寒暄，可面前的两人显然对这突如其来的相遇都没做好准备，两个人像被孙猴子施了定身法一样杵在那里。

或许杵着的时间并不长，但对他们来说像隔了一个世纪。

郑子衿首先打破沉默，他看方小初手里提着大盒小盒的东西，猜不准她在这里出现的原因，不过还是面露欣喜色，微笑着问："小初，你怎么会在这里？

你这是要来探望我吗?”

方小初低头看了看自己的形象：穿着也太随意了！羽绒衣，牛仔裤，球鞋，披散的头发，手里还提着“今年过节不送礼”的那些个礼盒。她心里飞快地给自己这个造型打了一个差到底的分数。

沮丧死了。方小初真想一头撞进旁边那个老树干里，再也不出来。

曾经脑海中构想过多少次的相逢画面，唯美得就如偶像剧。结果一切都不如所想，在这个破落的楼下，在自己最不修边幅的时候。

方小初对自己形象的不自信弄得杀气全无，语无伦次地回应着：“哦，我……我是要去看高中同学李丹，呃，她家离你家不远，所以……我以为你搬走了……”

从始至终方小初都不敢看郑子衿的眼睛。等稳定了情绪，她终于问了一句有含金量的话：“你怎么还住在这里啊？我听同学们说你搬到了西高新。”

方小初自尊心作怪，话出口即后悔，生怕郑子衿听出她悄悄地在打听他的下落。

郑子衿说：“家人都在西高新住，我每次回家，都住在这里。”

方小初支吾着说：“哦。”

“上去坐坐吧。”郑子衿邀请她。

方小初说：“哦，不用了，我和李丹说好要去找她，不能让她等太久。那，我先走了。”

郑子衿有点失望，说：“好，那你先去。那个，我一直住在这里的。”

方小初说了一声“再见”，就转身走了。

这一转身，也许又是一个 10 年？20 年？抑或是更久？

方小初眼里已经湿湿的，她失魂落魄地向大门口走去，心情很是失落。这时她突然想起什么，转身回去叫住郑子衿。

郑子衿还站在原地没动，看到她气呼呼地跑过来，对着自己问：“郑子衿，我们 10 年没有见面了，你都不要一个我的联系方式吗?”

郑子衿连忙说：“哦，我的电话你记一下。”方小初不知道他此刻的心情是什么，在她看来，对方平淡得像经过 27 层净化的乐百氏纯净水，这种冷静让她很受伤。

她纯粹就是一个偶尔出现的路人甲！

方小初美好的、可怜的热情此刻全无。像 10 年前一样，她此刻又因为要维护自尊而披戴上了坚硬的外壳，她在手机里记下了郑子衿的号码，发现和吕唯唯提供的完全一致，于是装作满不在乎地和郑子衿说：“那我们有事再联系吧。”

说完扭头走了。这一次她没有回头，大步流星地走出小区，但泪水早就一行行地流下来，在冬天里，温热的泪水冰得特别快，到了嘴里已经点点滴滴的刺骨。

她经常听人说“相见不如怀念”这样烂俗的话，也曾想过见面或许是对回忆最彻底的摧毁，但这样毫无浪漫又没有丝毫情感的相遇还是让她伤心不已。

她努力控制着不要再哭，一会儿要见老同学，别丢人了。但眼睛就像捅开装满水的塑料袋，停都停不住。

她的身后，郑子衿一直在看着她的身影，直到消失在他的视野里，他的眼圈也红红的。

看着方小初头也不回地走了，每个步伐都充满着赌气的符号，他想：还是10年前的方小初，死鸭子嘴硬的方小初。

从同学家回来已经是下午6点，冬天天黑得早，夜色掩盖了方小初脸上的所有的落寞。

一进门，方爸爸就张罗着开饭，满桌的好菜。方小初到卫生间去洗脸，用冰凉的水使劲拍眼睛，确保爸妈看不出她的异样之后，磨叽半天才出来。

“咋这么长时间啊?”方妈妈唠叨，“快来吃饭。”

和爸妈在一起方小初立马变成一个话痨，全家欢乐的时光里她负责为爸妈的好心情买单。她主动打听以前她最不耻的妈妈嘴里的家长里短，问爸爸的股票、爸爸的山寨秦腔的演出。

爸爸在票友班里通常只有为他人鼓掌的份，但还是很愿意女儿和他聊秦腔；妈妈很开心她唠叨的内容有忠实的听众。一家人其乐融融，让方小初暂时忘了白天的不快。

吃完饭她抢着洗碗收拾。老爸老妈象征性地扭了几下肩膀，当作饭后运动，然后一人一台电视，等候各自的电视剧去了。每天晚上很固定的程序。

方小初洗完碗又去卫生间倒饬半天，最后敷了张面膜出来，和爸妈说今天累了想先休息，就躲回自己的房间。

独处的时间就太容易把负面的情绪翻出来，小初仰面躺在床上，想着白天和郑子衿相见的画面，悲从中来，她赶紧用手拍拍脸上的面膜，制止着眼泪又流出来。

急于想找人倾诉，方小初拨了吕唯唯的电话。

方小初声音哑哑地问：“唯唯，你在干吗呢?”

吕唯唯说：“下载了一部电影，和老公一起看。”

方小初说：“哦。”

吕唯唯听出她情绪不高，问道："妞，怎么啦？有事？"

方小初说："唯唯，我今天看到郑子衿了。"

"啊？在哪儿见到的？"吕唯唯显然也吃了一惊，她不再看电影，跑到另外的房间打电话。

方小初把经过给她说了一遍。

"唯唯，可能我们都想错了，也许真的不该再见面……"

很沮丧，方小初这么多年来头一次这么沮丧。

吕唯唯也很生气，她激动地说："男人永远都是不明所以的绝情！而我们还要像怨妇一样分析他们在想什么，太过分了！就算是一个普通的、没啥交情的同学，十年不见一定会很开心、很想知道彼此的近况吧？"

方小初说："很有可能是我们都不知道该说什么，或者是因为我太爱面子，也没给他机会说，总觉得他还是和以前一样冷。我原本也并不希望执手相看泪眼，可她对我就是完全没兴趣的样子，我就完完全全是一个路人。而且我今天真的糟糕透了，我很邋遢，手里还提着一大堆那些花花绿绿的东西，整个形象就是一个可笑。"

再也克制不住，眼泪像串珠一样从面膜里面流出来，混合着精华液的泪水止也止不住，流到脖子上、耳朵里、领口上……都顾不上去擦。

唯唯知道，她对郑子衿压抑了多少年的问号和想念，今天全部土崩瓦解。

"小初……"吕唯唯听到她难过的哭泣，一时间也不知该如何劝，只是还理智地提醒道，"想哭就哭吧，不过你难得在家，别让叔叔阿姨听见了担心啊。"

一句话提醒了方小初，她不能让父母再操这个心。她把那张早已极度变形和失效的面膜轻轻地从脸上扯下来，对唯唯说："我现在真觉得，自己是个挺失败的女人。"

"别因为这个妄自菲薄。"吕唯唯打断她，"我告诉你，这世界上再丑、脾气再爆、人品再差的一样都能找到伴侣，你说你又有什么问题呢？谁在年轻的时候都疯狂过，这只是一段经历。怪我，我不该一个劲地拉拢你们，我只是一厢情愿地觉得你们很臭味相投……其实今天的见面，我觉得挺好，还是那句话，见了就有结果，现在只不过是，不太好的结果。从现在开始，你把关于这个男人的记忆全部放进回收站，慢慢清理吧。"

说完，吕唯唯又补充道："不过我觉得，你肯定做不到。"

方小初想了想，说："你说的对，我可能还会继续沦陷。"她也觉得自己相当没出息。

"这就是女人，都一样傻到家。"吕唯唯话糙理不糙。

方小初心情很低落："我就是表面骄傲，遇到爱情就像飞蛾扑向火，只知道扑火时的幸福，不知道后面惨烈的结局，我就是活该再受罪。"

说完眼泪又哗哗哗地流满一脸。

在这个原来应该是欢乐喜庆的春节前的夜晚，唯唯陪着她度过了最难过的一关。生活中各有不如意的两个女人互相安慰着彼此的心，解释着彼此的困惑。

那张因为时间太长、经过暖气烘烤的面膜已经干掉，混合的眼泪统统蒸发到空气里。

爸爸妈妈睡前到方小初的房间看她，尽管她背对着父母假装在上网，但爸妈还是从她的声音里听到了哭腔。

爸妈吓了一跳。妈妈着急地问："小初，你这是怎么了？刚才吃饭时不还好好的吗？"

方小初："没事，你们快去睡吧。"

爸爸说："为什么，还能为什么？女儿心情不好，吃饭的时候是哄咱们开心呢。"

妈妈说："有事就说给妈妈听嘛，我们又不是老顽固，怎么啦？"

方小初说："爸、妈，我今天见到郑子衿了。"

妈妈忘了这个人，只觉得名字有点熟悉，于是问："谁？"

爸爸在旁边说："好像是小初高中时认识的那个男娃。"

妈妈恍然大悟："就是前段时间打电话要你手机号的那个男娃吧，我还以为是推销产品的。小初你刚才说他叫什么……金子？"

方小初说："妈，是郑子衿。高中毕业后，我们十年没见了，我今天看到他了，心里很难过。"

爸爸小心翼翼地问："小初，你老是不找男朋友，都是因为忘不了他啊？"

方小初摇摇头。

妈妈问："他结婚了？"

方小初说："不知道。"

"有女朋友？"

"不知道。"

"他现在在哪儿呢？"

"我也不知道。"

妈妈急了："你这样挂记着他，却啥也不知道，这哪儿行呢？"

爸爸说："小初，我觉得吧，你们现在的年轻人想得太复杂。依我看，如果男未婚，女未嫁，就有机会。多简单的事。"

方小初的眼泪瞬间又卷土重来，一下子就决堤淹水了。她哭着说：“爸妈，我觉得自己可失败呢，一点自信都没有了。现在都要靠七姑八婆安排相亲。郑子衿就是没有结婚，没有女朋友，那又怎么样？我就是一个小丑，单相思，呜呜呜……”

父母已经好几年没看到女儿这么哭过，心疼得不知道该怎么安慰她才好，只知道她心里一定憋了好多事，父母干着急帮不上忙。

妈妈抚摸着方小初的头发，说：“妈就信缘分，有缘的话，隔再长的时间不见，也能在一起；没缘的话，天天见面也没戏。”

爸爸说：“以后有事别藏着掖着，一个人扛着多累。要我说，我老方的女儿，谁失去都是损失。”

方小初收拾了一下心情，使劲挤了个笑容给爸妈，说：“爸，你就不要往我脸上贴金了。在你们眼里，我什么样，你都觉得是西施。”

方小初心情略好些。好几年都穿着硬硬的外壳，好几年都没有这么痛快地哭过了，时不时让眼泪置换一下内心的杂质和困惑，也不是什么坏事。

送爸妈回房间，又洗了个脸。方小初把新年的愿望写在一个漂亮的本子上：新的一年，还有以后的每一年，我都希望自己过一个浑然天成的人生，不再强迫的那种。

第十九章　只要一点点

春节假期加上年假，方小初已经在家里待了十来天。

假日一过，开始要收拾行李回上海，很多同事为了避开春运高峰，都已经提前返程了。销售部内部气氛不错，每次有人节日回家、外地出差，都会带当地的土产回来分享。

方小初这次有点头疼，因为不论是西安还是山东的东西她都已经统统带过，方爸爸和方妈妈也一起帮她想辙，往她的行李里装了很多速食包装的羊肉泡馍、柿饼，大袋小罐。

自从在父母面前说了郑子衿的事，心里的负担减轻不少，爸妈又一次在这件事上选择了让她自我消化，他们相信小初能像 10 年前一样想通。

照例，爸妈只送到楼下，剩下的路自己走。方小初抱了抱妈妈，不敢直视妈妈的眼睛，她不敢看，她知道每次离开时妈妈都是故作潇洒。可怜天下父母心，他们多么希望儿女就在身边啊。

每当这时方小初就觉得自己很自私。

在一个酒店门口等候机场大巴，方小初抽空去旁边一家非常有名的小店买了五碗凉皮，包了一层又一层的，放在她随手提的小袋子里。她打算给同事们带正宗的陕西凉皮尝尝，当然，如果经历一路颠波这些凉皮们筋骨还在的话。

安检的时候遇到些麻烦，因为调料是另外装在小塑料袋里，属于液体，在塑料袋里晃荡着。安检小姐问："这是什么？"

"凉皮。"方小初红着脸说。

"这个小袋子还是托运吧。"安检小姐说。

"可这个托运，如果碎了，整箱东西都遭殃了。"方小初央求道。

"再过一遍。"安检小姐说。

这五包面皮在高科技 X 光线的照射下又乖乖地接受了一次检查，安检小姐总算放她过去。

旁边有个接受脱鞋检查的男人吃吃吃地笑，方小初提着通过安检的袋子匆匆地走开。

春节后的第一天上班是不需要考虑午餐问题的，连松田都赞助了来自日本的大宗美食，他大概明白自己的存在大家会放不开，只赞助不参与，和别人用餐去了。

谢嘉义春节时回香港和广东探亲，他带的东西最多。同事们清点一下各地特产，保守估计可以大吃两天。方小初带的凉皮此刻也有点软趴趴，好在大家不嫌弃，而且正好清一清春节时的肥腻。

此刻是午餐时间，大家齐集小会议室，围坐一圈，打算大块朵颐。

廖成很懂职场规则，他提议谢嘉义讲两句话。

谢嘉义手一摆："大过年的，讲什么话？大家开动啦。"

桌子上开始一片哄抢，如马蹄践踏过的战场。方小初和赵静毕竟是女生，负责细心的工作：给大家分食物、倒饮料，谢嘉义看在眼里，批评男同事："你们像是发生了饥荒一样，一点绅士风度都没有，居然让两位女士为你们服务。"

廖成响应号召向来最快，他马上站到方小初身边帮她，赵静悄悄地和方小初耳语："他总是这么殷勤，不知道的真以为爱上你了。"

方小初一口食物喷到对面墙上。

"说哥哥什么坏话呢？"廖成察颜观色。

两人都笑笑没有回答他。

吃到一半，谢嘉义对着这些风卷残云的猛士，声音抬高了一些说："不好意思要占用大家两分钟的时间，说一点公事。你们别停下吃，我就两分钟。"

大家把目光都转向他，嘴里依旧忙乎着。

谢嘉义说："春节过了，大家收收心好好工作啦。下周会有新人加入了，大家对新人友好点。我们要进行一次新人培训，这次的培训工作，我们交给了两位女士，小初和小赵。女士亲和力强，又秀色可餐，对于留住新人肯定是有百益无一害了，哈哈哈。"

大家纷纷起哄说："大精也开始用美人计挽救员工流失率啦。"

"就是这些事，不讲啦，再讲超过两分钟了。有人愿意参与培训的，都可以，在不影响工作的情况下，都欢迎。大家继续吃继续吃，不要亏了各位同事的一番心意。"

会议室又开始笑语喧哗，压抑的另一面就是疯狂。

从某种意义上来说，销售部的这种凝聚力也恰恰是因为松田这种不太人性化的作风导致，松田是“有的放矢”里的那个“的”，是大家共同的牢骚对象。谢嘉义却很有领导天分，他会圆滑地处理松田与下属的紧张关系，既不强权又不愚蠢。

吃完饭，把剩余的食物收拾好放进咖啡室的冰箱里，又回归认真的工作了。方小初和赵静把节前准备好的培训资料发到松田和谢嘉义的邮箱里，等待着领导的回复。

直到快下班时，谢嘉义才叫她俩一起去松田办公室。

松田让三人坐下，他叫人把方小初和赵静准备的资料打印了出来，拿在手里是厚厚的一摞，可见两人真的花费了不少心思。

谢嘉义忙了一下午，肖课家里有事未返工，所以资料还没有认真看过，此刻正拿着打印件不露声色地翻看，生怕松田问到什么时一问三不知。部长也终归是替人打工啊！

松田首先赞美了两位女士认真工作的态度，尤其对赵静点头：“赵静，你是公司去年的十佳员工，公司信任你，你要更努力，为公司创造最大效益的同时，也提高了自己。你这个技术类材料做的很通俗易懂，又很专业，很好。”

赵静谢谢领导称赞，方小初同学又打了一次酱油。

谢嘉义觉得这样只表扬其中一个有点不妥，但又想不出如何接话，只好任由方小初在那里尴尬着。

这时松田继续说道：“小初，看了你准备的材料，也很好，这是你这几年在大精工作的经验和心得，但我有不同意见。我们销售是真刀实枪地去做事的，不需要有感性的东西。我们大精的产品和服务是行业内最棒的，你要时刻记得这一点，为此自豪！当然，这话不能直接和客户说。”

松田睁着他因为年龄增长和高强度工作而有些浑浊的眼睛，盯着方小初。

方小初想：白痴才会把这些话说给客户听！领导太喜欢低估下属的智商了。她极不情愿地点头接受建议。

旁边的谢嘉义一直盯着眼前的办公桌，眼神像在放空，表情有些严肃。他不同意松田的说法，或者说，松田充其量只说对了一半。他同样找不到语言去反驳，而且反驳也没有用。

赵静此刻恨不得被表扬的是方小初，她看过方小初的材料，如果她是被培训的员工，她会很喜欢有人和她讲这些很不一样的东西。

松田不知道，或者说根本不在乎此刻面前这三个人的内心起伏，他开始做结尾语：“谢部，肖课不在，你这几天辛苦，她们俩的资料回去修改一下，到时候你批准了就可以用了。联系一下 HR 和技术中心，到时候也让他们旁听。好了，大家去忙吧。”

三人退出。

“小初，松总说让我把关了，也就是说他其实已经认可了，没问题的，别想太多。”谢嘉义及时安慰她。

“我没问题啊，谢部我去工作了。”方小初脸上没有任何的情绪，送了个微笑回答他，说完径直走到自己的座位前。

这时赵静走过来，俯身趴在方小初桌子上，方小初打趣道：“干吗？你也要安慰我啊？我没事，根本没往心里去。”

赵静不相信，任谁被这样一对比，心里都不会好受，就像小时候家长总拿自己的孩子和别的孩子对比，孩子们从小心里就种下了阴影一样。她低声说：“我做的是技术材料，你做的是商务性材料，我的只有骨，你的却必须有血有肉，松田只看硬的不看软的，不理他。我们也改变不了他的思维，以后迎合他的口味就是了。”

方小初笑笑：“我只想试着加一些自己的理念，就一点点。虽然我知道这有点理想。我已经迎合了4年多，这4年当中只学会了做一件事，就是‘服从’，快跟军人一样了，但我不是军人，我很怕被日本人弄成个神经质。”

赵静点点头。方小初继续说：“亲爱的，没事，这个‘鸡蛋碰石头’的结局我早有准备，他的反应在意料之中。你不要因为总被人表扬就觉得我会生气，我一进公司就知道你很优秀，要气的话几个心脏都爆掉了。”

“行了行了，反而安慰起我了。你没事就好，我不多聊了啊，小心老松一会儿又贼兮兮地出现在身后。”说完赵静使了个眼色悄悄地溜走了。

方小初冲她笑笑，继续埋头工作着。

这时前台助理走过来，说：“小初，公司门口，有人找。”

方小初问：“谁啊？”

前台说不知道，只说是个男的。方小初心里犯嘀咕，谁会找到公司来呢？

门外站着的是阴魂不散的大丁。方小初一看他就来了气，把他拉到一个人少的地方，问：“你怎么又来了？”

大丁说：“这次是出差。”

方小初说：“你找我什么事？”

大丁说：“我是想和你说，上次给你的一袋子东西，其实花了挺多钱的，都是很多人珍藏的，然后放在网上卖高价。我觉得，既然你那么绝决地不和我往来，我应该把差价要回来。我一共花了2000多，你才给了我1000多块。”

方小初不敢相信自己的耳朵，她怎么就没有发现这个男人居然有这么奇葩的一面呢，简直是五雷轰顶。

方小初冷笑："你是又没钱买避孕套了吧？是不是我把钱给你，你就可以永远地消失在我面前？"

说完跑回办公室，把自己钱包里的钱全拿出来，又向赵静借了几百块，一共 1500 元，一下子摔给大丁，然后用一种可怕的眼神盯着他："你再敢这么霸道地出现在我面前，你以后别想好好谈恋爱了。我会搅得你永无宁日。"

周一一大早，方小初提着早餐进了公司，时间还早，办公室人不多。廖成正坐在办公桌上，饶有兴致地和几个陌生的面孔聊得起劲。

方小初想应该是几位新人早早到了。因为松田还没来，廖成坐在桌上显得很放松，从他的角度看下去，几个新人或坐或站都全部可以俯视，他们全神贯注地听廖成以"老人"的姿态传道授业。

方小初走过去打招呼，指着廖成介绍说："对的，你们要多向这位廖经理学习，他可是我们公司经验丰富的元老，我们都叫他'廖哥'。他很乐于助人，经常会给同事买些矿泉水啊、小零食什么的。"

"廖哥。"七零八落的声起。不整齐，却整得廖成很不好意思。

"别别别，"廖成生怕将来别人让他买矿泉水，那还了得？他赶紧说，"我们公司的员工福利不错，那个大会议室旁边就是茶水间，有各种咖啡各种茶，矿泉水是全天然无污染的千岛湖的。咱公司是提倡环保的，你们以后各带杯子啊。"

然后又压低了声音："环保是一方面，主要是节省，你们千万不要用一次性杯子让老板看见，纸杯那是招待客户用的。到时候要是因为一个纸杯影响你们的仕途，可别怪我没提醒你们。"

几位新人纷纷说好的好的，谢谢廖哥。

方小初看时间不多，赶紧坐到位子上对着早餐狼吞虎咽，便利店的三明治干得几次把她噎住，只能不停地灌豆浆。

同事们陆续到了，廖成也停止了高谈阔论，心神满意地坐回去。

手机叮一声，一条短信。方小初只看一眼心跳就加速。

短信只一句话：小初，我是子衿。我现在也在上海，你这两天有空吗？

方小初刚开始走神，谢嘉义已经带着几个新人走过来给大家介绍，她和同事们都起立，迎接新人。

方小初印象比较深的是王飞雨，比起上次面试时的精瘦，或许是春节的伙食好心情靓，再加上冬装的包裹，感觉更壮了一些。

几个新人谦和礼貌地和大家一一握手，尤其对廖成很热情，"廖哥""廖哥"

地叫，谢嘉义在一旁有点吃惊，乍一看以为他们之前就认识呢。他取笑廖成："廖哥，看你多受欢迎，以后要多多关照新人哦。"

廖成忙摆手，对大家说："叫我廖成就行。"

"新人们都接近90后了，叫你声廖哥也受得起，是吧？"智央第打诨。

方小初看着眼前的一团热络，心思早就天马行空：郑子衿居然知道我的联系方式！他居然也在上海，而且来找我？

谢部长带着新人去其他部门打照面去了，这是公司的流程。销售部门因为人员流动率较高，谢部每每介绍新人，其他部门的熟人必定会调侃他一番。

铁打的营盘流水的兵，大家对欢迎新人有些审美疲劳。隔几年下来，稳定的依然是那几个，流动的永远在流动。

这是一个时代现象。

还来不及思索关于郑子衿的点点滴滴，方小初和赵静就要奔赴培训新人的会议室了。方小初有点紧张，她去找赵静，想寻求点安慰和鼓励。走到赵静身后，赵静全无察觉，她正在全神贯注地看着电脑屏幕上的PPT，鼠标就在前几页，滑下来，滑上去，滑下来，滑上去地重复浏览。

方小初笑笑，原来有人比她更紧张。她右手搭到赵静的肩膀，赵静一惊，猛回头，看到是方小初，责怪她："吓死我了。"

"我只是轻轻拍一下，是你太过于专注了好不好？"

"我在练习开场白呢，一般前面说顺了，后面就有自信了。这活是大姑娘上轿头一回，真没把握呢。"

"行，你慢慢练习，我一会儿过来叫你。"

方小初想起郑子衿的短信，坐在那里拿起手机，对着那寥寥几个字发呆，不知道该怎么回复这条短信。

你好，你怎么知道我也在上海？问这个有什么用？删除。

你好，我有空啊。这也太便宜他了，删除。

就这样，短信写了删，删了写，折腾几分钟也没有编好。方小初觉得她上辈子一定是欠了他什么，否则为什么此生只要他一出现，甚至只是看到那三个字，内心必定会心潮澎湃？她总是被他牵动。

在爱情里，方小初彻头彻尾地情商智商全归零。

谢嘉义召集大家去培训室，人资那边诸经理已经在里边准备，脑子里的飞扬思绪再次被打断，容不得多耽搁，匆匆收拾资料。这种手忙脚乱的情景在方小初身上是少见的。在工作中，她是历练过的职场白领；在感情里，她是不知所措的低能儿。

第二十章 我眼中的销售

初进公司的时候就是诸琳为新人介绍公司的，公司历史、文化、规章制度。这一次方小初听得比上一次更认真，她越发觉得在这个硬邦邦的大精，诸琳这样柔软的存在真真难得和必要。

有的人就是有天分，诸琳并不是人力资源的科班出身，可她对招聘及培训就很有天分，她的招聘专业又不失温和，对隐私点到为止，对应聘者的问题耐心不失态度。

诸琳介绍结束，微笑着环顾四周，问还有没有想要了解的内容。早会上一个把“廖哥”挂在嘴上的热情男生举手要发言，方小初忘记了刚刚介绍过他的名字，但诸琳却自然地叫出来：“区（ōu）越，你说。”

区越站起来，感谢了一圈，方小初敢保证，明星的颁奖礼都没他说的丰富多彩。感谢辞说完后，区越补充道：“大家的友好，让我刚来就有一种归属感。还有廖经理也对我们讲了很多有用的东西，我对接下来的工作很有信心。”

归属感。方小初心头一动。这是自己寻找多年的东西，却由眼前这个刚进公司才半天的新人这么轻描淡写地说出来，真是佩服年轻人的简单。

可赵静在旁边却差点笑出声来，她悄悄靠近方小初，低声说：“廖经理被新人归到领导阶层了。”

方小初说：“玩笑是不是有点大了？”

回头看看谢嘉义和诸琳，他们维持着绝对的修养和笑容。诸琳以简洁平和的一句话收尾：“公司的每分钱都是销售部赚回来的，销售的同事向来都最辛苦，我们人资会尽心配合好一线的工作。谢部，新人的入职手续三天之内办完，让大家尽早一天享受公司的福利待遇。”

“诸经理麻烦了。”谢部点头以表致谢。

“下午的培训将由销售部门内部的员工来讲，这是我们公司首次的尝试，我看过谢部发给我的方小初和赵静的准备资料，都很用心。你们将来要站在同一条战线，工作内容接近，所以听来更直接有用，到时候我会旁听。上午不明白的还可以问我，我们人资的服务随时对大精所有员工开放。”

掌声。结束。

诸琳曾说过：工作都需要有很强的服务意识。

方小初很喜欢诸琳讲话，没有命令，没有居高临下，没有颐指气使，润物细无声，却让听者很容易接受与臣服。有的人生来拥有这种气场，有的人是后天历练，方小初不清楚自己是否具备这方面的潜质。

她很想知道这个答案。

中午吃饭时，谢部长带新人们下去熟悉环境，他想让新人们先和两位女士熟悉起来，于是过来叫赵静和方小初。赵静悄悄地和方小初说：“幸亏老谢比松田更懂得人文关怀。”

“嘘……”方小初示意她。松田刚刚走过去。

“我们走吧，别让谢部等太久。”赵静催她。

方小初刚准备起身，电话响，那个号码显示是“瑞他”，是 Rita 的中文写法。方小初掩人耳目。

“亲爱的，你先下去。我这边电话有点急，麻烦你和谢部说一声，我打完了马上到楼下找你们。”

赵静先下去了。

方小初快步向门外走，到了楼梯口才接电话，她从楼梯间走到 22 楼，那个她一直视为安全地带的地方。

结果在楼梯口又碰到了黄建华，也在接电话。方小初心想：看来得换个地儿打电话了，怎么老在这里碰到他，不知道的以为我俩在这儿幽会呢。

方小初冲着黄建华一笑，又往楼下跑了一层，才接起电话。

方小初气喘吁吁地说：“你好。”

Rita 说：“你好方小姐，是我。非常不好意思，春节前说好约你去面试，后来我有一些事情提前回老家，很多工作都推迟到年后了。这个周末您在上海么？可以的话我可以再次约一下。”

方小初说：“我在上海。”

Rita 诚恳地说：“行的，那周六上午吧，具体时间我和用人单位确认一下。我们联系这么久，这次一定能见个面了，用人单位一直在找合适的人选，坦白讲我们也推荐了不少，现在还没定下来。”

“好的，我一定到，但还是那句话哦，不能保证结局完美！”方小初也不想再拖。

挂了电话，想到上午自己还被诸琳带入的大精情结，下午还要向新人输入公司的理念，而自己马上要悄悄地在外面面试，方小初心中不免觉得有点讽刺。一些看似安定的因素原来并不安定，求职者对公司的“归属感”，多数已经变成了一个抽象的概念和励志书里才有的词汇了，就像眼前看到的美景一样可感受，不可拥有。

人突然之间可能要否定自己几年的经历和环境，这种情绪表面是坦然的，内心是失落的。

在新的机会与现有的安稳面前，方小初突然找不到重心。以前坚定的思想有点瓦解。她似乎到了一个瓶颈，是在原地突破，还是在别处突破，她拿不准。

中午的时间，方小初用一只手撑着脑袋，散落的长发半遮住脸，闭眼小憩。

手机就在桌上最近的地方，方小初要保证及时地听到电话或短信的响声，生怕错过客户的电话。她还没有回复郑子衿，对方大概不会因为一条短信而如坐针毡吧。

办公室静悄悄地，除了键盘敲打的声音。

廖成走过来，表情严肃。他把方小初喊醒。

方小初睁开眼，对刚刚到来的睡意被唤醒有些不快，迷迷糊糊地问：“有事呀，廖总?”

廖成没像以前那样贼光满脸，他对着方小初，央求道：“以后不要叫我廖总、廖经理这些。新人们这样乱叫，你想害死我啊?”

方小初眼睛酸酸地，半眯眼睛想了想，说：“廖成，我原本是开玩笑的，保证以后不再扩散。不过有个交换条件，你也不要逢人就说我要升职，这才是真正能害死我，好吧?”

“这不是谣言……好好，是谣言……我以后也不说了好吧?”

“OK！我要继续我的美梦了，你让它中断了。”方小初眼皮最重的时刻。

廖成说声你睡吧，就静静走开，方小初印象中还从未看到过他那样老实的背影。

疲劳持续作战，方小初继续她的小梦。在这期间，手机很配合，一次没有响过。

会议室里5位新人已经坐好，技术和人资各有一位主管陪同，尽管谢部之前号召过部门同事都可以参与，还是没有人来。

谢嘉义下午有事没有参加，他出门时给方小初和赵静发了邮件：小初、赵静，交给你们啦。

商务技巧培训和技术知识是交叉进行，一人半天，另一个人可自由选择旁听或工作，赵静选择全程参与。

幻灯片已经准备好，画面停留在 PPT 的首页，方小初把微卷的披肩发捋到一只耳朵后面，扫视会议室仅有的几位人员，对着技术部同事和诸琳点头表示致谢之后，咽了一口唾沫，便开始了她的第一次培训。

会议室很小，人很近，方小初能清楚地看到每个人的眼睛和表情。

“下午好，我是方小初，公司上下都叫我小初，这位是赵静。”方小初介绍赵静，“我们俩位是目前上海公司销售部唯二的女性资源，还有一位 Lisa 经理是常驻北京。我们接下来负责和大家一起交流和学习。”

新人们纷纷摊开手中的笔记本。

“不用记笔记的，我讲的主要是商务方面的内容，当天的 PPT 都会发到大家的邮箱，有的内容延伸的比较多，我基本也都会有注解。大家听听就可以。”

顿了顿，方小初继续说道：“欢迎各位帅哥来到大精，为我们大精的男女平衡和未来的和谐发展作出了贡献。来到我们销售部，不论以前有过工作经历，还是应届生，大精都会为我们建立一个很好的职业导向，能走到一个好的公司是值得庆幸的事，大精是绝对可以为大家本来就很帅的脸上再镀一层金的。我只对销售有心得，所以就销售工作而言，市面上的种类五花八门，参差不齐，由工作而建立的销售心灵档次，缘于服务的公司，它本身的品质和定位。好的公司注重品牌分量、注重市场的诚信和影响、产品的质量和售后，要的是长久发展，所以销售人员做起来，不要担心公司会教给你一套完全不着调的模式，不用天天顶着压力去夸大吹嘘自己的产品，而大精就是可以让我们真正提升这种销售素养的好平台，我在公司这五年有很切身的体会。我们都是很幸运的。新的一年刚开始，这一年我们相亲相爱的销售部同事会和你们一起共同进步。”

几个新人听得津津有味，诸琳笑盈盈地看着方小初，技术部那位仁兄似乎对这种培训不感兴趣，低头看着笔记本，看起来像要睡着了。

下午方小初要讲的课题主要有三个：我眼中销售的魅力、客户的分类与特点、我们公司的销售模式。新人们进公司首先要清楚自己要做什么，我们的产品能做什么，客户是哪些，公司的销售制度。

方小初和赵静就课题的先后顺序商讨过，争取配合得天衣无缝。

方小初抛出的第一个问题，是：“你对销售工作的理解？”

方小初一直提醒自己千万不要成为一个大道理王，她对自己的要求是：可论述不可说教、可自信不可自大。

大家踊跃参与话题。

“我觉得销售最能锻炼人。”叫崔毅的男生说。

“你觉得主要能锻炼哪方面呢？”方小初问他。

男生想了半天，没有回答，被区越抢话答道：“我觉得做销售能锻炼人的胆识和口才。”

方小初笑笑，她对回答不满意。因为她身边几乎所有的人都和这两个新人一样，只要一提起销售，往往都会说“能锻炼人”。至于能锻炼什么，为什么锻炼人，没几个人能说得清楚，多数只是人云亦云。

这时王飞雨说道：“我以前销售经验不多，和大精的模式也不太一样，但我觉得性质都一样。我的心理承受能力，我的脾气，我对事物的判断力，对压力的化解力，当然还有表达能力都变得很不同。我觉得这是销售带给人的最多样化的体验。而我最想体会到的，是一个优秀的销售者通过自身的努力和天分做成了这个行业的专家，还有随之而来的成就感，我现在还未体会到。”

方小初笑笑说：“现在不了解没关系，将来也一定会了解。每一年的感受都不同，每经历一个客户后感受也会不同。这些都成为我们最宝贵的经历和经验，是财富来着。”

第一小节进行了一个小时，经过这一番比较热烈的交流，新人们变得熟悉起来，状态也不像之前那么紧绷了。

区越忽而热情忽而又收敛，方小初开始有点惊奇于他的这个表现，后来才发现他是偷偷地观察诸琳，大概是觉得自己热情过火会让人对他形象打折扣，才会产生这样神经质的控制。

新人在试用期时，有的人会心理负担过重而放不开手脚。

就这样，培训顺顺当当地进行了两天。当方小初给新人们讲到公司产品的用户群潜力无限时，所有人的脸上都写着憧憬，仿佛现在就想放手去博一把。

其实市场竞争又何其的惨烈。和所有企业一样，大精其实处于一个内外夹攻的市场竞争中。外来者有3N、力克等这样虎视眈眈的集团公司，内有旭天领头的民营企业后来居上，瓜分中小型客户。每个公司都有每个公司独特的优势。

松田一开始不相信国内的民营企业能有多大能耐，直到市场的蛋糕一天天减少时，才意识到问题其实很严重。但他作为领导者，永远向大家灌输的是“大精才是最棒的”这样的理念。

方小初逐渐悟出了一个道理：当管理者，就意味着必须收敛起你的负面影响。

现在正在讲客户，讲行业，讲竞争对手。讲到我们与竞争对手的利弊，不能夜郎自大，也不能长他人志气灭自己威风。方小初想了想，指着PPT上一条条竞争对手的资料，尽量客观地说："这是一个高科技的时代，不管多么高端的产品都不可能哪家公司独大，市场会衍生很多的同行，而同行里每家公司都是各有优劣；就我们大精的实力和影响力，我们的起点就远远高出很多公司，但每家公司在处理问题上的手法就很不一样，就像木桶原理。我们可能很多地方都占尽优势，最后却败在一块短板上。"

时间很快过去，要留一小时时间让大家讨论和发问，这时赵静和方小初成了大家围坐的对象，新人们七嘴八舌地问着五花八门的问题。

诸琳全程旁听，不参与不插话，她的信任让方小初和赵静的状态渐入佳境。

下午会议结束后，新人们先走了，赵静出去接爱情电话。方小初一个人在会议室坐下来，想利用几分钟总结一下今天的内容，有什么遗缺补漏。

这时诸琳走了进来，微笑着对她说："小初，你们谢部长和肖课都不在，你和赵静这两天单枪匹马的辛苦了。我刚才和松总汇报了你们的工作，说效果很好。松总太忙，他说明后天尽量参与一次。我这边没有什么要补充的，你看还有没有什么需要我帮忙?"

方小初谢过她，说："暂时还没有，诸经理，谢谢。"

诸琳说："那你和赵静有什么事就来找我吧，小初，我有点事先回办公室了。忙完早点回家休息。"

第二十一章　就这样突然地出现

赵静打完电话回来，方小初瞥她一眼，说："爱情电话?"

赵静甜丝丝的表情，她和方小初一起收拾东西，边收拾边说："是啊。我总觉得在你面前说聂小图还是不好意思，总会想到之前他对你有意思。"

"切……"方小初懒得再解释了。这世界上能把她变成神经病的，估计只有郑子衿一人了。

方小初跟赵静说："真羡慕你们的进展神速，这年头，比的就是速度。瞧我和郑子衿，天天跟捉迷藏似的。还一玩就是10年!"

赵静问道："你前两天向我借钱，急匆匆的，是做什么去? 你还没有向我交待呢。"

方小初一想就来气："就是我的前男友，上次不是假情假意地送我一些礼物嘛，我当时就不想白要他的，把现金都给他。没想到前几天过来，说我给的不够。我真是丢死人了，看我爱上的是些什么极品货色?"

赵静听完后简直不敢相信："天呐，这种雷劈的男人，现实社会还真存在啊?"

方小初点点头："我也怀疑自己的眼光了。"

赵静问："那郑子衿呢?"

方小初拿出手机给她看："你看，郑子衿上午发来的，我还没有回复呢。"

赵静有点惊讶，看了短信后，分析道："其他的我不知道，不过有一点信息是透露了，他明摆着是想约你。"

方小初欣喜地问："真的吗?"

赵静说："当然。瞧你现在猪一样的智商!"

方小初听她这么说很开心，赵静接着说："你对待这段感情，可真是扭捏作态得够可以的，我都想揍你了。依我说，大大方方地回复，然后去见，能谈就谈，不谈拉倒。你还有多少个 10 年啊？"

方小初觉得赵静说的很对，连她自己都觉得，因为太在意这段感情，弄得缩手缩脚，一点也不像平常的自己。

赵静随后又安慰她说："听我的啊。现在早点回家休息吧。"

晚上回到家，一天的激动心情已被过滤一些，她平静地回复郑子衿：子衿，很抱歉这么晚回复你，我这几天太忙了。晚上下班后都有时间的。

就这么平静、这么简单。

发完短信就去梳洗了，方小初不愿意眼巴巴在那里等待回复，她害怕这短短的等待过程。

洗澡出来，穿着厚厚软软的睡衣坐在卧室床头吹头发，开着慢风，暖暖的风从头顶蔓延到脖颈，在冬日里暖得真实。张雨生歌里唱过"爱是诗人与神经病"。此刻的方小初认定自己是个神经病，她听到手机叮的一声响，马上扔下吹风机连滚带爬地跑去看手机。

郑子衿的短信：小初，明天晚上我去找你，你方便吗？还有，你有电子邮箱么？

方小初一口气发给他两个自己的私人邮箱，生怕他收不到似的，然后回复他：我方便的，明天联系。

方小初激动得心都要跳出来。

这时爸爸打来电话："女儿，吃饭了没？"这是爸妈最关心的大事之一。

方小初说："吃了，你们呢？"

爸爸说："早吃了，你妈要看电视，晚饭吃得早。你一定要吃好，别跟着人家减肥知道不？"

"你放心吧，爸，我从来不吃减肥药，顶多不吃晚饭。"

爸爸急了："晚饭也得吃啊，饿着怎么能睡得着？我就看你春节回来又瘦了。"家长们听话的重点总是不一样，方小初真后悔说不吃晚饭的事。

方小初赶紧答应："好好好，妈呢？看啥电视呢？"

爸爸说："不知道，天天看那些婆婆妈妈的电视剧，都是一家人吵架的，一集都不落。对了，小初，昨天下午……算了，改天让你妈和你聊吧。"

"好，那我挂了。"方小初感觉爸爸欲言又止，没再追问，"爸，你和妈早点休息吧。"

爸爸匆忙说："不要挂，你房子看了没？"

方小初早忘了这事，撒谎道："看着呢。最近特别忙，等我看好了再刮你们的油吧，爸，没想到我也要啃老了。"

爸爸安慰了她几句才挂了电话。

方小初此刻的心情非常好，连吹头发的时候都哼着歌。吹完头发后又跑到卫生间做各种保养，恨不得这些瓶瓶罐罐马上就发挥出神奇作用。春节前的见面，我邋遢如大婶，接下来的见面我一定要一雪前耻！

因为这两天培训很顺利，方小初此刻的压力小了很多。这段日子总是挤出时间准备资料，几乎夜夜晚睡。

今天晚上没任务，时间又尚早，因为这个周末要去参加面试，方小初想起自己招聘网站上的资料已经好几年都没更新过了。

没想到招聘网站的密码试了多次都打不开，好久没有登陆了。由此看来猎头的神通可真不是盖的，几年都没有更新过的简历，他们都能顺藤摸瓜地把想要的人才资料挖出来，方小初把曾经用过的密码全部输过了都不对，正想要放弃的时候，最后一试，奇迹般地登陆了。

这个密码里有郑子衿。

都忘了几年前初来上海找工作时，抱着一种怎样的心情在招聘网站上输下了关于他的密码，以后的生活里这个密码再也没用过，郑子衿这三个字一度为别人取代。时值今日，在郑子衿突然又出现的日子里，这个密码也随之浮现，仿佛冥冥之中被安排定了一样。

方小初内心一阵狂喜，她就自作主张地把这些当作是一种缘分，就像妈妈说的那样。

郑子衿，好久不见，其实我已经不了解你，我只是怀抱我的回忆一步步向前走。我愿意看到你的出现，但又害怕听到记忆被打碎的声音。我的执着，不能再次成为你忽热忽冷、渐行渐远的筹码，我喜欢简单，也拒绝第二次翻船。

方小初同学就是有这个自我打气的能力，她反复告诫自己可不要让眼前的一切冲昏了头脑。

简历里净是表决心的词汇，恨不得把世界上所有美好的字眼全用上了，越看越禁不住想笑。

如果现在撰写简历必定不会这样写，一定会体现的尽量专业。不过也难怪以前的简历华而不实，经历太少，想写点实际的也做不到啊。方小初想就这样还能被500强看上，不知是幸运呢？还是侥幸呢？

她思索一下，最终没有修改和刷新。大精的招聘信息全年365天都挂在该网站上，诸琳带领的招聘团队天天都会看最新的简历，如果看到自己的难免不会起疑。更何况除了千里马的Rita主动联系她外，方小初暂时还没有其他的计划，多一事不如少一事，只好作罢。

QQ上还是死寂。朋友间无事时少一些不必要的热络也是好的，君子之交淡如水。单身的人喜欢热闹，也懂得安慰孤单。

因为第二天要见郑子衿，必须早早睡个美容觉，方小初早早地上了床。可辗转反侧了一个多小时，还是没法入睡。

尽管在极力控制亢奋，方小初还是轻易地失眠了。往事一幕幕浮现，心里构想着明天见面的画面，大脑就像个火车站一样没有空闲的时候。起身热了杯牛奶，又在床头抓了一本哲学书来催眠，最后总算昏昏沉沉地睡着了。

次日清晨天刚擦亮，方小初便起床了，洗澡吹头发化妆，又在衣柜里翻箱倒柜地扫荡一番，最终还是选择了年前聚会的那套衣服和短靴。那可是方小初衣柜里最高端大气上档次的衣服了！再挂上那条漂亮的项链，方小初对着镜子检视一番，满意地出门。

一大早进公司，看到廖成和智央第他们扎堆聊着什么，几个新人依旧来得很早，安静地坐在各自的位子上，手里拿着公司的资料翻看。

"小初。"智央第喊她。

方小初走过去。廖成和智央第发现她今天异常的漂亮，还化了妆，都觉得奇怪，智央第上下打量了她，问："你今天要相亲去啊？"

方小初从没在公司这么高调过，有点不好意思，红着脸说："别打岔。你们俩叫我干吗？"

"听说肖课要走了。"廖成告诉她，还是神秘兮兮的语气。

"肖课来了？"方小初来了精神。

"没有，听说打过电话了。"廖成说。

"难怪几个新同事没来这儿扎堆，你们聊重磅新闻呐。"方小初笑他们。

"其实肖课这过完年一直没有回来上班，就八九不离十是要离职了。松田那重压政策，哪有人敢请这么多天的假？看到下属不在岗位，他的心犹如被鞭抽一样难受吧？"智央第分析。

廖成得意地看着方小初："你看，我说的没错，公司人员大变动，来的来，走的走啊。"

"我都好久没见肖课了，还挺想他的。如果要是离职，肯定要来一趟的，不知道什么时候来公司。"

方小初其实也有预感肖课要走人，肖课在大精的职位是课长，但实际工作犹如谢嘉义的助理，不拿主意的那种。他平常总是温顺少话，尽心尽力地处理着销售部大大小小的杂务，销售上决策却参与不多，用网络上流行的话来说，就是"打酱油的角色"。

松田在当时设立职位时，按理说应该至少两位课长，分别作为谢嘉义的左膀右臂来分担销售职责。却不知是有心还是无意，只设立了一位课长，而且也没有执行权。所以销售部内部一直有传言，说松田一定是有意削弱谢部的势力。

方小初也常常觉得肖课的这个岗位受制太多。

“散了吧，开始上班。”廖成及时撤退。

谢嘉义上午还是没进公司，松田一大早就跑到总经理的办公室，很久没出来。王飞雨等几个新人早在会议室就绪，上午是赵静的技术知识培训，方小初和她收拾了一下也去了会议室。

一进会议室，赵静和其他的小伙伴们包括诸琳，都被方小初今天的打扮惊得瞪大眼睛。区越嘴最快：“方经理，你今天真漂亮啊，像明星似的。”

赵静走到她身边，悄悄地说：“看你今天的样子，就知道你一定想通了。”

方小初点点头，告诉她晚上要约会。赵静夸张地哦了一声，就去台上准备讲课了。这个场合不适合聊天。

赵静的技术知识确实很过硬，作为销售人员她可以为技术中心省不少人力物力成本了。有些知识点方小初也很模糊，旁听者的她也刷刷刷记着笔记。

赵静讲完上午的内容，向大家郑重地介绍了技术部的同事，最后一小时用于问答交流。一下子吸收这么多的产品知识，每个人接受程度不一样，工科出身的人学习起来比较快，文科生就慢一些。

王飞雨和方小初说：“方经理，我要是问的问题有些弱智，你不要笑我啊。”

方小初宽他的心：“我也是文科生，我的接受程度就不如赵经理，这个很正常的。多多学习再加上将来的工作实践，就慢慢掌握了。这会儿有技术人员在，机会难得，你就大胆地问吧，不会有人笑话的。”

第二十二章　区域归整

会议室里气氛热烈地交流着，会议室外很多人心里也不平静。

廖成天生对职场法则嗅觉灵敏，肖课要离职的信息还未被证实，很多同事还沉浸在对肖课离职唏嘘不已的时候，廖成早开始估算下一个课长的人选。

廖成特别怕松田连这唯一的课长职位都取消，那样人在职场还有什么奔头？

他脑中快速地把身边的20多个同事全都过滤一遍，又设身处地地站在松田的角度合计一番，最终得出的结论是：课长职位应该不会取消，人选是谁一时难以猜测，很多人水平相当。

廖成想：在这个紧要关头一定要好好表现！

每个人都很清楚在大精这样的管理制度下发展有限，外企是一个好的工作选择，并不一定是好的发展选择，多数人对晋升不敢奢望。譬如大精的普通员工晋升，只是名称上的改变，你是销售担当还是销售主任，只是底薪不同，但工作职责还是一样一样一样的。

其他部门的课长都有一定的行使和决策权利，但在松田管理下的销售部门，连课长都形同虚设，唯二的领导就是松田和谢部。

不管怎么样，每个人的心里都期盼着能知道肖课更多的消息。

方小初却一整天心不在焉，她可没有心情关注课长人选的问题，她只想快点结束了培训，去见她的那个大克星。

下午。方小初讲"销售工作涉及的相关知识"这个课题："今天就说说我们平常的销售工作会接触到哪些内容，还有经常会打交道的部门。销售人员的知识范围是比较广的，每样都需要知道一些：会议安排、活动组织、发货物流、库存管理、财务、技术等等，我们公司还有严谨的报表系统，各类文书呵呵，数据化管理，呵呵，再说下去大家要害怕了。"

会议室外突然热闹起来，方小初看到新人们都朝玻璃门外看，于是也分神，随着他们转移视线：原来是谢嘉义和肖课进了公司。

同事们好久不见肖课，都纷纷围上去问候。每个人都掩藏着各自的好奇心。

方小初和赵静对视一眼，又看看诸琳，诸琳仿佛看透了她俩的心事，说：“小初，休息十分钟吧。”

方小初让大家休息十分钟，冲诸琳笑笑，和赵静一起跑出去。

松田的办公室门开着，脸色铁青，大概不高兴员工们放下手中的工作去问候肖课。同事们对他最了解不过，懂得察颜观色，和肖课说了几句赶紧都坐回去了。

谢嘉义拍拍肖课的肩膀，说：“肖，你等我拿个东西，我们一起去找松总。”

方小初和赵静马上过去，赵静假装生气道：“肖课，太过分了，你也不想我们啊？”

肖课笑容满面地说：“想想想，尤其想两位美女，太想了。小初，感觉你很不一样了啊！”

方小初再次不好意思：“也就今天收拾了一下自己菜市场的气质，见笑了。”

肖课问：“你俩已经开始培训了呀？怎么样？”

赵静说：“你看你这么长时间不来，我俩马上都要培训完了，总算过关了。”

肖课说：“你们加油，我很看好你们。呀，谢部来了，我和他去找松总，随后找你们聊。”

肖课跟着谢部噔噔噔地走了。

肖课在谢部身边，每次一起出现，方小初都觉得肖课瘦小的背影很可怜，就像他在大精的位置一样，是个小跟班。

而方小初知道肖课其实很有想法很有能力，他的才华，甚至连他的个性都在大精被淹没得无影无踪。对肖课来说，离开或许是很好的选择。

肖课人缘很好，个性没有攻击性，松田看中了他的这个特质唯人善用，可惜，他没有看到肖课内心的小火焰。方小初想到廖成的那个八卦，不禁相信了一些。转而想到自己的出路又该如何？说不定哪天也被请走了。

天下本没有不散的筵席，何况是换工作比换衣服还要频繁的今天，有什么可怕的呢？

十分钟的休息时间马上到了，来不及多想，方小初和赵静去继续讲课。到了会议室赵静发现自己刚才居然忘了去上厕所，她悄悄和方小初说：生理难受要不要解决，还是再忍一会儿？

方小初同样耳语：“瞧瞧我们对肖课多么情深意重。你下午只是旁听，没关系，先去解决生理问题吧。”

因为谢嘉义提前告知这周要培训和开会，销售部同事都没有出差。因为要开会，培训要提前半天结束。

方小初和赵静商量了一下，打算上午的培训浓缩至 2 小时，挤出余下的 1 小时处理这几天落下的成堆工作，那将是一个庞大的工程，想想就头痛。谢嘉义和诸琳都表示同意。

快要结束了，两位女士从年前到年后这段时间的辛苦工作终于完美收工，松田和谢嘉义都抽空来听她们讲课。松田当时听的是方小初的，没有赞扬没有表态，听完静静地离开。

诸琳和谢嘉义事后对方小初说："松总的不表态，已经是很大的赞扬。"

方小初终于松了一口气。

几天培训，积累了不少的工作，谢嘉义说这周的周报表她们俩写培训心得就可以，不用填表格了。方小初心里叫苦：谢部啊，这个看似特殊关照，实际上写心得比周报表更费时费心费力好不好？

邮箱里"腾"地跳出一封新邮件，是谢部发来的关于肖课离职的通知，方小初看了看正式离职的日子，只有 20 来天。

真的要离职了，而且还这么快，肖课真是雷厉风行。看看周围的同事，都盯着电脑似乎在看这封邮件。方小初此时顾不上这么多，手头这么多工作要做，晚上再打电话问候肖课吧。

虽然现在闲不下来，但一想起晚上要见郑子衿，心里就偷偷地乐开了花。方小初从同事们眼中的惊奇，确定今天自己确实比较美，雪耻上一次的灰头土脸应该是足够了。

中午同事们陆陆续续下去吃饭，时不时有人路过喊方小初，她都只能回应一句："你们先去，我马上！"

很多同事都说："别忙了，客户也要吃饭的嘛。"

办公室最后只剩下方小初和赵静。

赵静走过来喊她下楼："走吧，我们要再不去吃饭，就要'被脱离群众'了。"

"好的，走。"方小初说道，然后又笑嘻嘻地说，"中午楼下 KFC 随便吃吃吧。时间紧急，而且，你还要留点时间和你的小聂聂爱情连线不是？"

"呵呵……"赵静学 QQ 上常用的一个欠揍回答，加重语气把这两字说出来。

"异地恋，哎，天天不见面这爱该怎么谈呢？柏拉图啊？"方小初有点不懂。

"长距离有长距离的好。距离产生美。"赵静挺享受这种状态。

“距离产生美，哼，距离还能产生美眉。”方小初挺悲观。

“精辟！”赵静附和，“你的智商又回来了。”

方小初问：“亲爱的，你们关系发展到哪一步了？你对聂小图有多了解呢？我觉得你们还是要多制造在一起的机会比较好。”

赵静想了想说：“我们 KISS 了。”

方小初哭笑不得：“不是问你这个。哎呀，我是想问，你们是热恋了，还是刚突破暧昧，还是怎么地……是这个意思。”

赵静脸都红了，她不好意思地说道：“暧昧算是突破了，热恋还没到。他也没说过我是他的女朋友。”说完，赵静耸耸肩，有点失望。

方小初说：“那倒不急。有机会，你们多在一起相处相处。”

赵静点头，然后说：“我这是异地恋，你那个呢，更牛，都穿越时空了。”

“我那个也要在这个时空相见了，呵呵，我今天打扮还行吧？”

“相当凑合！”赵静点头称赞，“你要绝对自信。”

赵静随意说一句，没想到方小初听到“自信”这两个字动容了。赵静发现她脸色有变化，赶紧问：“怎么啦？你的感动点可真奇怪。没事吧？”

“没事。”方小初说。她的小自卑没人看得见，所以就这么两个被用烂了的字眼打到了她。她一向习惯用幽默的方式化解外表的不安，于是故作深情地看着赵静，说：“亲爱的，郑子衿这事要不成，干脆咱俩在一起吧。你最了解我。”

“我看行！”赵静很配合。

中午吃完饭，还有一点时间，赵静和她的聂小图在 MSN 上甜蜜互动去了，方小初照例小睡。

下午大头会如期召开，松田谢嘉义诸琳全部参加，谢嘉义主持会议。

谢嘉义说：“首先很遗憾地宣布一件事，大家也都知道了，就是肖课的离职，他因为一些家庭的原因，暂时要回老家，我们也极力挽留了，但最后还是只能尊重他的选择。肖课在公司工作了 7 年的时间，工作可圈可点，很努力很敬业，我们觉得非常的可惜。”

谢部说完第一件事，话锋一转：“这周呢，我们部门里又注入了新鲜的血液，全部是 85 后帅哥啊，年轻有活力。而且我们尝试着用我们自己人对新人进行了培训，效果不错，感谢赵静和方小初两位销售部的美女，年前年后为这件事情忙乎了很久，辛苦了。之前她俩很紧张，现在觉得很有成就感了对吧？”谢嘉义看着方小初和赵静。

两人微笑回应。

“第三件事，也是今天会议的重点，就是新人区域的归属问题。我们都讨论了很久，决定这几位新人先分配到几个 A 类重点区域里，一起和前任经理开发客户，北京老陈那里会在当地招一个担当，现在的 5 位新人分别分配到 5 个区域里，大家看一下表格：

王飞雨—广州—向赵静汇报

林金浩—上海—向陈睿汇报

区　越—山东—向方小初汇报

崔　毅—江苏—向郭林吾汇报

唐凌霄—浙江—向黄建华汇报

几位区域担当除黄建华已经是主任级别外，其他 4 位都新升成主任。这是公司今年很大的一个举动，为了适应市场需求，必须扩大人马储备。这样几个重点区域有 2 个人的力量，肯定能做得更深更细。新人前半年不考核，可享受整个区域的奖金分配，后半年就会有任务，所以几位要加油学习咯。"

廖成脸上的失望表情，就像秃子头上的虱子一样，明眼人都看到了。

说完，谢嘉义又补充道："除了刚才的 4 位担当升为主任，经松总的建议，王文启和廖成也升为主任，他们都劳苦功高。诸经理，我回头把晋升名单发给你。"

诸琳点头回应。

廖成的脸色多云转了晴。他还期待着谢部能说点什么，比如关于课长的安排。

但谢嘉义没有再说别的事，他只是问大家有什么问题，均可以讨论，具体的操作事宜还要和每位负责的担当详谈。

方小初心中最理想的新人是王飞雨，没想到分给自己的是区越，她不太喜欢区越身上的油滑气。

不过下结论不可太早，要试着学会发现他的优点，或许区越的滑头和 Mike 的憨厚还能擦出奇特的火花，没有差学生，只有差老师嘛。

至于升主任，根本不用去太在意。大精的主任就是工资上略微增长一些，所做的工作没有任何变化，她还是一名区域的担当，一个即将要带新人的担当而已。

第二十三章　重见今年

和谢部讨论完区越具体的工作安排后，早过了下班时间。方小初的心早就不在会议室了，不停地看表，等回到座位上才发现郑子衿早发来 2 条短信，说在她们公司附近等她。

方小初没时间思考郑子衿是怎么知道自己公司的地址的，赶紧收拾东西准备出发，临走时又到洗手间里瞅了一眼自己的妆容：还好，虽然比不上早上上班时的出水芙蓉，也还不至于像个出土文物。

提着包，保持着优雅地往郑子衿说的那个地方赶。方小初心里七上八下地像跳迪斯科。既盼着马上见到他，又害怕见到他时自己的不知所措。然后在心里狠狠地检讨了几次自己的没出息。

郑子衿在地铁站旁边的一个商场门口等她，等方小初远远地就看到他时，发现他正四处张望着。

快要走近了，方小初控制着心跳。这时候郑子衿也看到了她，脸上绽出来一个灿烂的笑，慢慢地向她走过来。

这时方小初踩到一个毛绒绒的东西，随即一下弹跳起来，随之而来的尖叫划破夜空，一个踉跄差点撞倒了旁边的路人。附近的眼光齐刷刷地向她汇集，方小初自觉丢死人了，不好意思地低头和旁边的那个人说对不起。

原来是一个毛绒绒的手机链，不知哪个女孩子掉的。

郑子衿这时已经跑了过来，看到地上的那个手机链，又看看方小初没什么事，憋住笑，问她：“不要紧吧?”

方小初恨不得找地洞钻下去，本来想今天要漂亮地亮瞎他的眼的，结果又这么狼狈，她强装镇定地说道：“没事，没事。”

郑子衿说：“还是这么怕小动物。”

方小初不好意思地笑笑：“我以为是老鼠或者什么呢。”

郑子衿问："你天天都这么晚下班吗？"

方小初说："反正天天都挺忙，而且也经常不在上海。"

郑子衿笑了，说："我们先去吃饭吧，你一定饿坏了。"说完帮方小初拎上包，两人朝前走去。

方小初不知道郑子衿要带她去哪儿吃饭，也没问，跟着他走。

两人肩并肩地走在一条小路上，方小初忍不住偷偷地看他：嗯，保养的还不错，没有成为中年大叔，一身休闲的装扮，发型简单利落，脸上的线条比以前硬朗些，嘴角有着微微的笑意，和在春节时见到的很不一样。

郑子衿发现了方小初在偷偷看他，一扭头，正好对上了她的眼睛，他忍不住笑着问："变老了吗？"

方小初摇摇头："没变老。只不过，我有一种冰火两重天的感觉。"

郑子衿知道她说的是春节前的那次会见，笑笑没说话。方小初突然想起了什么，问："我还没问你呢，你是怎么知道我的电话号码，还知道我在哪里上班的？"

郑子衿这时停在一个咖啡店门口，对方小初说："走吧，先吃饭。"

在店里坐下来，方小初看菜单，发现都是自己喜欢吃的，而且还价格公道。他们很快就点完餐，方小初提议说要喝酒，郑子衿同意。

郑子衿说："小初，我回答你刚才的问题。"

方小初抬起头看着他，等着回答。

郑子衿说："你那天气呼呼地走了，只要了我的电话。我想想觉得不公平，我也必须有你的。但我之前给你家打过电话，阿姨严防死守没告诉我，我前两天来上海之前，专门去了一趟你家……"郑子衿顿了顿，笑笑地看着方小初："然后叔叔阿姨态度就大不同，不仅马上把你的电话号码给了我，而且……还对我很热情呢。"

说完后，看着方小初的反应。

方小初想：爸妈你们真是的。早知道不和你们说心事了，热情也不要表现得太明显嘛，让这些外人得意成这样！

方小初没有回答，她还没忘了刚才在路上的狼狈，一心想着接下来的时间不能再出丑，她甚至不敢直视郑子衿的眼睛。

郑子衿看她不说话，觉得有趣，表情就像捡了便宜卖乖一样，继续说："叔叔阿姨和我说了好多话，也说了好多你的事，我这才知道……"

方小初一阵紧张，问："知道什么？"

郑子衿没有说话。这时服务员送上了红酒，郑子衿给她倒上，说："小初，你的酒来了。”

方小初之所以要酒，是因为预测到自己会不自在，喝点酒或许会更随意一些。多年不见，不想像见了熟人一样宣泄，又不想提及过往。期待归期待，可真的见了，却不知道该说什么。

咖啡厅里正放着陈奕迅的那首歌：

我来到 你的城市 走过你来时的路

想象着 没我的日子 你是怎样的孤独

……

你会不会忽然地出现 在街角的咖啡店

……

方小初说：“子衿，没见过你喝酒的样子，你也没见过我喝酒。我做了几年销售，酒量长进不少。我们一起喝一个？”

郑子衿端起酒杯，说：“好。”

一瓶酒很快就喝完了，方小初紧绷的神经终于放松下来，有了一些醉意。她问郑子衿：“家人还好吗？”

郑子衿点点头，说：“他们都很好。”

方小初说：“郑子衿，我真的，不知道该和你聊什么……”

说完又喝了一大口酒。

郑子衿看着方小初，心中五味杂陈，他有很多想说的话，但没法说，也不能说。岁月把过去和现在隔成了两岸，一时之间无法跨越。他能看到方小初内心的伤感，觉得她一定有更多的话想倾诉。

方小初的爸爸妈妈给他说了好多关于她的事，包括春节前见了他之后回去的伤心，他感觉一切都好像了解了，又一切都不了解。

两个人心里都挺难受。

郑子衿说：“小初，我有一些出差的东西都放在公司，晚上还要回去拿。明天一大早的飞机。我一会儿送你回家。”

方小初说：“不用送，我又没醉。”

郑子衿说：“包在我手上，由不得你。”然后结了账，背着方小初的包，向外面走去。

郑子衿把方小初送到楼下，把包包还给她，看着方小初的眼睛，方小初不敢与他对视，郑子衿问她：“小初，你是不是也要出差了？”

“马上就要走了，”方小初说，“下周。”

郑子衿说：“我20号以前就回上海了，你呢？”

方小初说：“我大约也是那个时候，怎么啦？”

郑子衿笑笑：“春色明媚的，如果可以，我想邀请你去郊游，要不辜负了大好春光。”

方小初说：“好呀，春节过后会很忙。我尽量早点回来。”

送走了郑子衿，方小初一个人上楼。回到家跑到窗户边向马路上看，郑子衿还在那里。看到她后挥挥手，然后拦了一辆出租车走了。

郑子衿走后，方小初坐在沙发里，回味着她和郑子衿的见面。

过一会儿，回过神来。看看时间还不算晚，给肖课打个电话。

“唉，小初，你是第三个打电话过来的。”很快电话就被接起来，肖课好像就期待着她的电话一样。

“前两个是谁？”方小初本能地问。

“谢部和廖成，哈哈哈……廖成这小子就是想打听点啥消息的，不过我让他失望了，啥消息也不知道！离开了，就不再捣浆糊了。”

方小初说：“离开了，才能这样和你说话啊。”

“是啊是啊，看来我早就该离职了，哈哈哈。”

“不晚不晚……肖课，几天不见，你怎么变开朗了？你很少在大精这样爽朗地笑，大家都觉得你是个文艺青年，特委婉，笑不露齿的呢。”方小初发现了这个改变，逗他。

肖课说：“怎么说呢，人在职场，就要戴着面具做人，公司是我们的饭碗嘛！说到底，并没有人逼我们改变，是自己不知不觉改变了，到最后都成了一种习惯，变不回去了。现在就是一身的轻松感觉，爽！还有，别叫我肖课啦。”

“那，老肖，噗……”方小初笑死了，“老肖，这样行吧？你有什么打算？你还真的因为‘个人原因’回老家呀？”

方小初才不相信，每个人离职都会有一个冠冕堂皇的理由，这是公司的面子，也给自己台阶，大家好聚好散。就如马云说的：员工离职就是两种，钱没到位，或是心委屈了。赚钱、顺心、有发展、得到锻炼，人总得图其中的一样，一样都没有了，人自然会离开。

肖课说：“我在大精……该走了啊。小初你理解的。”

方小初说：“一旦选择了这个城市，哪会这么轻易地离开？我们不求衣锦还乡，只求自己的路不能走着走着就断了。”

方小初想到了郑子衿，他也在上海，也在这个城市，不知道他何时来的，何时又会走。

方小初想把明天要去面试的事告诉肖课，转念一想，还是别多事了，况且明天面试后的结果还未定呢。她对肖课说："肖课，哦不，老肖，不管怎么样，你的离职真是'匆匆太匆匆'了，还没来得及欢送你，谢部那边有安排吗?"

方小初很奇怪谢嘉义居然没有提出要为肖课饯行。

肖课说："我还没有正式离职，还有工作要交接，所以还要待一段时间的，等离开的时候，正好你们这月出差都回来了，再一起聚聚。"

方小初的脑中又闪过郑子衿，这种可怕的影像，赶都赶不走！她希望这个月的月末快点到来，她比任何时候都盼望着这次出差能速战速决。

她缓过神，对肖课说："我下周准备一下也要出差了，到时候早点回来，老肖我单独请你吃饭。"

"好的，不过还是得我请。哪有让女人请客的道理?"肖课非常绅士。

"谢谢你居然还把我当女人，真是无限感激，做销售摸爬滚打外加胡吃海塞，我都快忘了自己的性别。"

肖课马上否认："小初，你可别妄自菲薄，你绝对是个女人！"

和肖课聊了20多分钟才收了线。肖课的状态让她很欣慰，而她自己也即将要面临选择。

方小初第一次认真地去百度千里马公司的资料，之前并未当回事，没有把这家公司的职业推荐放在心上。这家公司并未听说过，方小初不了解它的实力，她只知道几家赫赫有名的猎头公司。

猎头在国外甚为流行，在我国属于朝阳型行业，由于门槛较低所以鱼目混杂，很多猎头原有的成文、不成文的制度和习惯也被打破，坊间有解释叫"要服水土"。

比如在国外，客户都会与某一猎头签署独家服务协议，并且支付预付款，来明确自己的招聘意向，保证猎头的工作付出。国内的企业常常是一女多嫁，同时找多家猎头网络人才，很多温饱都解决不了的猎头公司为了留住客户，纷纷答应客户提出的不支付预付款的要求。

再比如国外的猎头竞争比的是速度和"猎"的能力，国内的公司却特别注重人才的库存量，甚至不惜为客户捏造假人才信息和假简历。

中国的猎头行业正在形成当中，虽然有诸多的不合理，但连金融危机都没能阻挡住它们的红红火火，在北京、上海、广州这些大城市尤其盛行。

方小初对猎头公司的了解并不多，虽然时不时都有猎头公司找上来，但她也多数是委婉拒绝，不懂这其中的游戏规则。

现在的她，只想知道千里马公司的正规性和业内口碑，所以抱着试一试的心情在百度上找寻它的信息。

千里马公司的信息很容易搜索到，有公司网站，网站信息很新，主要服务于跨国型企业，成功的案例客户涉及制造业、贸易、医药类。另外就是公司参与的各种活动与得到的奖项。

网站宣传以广告目的为主，信息新闻不具有代表性，不能尽信。初步判断是一个相对靠谱的猎头便可。

了解了这些内容，方小初关了电脑，她把明天要穿的衣服准备好，准备洗个澡早点休息。

郑子衿短信过来：小初，我已经到家，你早点休息。过几天见！

方小初想，也许郑子衿还是那个自由得像风一样的人，安定下来时又心细得像粒沙，容不得旁人去费尽心思把握什么。

方小初回复了信息后，去洗漱保养，手机里的音乐开着，声音很低。音乐的存在只为房间里除了自己的呼吸外，还有一些声响。

保养完毕上床睡觉。手机上下载了一部电影，结果只看了一小半就睡着了，这一夜相当踏实，一觉睡到闹钟响。

第二十四章　原来是冤家

人在起床的瞬间是最本性的，只有困与不困，愿与不愿，没有美与不美，成与不成。当意识渐渐恢复清醒，人又变得矛盾和不真实起来。睡觉与清醒的临界点是上帝对人性最宝贵的恩赐。

周六清晨，方小初成了起床困难户，数度迷糊中睁开双眼又无一例外地睡了去，闹钟快失去了功效。最后现实压倒了梦幻，总算心不甘情不愿地起了床。

更衣化妆。

一阵冷水的刺激和层层护肤品的拍拍打打后，方小初恢复精神，她极度没有安全感地检查了两遍包包里的东西，确保全带好了才放心地出了门。

手机里电量已经不多，昨天睡觉时忘了充。有两条信息：一条是开发票的垃圾短信，另一条是郑子衿发来的：

小初，我给你的邮箱发了一封邮件，晚安。

方小初昨天睡得太香，没有听到短信提示声，她把手机放回包里。现在来不及看邮件，只能等面试完了。

手机上电量即将耗完的警报：不足 10% 了。现在当务之急是去面试，方小初赶紧从包里找一支笔，把手机里记录的地址和电话抄在随身携带的小本子上，怕手机没电了啥都找不到了。

随手拦了辆出租车，势必以最高效率结束今天的面试。

Rita 周四已经将面试公司的资料发到了方小初的邮箱，并附有一份非常详细的面试 TIPS，服务专业又细致，让人称赞。

TIPS 里除时间、地点、乘车路线、会见人员之外，更多的是面试建议：着装要求、提前练习英文介绍、用人单位的喜好、要表现出的态度、对问题如何点到为止、如何巧妙避开敏感话题而且由猎头解决、突出服务意识和专业精神、千万不要把话说死等等诸如此类。

方小初认真地看了Rita的邮件，第一次这么近距离接触猎头顾问的工作，感觉不错。所以除了没有时间临时抱佛脚地强化一下英文外，其他都尽量配合。

猎头对很多人来说都有一层神秘面纱，实际上他们对人才的猎取渠道，也是五花八门无所不用其极，甚至是笨办法。没有一家猎头是对所有行业都精通的。

猎头对行业之间的人才流动需要把握的更精准，招聘质量也要相当高。同行介绍，人才库，招聘网、论坛都是顾问们常逛的地方，详细去了解每个候选人的背景也需要较多的精力，以便有准确信息推荐给客户。

方小初马上要面对的是自己的同行，昨晚才刚刚知道对方公司的名字，印象中没有听过，网上资料也少得很。但因为Rita说行业产品类似，方小初心里就有一种做坏事的感觉。

只是方小初没有想到，接下来的经历比想象的还要戏剧。

公司所在的大厦集办公与酒店为一体，地处上海中心地段，登高即可同时览尽浦江两岸风光。

大厅的服务人员要求填表格，同时联系被访公司，确认后才能上楼。方小初填到“28楼/卢意可/HR Sandra”时，服务人员瞟了一眼表格，有点疑问地问道：“卢意可？是力克吧？”

“力克”两个字犹如定海神针一样让方小初睁着眼睛愣了几秒，她终于明白为什么在网上搜索“卢意可”时资料渺渺，她已经猜到这应该是力克新改的公司名。

想到这里，做“坏事”的感觉更加强烈，明摆着就是直接能把松田气吐血的、大大的“背叛”了。

既然来了还是要上去，也需要给顾问Rita的辛勤工作做一个交待，尽管这个交待只怕不能如她所期。不过之前已经丑话在前，Rita也有心理准备。方小初很清楚自己心里的原则，此刻心轻松了下来。她谢过大厅的服务人员，乘着电梯上了楼。

在会客室等了两分钟，一位穿着优雅的女士便出现了，正是Sandra。乍一看有着和诸琳相同的气质，举止优雅，微笑很恰如其分。做完自我介绍，她关心地问方小初外面的天气状况，吩咐前台小姐为她准备咖啡，随后把方小初带到一间小会议室。

会议室里已经坐着一位年轻的男士，看样子和方小初年龄相仿，Sandra介绍说：“方小姐，这位是亚太区行销总监Edward。”

“Edward，This is Ms. Fang。” Sandra 用英文向 Edward 介绍她，然后转头向方小初说，“方小姐，Edward 是新加坡人，中文不是很流利，你可以说得稍慢点。”

Sandra 告诉方小初，千里马的顾问多次向他们推荐她，他们也觉得方小初是他们要的候选人。关于方小初提出的要求也多方考虑过，他们来上海建公司不久，人员尚未配备齐整，原本是有意设置区域经理这个职位的，只要有合适的人选。

方小初觉得有必要坦白自己的想法，她对 Sandra 说：“对不起，我刚知道，原来贵公司就是力克公司。”

Sandra 听懂她的意思，回答道：“是的，是公司新改的名字，上海这边办公楼也是新租了不久。”

方小初说：“如果提前知道是力克，我可能真的不会来面试了，我有我的职业原则。虽然我知道大多数人都不这么想。”

Sandra 一直保持着很好的态度，她建议道：“既然来了，就多了解一下吧，具体的事情有机会详谈的。”

方小初点点头，礼貌地接受了她的建议。

面试进行了半个小时，主要是 Edward 发问，方小初因为心里没了压力，回答都不卑不亢的，全是属于自己的见解。

在 Edward 问到“There are most saleman are male in the mechanical manufacturing industry，What do you think you can bring to this job as a female?（在机械制造业销售大都是以男性为主，作为一个女性销售你觉得有什么优势呢?）”这个问题的时候，方小初说：“置身于销售工作，就要忘记性别，无关乎优势与否。客户不会因为我是男人还是女人就决定要不要合作。公司对男性如何要求，对我们也同样。”

Edward 觉得她挺有个性，问方小初：“What do you think is the most important qualification for a salesman?”（你认为销售人员最重要的能力是什么?）

方小初前几天培训时和新人们交流过这个内容，她直接拿来主义：“爱心，我解释为‘责任心’，对公司、对客户要有一个负责任的态度，再加上好的沟通与处理。这是前提，电视购物上面那种夸张的营销我永远胜任不了。

“其次要有心理承受能力，这是工作的基础，当然这是可以后天去锻炼的。销售工作压力大，任务重，再加上各种人际关系，心理不强大不行。

“还有判断能力，分析客户需求、理清客户关系，把握机会。

“专业技能起码要过关，不能一问三不知。我们至少应该是半个技术人员。

"还有，语言表达能力好一点。语言不在多，在于准确。

"对销售人员来说，吃苦耐劳，有团队精神这些都是基本的要求，不足为提；而且，销售比的不是体力，不需要把自己设置成一个只知道工作的机器人的形象，比的是能力和耐力。销售对我是有很多魅力的：多变，弹性，挑战性，当然也比较多金，可以让自己过上还不错的生活。"

方小初说到这里自己也笑起来，她觉得说这些够了。

方小初听过一句话：开会、面试、安慰、失恋，是最容易讲大道理的场合。

这时 Sandra 问："听猎头顾问说，你很想接触管理工作?"

方小初点点头。

Sandra 说："可你在大精并没有做过管理，当然，我们也不一定非要有经验的才能做区域经理。"

方小初已不想再坚持，也不想多说，只是平静地回答："是的，我没有做过管理，所以很想试试，想认识不一样的角度和理念。"

结束时，Sandra 对方小初说："方小姐，我们还需要讨论一下，不管结果如何顾问都会给您一个答复的。谢谢您今天的来访。"

小初始终没有卸下心中那种负罪感，尽管同行业跳槽是多么平凡的事，但销售工作不同于其他工种，同样的产品，今天还在外面"扬此薄彼"，过几天就要"扬彼薄此"，这在客户心里的可信度会变低，自己心里的一关也过不了。

在一个公司服务几年，喜怒与哀乐，经历与成长，不可能最后只留下合作关系。人除了睡觉之外，工作占用的时间最多，一大半的青春与人生都在职场里，离职后很快地否定自己这么多年的经历，还是曾经用心经营过的一段经历，是一定会有些落寞的。

下到一楼大厅时，方小初去前台还那个进门卡，跟服务人员说刚才填的资料有错，借机打开那个登记本，趁人不注意往前翻了两页。

如方小初猜测的一样：果然看到了黄建华和肖课的名字。

力克现在是大刀阔斧地招兵买马啊！挖墙脚挖得也够彻底的。

方小初合上登记本，心里已经有了决定。

她心中有她最坚持的执拗。

出来后已经是正午，太阳暖洋洋地照在身上，阳光在冬日里显得很宝贵。往前走走就是外滩，此刻去环江一圈闲庭漫步一定惬意得很。可方小初无心去领略这样的雅致，她随手拦了辆出租车急匆匆地回家，她现在最想看到的是郑子衿发来的邮件。

手机已自动关机，可以任由它躺在包里，然后在出租车里尽情地望着外面的风景。方小初把窗户摇开一条缝，有风呼呼吹进来，头发又长了些，在脸上飞扬。

春节那几天就已经立春，这时的冬日已不太冷。

第二十五章　看上去很美

回到家把手机充上电，打开邮箱，既期待又害怕，心突突跳。

邮件很大，附件全是图片，没有一个文字。把图片一张张打开来看，很快方小初的眼睛又不争气地潮湿起来。

第一张是一只在林中将要飞翔的白鹭，清晰得连尾部那细细的绒毛都能看得到，翅膀打开像夏日的羽扇，绿色的背景虚化，只留下唯美的黑白。

方小初不知道这是在哪里拍的，她只在电视里见过白鹭。

她记起以前背到古诗“一行白鹭上青天”时，问郑子衿：“你见过白鹭吗?”郑子衿说没有。

方小初说：“不知道哪里有白鹭呢，生活在城市里，什么鸟都没有见过。”

郑子衿看到她婉惜的样子，说：“我也什么鸟都没有见过，等我们长大了肯定有机会见到。”

第二张是一个如蓝镜般的湖，天空中像山脉一样的、大朵大朵的白云浮在山顶，与青的山、蓝的湖自成一景，美得让人神往。

方小初猜测这是哪里，看着好像新疆的喀那斯湖，她曾经和郑子衿说过的“去不了的很远的地方”。学生的世界很小，学生的世界也很大，她直到上高三时，去过最远的地方，就是暑假期间父母带着去北京旅游。

郑子衿告诉她新疆也有薰衣草，而方小初的印象中只有普罗旺斯有薰衣草，还是从电视剧里知道的。

回忆像开闸的水。

一共有 20 张图片，拍得都很微观，照片里没有地标性的东西或字眼，方小初大都猜不出是哪里。有雨后的小镇，有沉静又眼神恐惧的猫，有百鸟飞翔的海面，有繁星满天的草原，有荒秃的山中开出的小花，还有老人锈迹斑斑的铁饭盒……

像唯唯说的，郑子衿是在做摄影，这些图片印证了他的工作，方小初没有问过他现在做什么。她不懂摄影，都看得出这些图片一定是经专业人士之手，他终究选择了一个忠于自己内心的职业。

这些图片在方小初的眼里成了一幅幅有声有色的画面，她终于明白好的摄影师能把静态的照片变得有动感，像看电影一样有影像有故事，可以在脑海中行云流水。

方小初把图片一一保存在电脑里，新建一个文件夹，取名“拾光”。

这些人生的浮云苍狗啊。

这时肚子里传来清脆的咕噜噜的叫唤声，方小初这才想起忙乎了一上午，还滴水未进。家里的冰箱里弹尽粮绝，空得像龙卷风刚来过。

必须下楼觅食。

姐妹淘陈橙打来电话：“小初，下午没事陪我出来逛逛呗，我还约了小淳，晚上一起吃饭。”

方小初想都没想就答应了。

现在的饥肠辘辘挨不到晚上，方小初上午的妆容还在，省了出门准备的时间，滴了两滴眼药水下楼。

附近有一家星巴克，唯唯送给她的代金券还在有效期，可以喝杯暖乎乎的咖啡再吃个点心先垫一垫空肚皮。

围城外的女人生活无限美好。

这家星巴克里有两个阳光帅气的男服务生，声音温和有质感，天天微笑着为客人服务。

方小初花痴地感慨：为什么看起来温柔又外型优良的男生都来当服务生了呢，自己身边的男人却个个张牙舞爪，犀利得很。要不怎么会有她和赵静这样的剩女天天置身于那么多男人当中，都还一直单身！

服务生简单一个职位，可结结实实不简单，要求的质素不比办公楼那些白领差。上海很多西餐厅、咖啡馆的服务生资历辉煌者不少，有大学生、有辞职的外企白领、有作家，等等。大家抱着不同的目的来到相同的环境，有的人为了打工，有的人为了锻炼，有的人为了偷艺，还有的人为了体验生活。

店里每个角落坐着的个体，都有各自的世界，用各自的视野观察着芸芸众生，故事丰富且精彩。

旁边沙发里有个男人正拿着一副塔罗牌在小圆桌上摆阵形，方小初情不自禁地被吸引了去，目不转睛地看着他摆弄。

那人发现了她的注视，扭头看她，两个人目光对视，方小初很不好意思地笑了笑，急促地躲开。没想到那人径直走过来，站在桌边问："小姐，要不要给你算一算?"

方小初拿不准这个人的意图，固有的防御心理，她笑笑说："你要是大师，收费太贵我可付不起。"

男人刚要解释："我不是大师，我……" 这时阳光服务员之一走过来，对男人说："先生，这里不能推销这个的，不好意思。"

那男人说声不好意思就回座位了。

方小初其实挺想见识一下塔罗牌，有些遗憾。服务生对她说："小姐，他经常在这里找目标，算完后会向你兜售水晶球呀什么的。"

方小初谢过了他，服务生走了。

她咖啡已经喝完，准备离开，经过这个塔罗男人的位子，对他示以微笑后继续往外走，这时男人叫住她："小姐，可以免费为你排个阵啊。"

方小初乐了，问他："中国人讲究有缘人，有缘人就可以遇到高人，还不用花钱。难道西方也讲究这个啊?"

男人无所谓地说："我是新手，练练手。"

方小初谢绝了他，说："算了，谢啦。"

说完赶紧去投奔姐妹淘。

地铁呼呼呼地奔驰，一站又一站。上海这么大，都没有问过郑子衿住在哪里。

三个女人一碰头话题就立马打开，无须预热。男友、工作、明星八卦、网络新闻、笑话段子、甚至街上的臭豆腐，都能成为聊的内容。用方妈妈的话来说，就是"现在的孩子可真会聊天"。

这时逛街不再是重点，只逛一会儿，陈橙就提议找个安静地儿坐下休息休息。三人找了一个甜品店，坐了下来分别要了喝的。这一坐就是 2 个小时，个个意犹未尽。

中间 Rita 打来电话："你好方小姐，不好意思在周末还屡次地打扰你，现在方便么?"

方小初说："方便。你们周末也不休息，真的辛苦哦。"

Rita 笑笑："习惯了呵呵，工作性质，周末经常要安排候选人面试呀。方小姐，刚才卢意可公司的 HR 来电了，他们对您的初步评分很不错，有意安排下一轮的面试。另外我先跟您说一下他们的岗位工资吧：一年 16 个月的薪资制度，也就是 12 个月工资之外，4 个月的是年终奖；销售代表的底薪是 1 万元，另有提成、交通、伙食、高温、假期等各类补贴。工作每到一个年限，奖金福利都会有变化，试用期两个月。”

方小初没有说话，虽然对方还没发 offer，Rita 已经在迫不及待地用这些条件来诱惑她了。

Rita 继续说：“方小姐，您今天的面试过程中，对方也没问您过多的私人问题对吧?”

方小初说：“是的。他们定的岗位还是销售代表吧?”

Rita 马上解释道：“是的，不过人事那边说，只要合适，他们公司晋升员工通常是很快的，并没有在岗时间限制。”

方小初说：“嗯，这个我想到了，没关系，这并不是最主要的原因。”

方小初想，力克开出了这么多的优厚条件，难保有人不动心，而且也证实过已经有同事被约见过了。方小初突然觉得大精真是被力克内外夹攻，对方不仅在市场上打击，还让他们的人员不稳定。

市场犹如江湖，江湖上利益诱惑从古至今都很少有人抵得住。

方小初觉得把话说明了最好：“Rita，我上午去面试，才知道公司原来就是力克。怪我，一直没有认真地了解一下是哪家公司。坦白讲我有点意外，还有一些不舒服。我知道力克的企业福利待遇会不错，可我在大精这么多年，在一个市场上做了很多的工作，现在很想看看自己到底能把一个区域做出多大成绩来，现在中途断了，我说服不了自己。”

Rita 听出了她的意思，但没有放弃：“是的，方小姐，我挺佩服您的原则，力克能给的机会也多，也能让您得到更好的锻炼啊。”

方小初一时想不起用什么话来解释，这时她看到陈橙和小淳正直勾勾地看着她打电话。她做了个手势，示意她们继续聊着，不要被自己的电话影响。

但两位还是神情专注地聆听着。

“Rita，你再说，我就心动了，不过我有我的原则嘛，真的对不起。我身边有好的人才，会推荐给你，为你的人才库加些人马。”

Rita 说：“好，你能推荐太好了。不过，我今天不急着要答复，力克那边的副总现在也不在国内，你考虑两天再答复我也不迟。”

“好吧。”方小初同意了。

挂了电话，对着两张听得津津有味的脸，方小初惊奇地问：“你们怎么不聊了，我的电话内容不吸引人吧?”

“小初，你要换工作啦?”小淳问。

“是一家猎头公司，从年前就联系我，跟得紧了，我就同意见一见，没想到是我们公司的竞争对手来着。也不知他们是有意隐瞒还是为了工作方便，公司名字还改了。现在估计就在同行业招兵买马呢。”

“听你在电话里说的，待遇应该不错吧?”小淳关心这个问题。

“比我现在的公司好那么一点点。”方小初喝了一口饮料。

“那就去，还等什么呢? 金融危机的制度下，不涨工资就跳槽，这是最佳选择，越跳越值钱的。我们公司有的人，离开公司后过两年又回来了，工资比以前翻一番，根本不考虑任何面子问题。实际的好处，就是面子!”小淳支持跳槽。

“可这样下去，让那些一直在公司好好工作的员工情何以堪呀?”陈橙不同意，她觉得这样对坚守公司的员工太不公平。

小淳向来比较实际，她像外国人一样耸耸肩:“可这就是社会现象，越大的公司越这样。”

陈橙说:“这年头已经没有人对工作感恩了。耳朵里听到的尽是牢骚了。”

“感恩即将被写入历史，这真的没办法。”小淳深深体会着社会的现实。

陈橙摇摇头:“毕竟公司也是给我们饭碗的，现在的人啊。”

然后两人问小初:“小初，听你刚才说的，应该是不想跳。”

“嗯。”方小初吸着杯子里的冰块水，饮料早喝完，吸管噜噜噜地响。她低着头，不太想加入这场讨论，尽管这场讨论是关于她的。

两人问:“为什么呢?”

“我觉得新公司这样大刀阔斧的，看似红火，其实不一定稳定。要是我去了连试用期也过不了，就赔了夫人又折兵了;而且我现在公司待遇也还行，而且还新升了主任呢，所以懒得跳了。”方小初没把内心真实的想法说出来，那势必会引发新一轮的讨论。她找了一个看似能说服大家的说辞。

果然，两位女人不争论了。

小淳说:“也是哦，大精也是大公司。”

方小初马上转移话题:“我说，你们两位出来姐妹淘聚会，另一半都在做什么呢?”

“他也找朋友去玩了，好像玩什么密室逃脱。人家的生活可是多姿多彩的。”小淳说:“我可不想去玩那个，也不想粘着男人，日子很长，大眼瞪小眼的时间多着呢。男人有自己的生活，女人也得有自己的世界啊。”

方小初点头同意:“赞赞赞，这必须的!”

陈橙说:“男朋友加班，也不知道是不是真的加班，哈哈。我就化得漂漂亮亮地出来，给他点压力，你要是骗我说加班，老娘也有约，哼哼。”

三个人笑成一团，小初说:“你们就是嘴硬，其实我看你们都粘乎得不得了。不过也幸好你俩现在还有一颗半边天解放的心，要不然我的休息时间更难过了。”

小淳拿出一条粉色的水晶手链，说：“小初，这个送给你，据说是真的粉水晶，招桃花很灵验的。”

方小初一把抢过来，责怪她说：“怎么不早点给我啊，让我饥渴这么久。对了，这个你戴过么？”

小淳说：“戴过两天，他说不适合我这种有夫之妇用。”

陈橙说：“那听说要消磁的，怎么消呢？不消的话全是你的磁场，改天小初把你老公吸引跑了，这不就上演了狗血剧了吗？”

小淳手一挥：“快吸引去吧。好让我换一个！听说消磁，要在十五月圆之夜，放在一瓶纯洁无比的矿泉水里，晒晒月光就行啦。”

“真的假的？那好吧。我现在缺桃花，烂桃花都行，来者不拒。”方小初想起中午星巴克里的那个摆塔罗牌的男人，她对两位美女说：“真巧了，今天中午在星巴克遇到一个摆塔罗牌的男人，服务员提醒我说他会兜售水晶球的，没想到下午就收了一条粉水晶手链，神了。”

哎，我的感情问题，都到了需要神灵协助的地步了。

“女人长久不谈恋爱，会变态的。”小淳说，又马上补充道，“小初，不是说你啊。你心态还凑合能用。”

方小初吃吃地笑：“快了快了，就要变态了！”

晚餐结束后已经深夜10：00，两人的护花使者来接，站在男人的一侧，她们完全不见了女人们在一起时疯狂的汉子模样，就那么自然地被各自的男人牵住手，甜丝丝地告别了。

方小初同学又是独自坐地铁回家。

周末的时光总是很快。周日方小初酣睡中被物业阿姨的敲门声叫醒，睡眼惺忪中看手机，时间已经显示下午2点。这场充足睡眠让她恢复了体力，连平日里脸上硬邦邦的皮肤都软乎了不少。

打开电脑，在网上订了外卖，订外卖之前刚刚发誓要减少在外面吃饭的次数，没想到誓言被推翻的速度却这么快，不知不觉中又一次次亲密接触了地沟油。

妈妈打来电话：“小初，在干啥呢？”

方小初说：“刚起床。”

妈妈说：“有一件事爸妈没告诉你，那个男娃前几天来咱家了，叫郑子衿对吧？这名字真不好记。这么多年不见，还是挺帅的小伙子呢，而且我问了，他没结婚呐。”

方小初说：“妈，我已经知道了。他来找过我了。”

妈妈激动地说：“是吗?”

方小初假装责怪地说：“当然啊，你们提供了那么多我的信息，想找我多容易！妈……那他还说什么了?”

妈妈说：“他倒没说太多，就是说在上海已经 2 年了。哦对了，小初，妈说你那天见了他后，回来哭得很伤心，然后我看到他也差点哭了。”

方小初后悔死了：“妈，你和爸可真够……算了。”

妈妈说：“你们这些年轻人就是想得复杂。妈觉得，你们都在上海，又都没有结婚，有机会多处处嘛。这男娃不错，要是有缘，就抓紧咯，别死倔。”

方小初无奈地说：“好了，我知道了。以后别再把我脆弱的一面讲给别人听了，让人以为我多想他似的。”

挂电话后，方小初开始填报表。为了能早早地出差回来见郑子衿，必须好好安排一下工作，确保有效率。

哈哈，区越这次会跟着一起去，现在可是有左膀右臂了：Mike 在华为夷那里也两三个月了，区越有一定的工作经验，上手应该不会很难。方小初你不是要学管理么，就从怎么合理分配两个新人开始吧！

上海的早春乍暖还寒，吃着物美价廉的外卖披萨，手又情不自禁地打开邮箱，想再看看昨天郑子衿发来的图片。

打开时发现又有一封，同样是几张拍摄的美图，同样没有文字。

看着这些照片，方小初觉得自己的日子真是白过了。

人家的足迹踏过太多的山川河流，而自己这些年都不曾好好旅行过。曾几何时老娘也是有过背包客的梦想的。

人家的世界有最纯粹的日光，我的世界只有日光灯。

人家的世界拥有的色彩，我只能到服装店去寻找，或是从发着光的荧光屏里去捕捉。

我不是伤感，我只是艳羡你的没失去。

第二十六章　一线生机

这是第一次带区越在市场上实践，为此方小初为他做了很多的准备工作，占去大半的时间。方小初每样都耐心地给他讲解，手把手地教。区越思维灵活，但学东西总是前爪学后爪忘，耐心又不足，方小初每次刚开始，他就说“知道啦”。

可每次不出几分钟，区越又过来问了，大概是觉得不好意思，满脸堆笑的。

方小初一再调节自己的耐性：新人嘛，对一切不熟悉，要保持风度，风度。

所以区越再过来问时，方小初又耐心讲解一遍，但区越依旧不等她说完，马上就回答：“哦哦，这次知道了。”

方小初心想：区越啊，接受能力快，和急性子，性质本不同吧？

方小初最担心的，是区越这种爱逞能的个性会在拜访客户时言多必失，这一点来说 Mike 就相对谨慎些。所以她在脑子里组织语言，寻找既不刺激他自尊心、又能明确表达自己意思的话。

“区越，我先带你认识一下我们的山东总代理。”方小初带他去见华为夷。

何英伟首先看到方小初，热情地过来打招呼，方小初介绍身边的区越给他：“何主管，这是我们公司新来的精兵强将，帅哥区越。”

“区越，这就是华总的得力干将，何主管，很厉害的，以后要多向他学习哦。”

区越和何英伟一见如故地，马上开始客套起来。

何英伟说：“能被大精招进去的都是人才，像你们方经理一样，能进外企了不起啊！你是哪个 ou 呢？”

区越说：“我的姓啊？就是‘区别’的‘区’，多音字，念 ou 的，和欧阳是同宗同系。”

“这个姓好，这个姓好！”

站在一旁的方小初看着他俩，心想：这两人倒是绝配。

“华总呢？”方小初问何英伟。四处看了半天，没发现华总，也没有看见Mike。

“楼上开会，应该马上就下来了。”

“那我等等他。”方小初和区越坐了下来。

这次出差主要是安排区越的工作，除此之外就是霍李威士和凌业，方小初势必要打开局面。她很清楚这两个客户都属于八年抗战的类型，心里也做好了旷日持久的准备。

方小初拒绝了力克那么优厚的待遇吸引，就是为了想证明自己能不能真的把一个市场做好，做得透彻，而不是浅尝辄止。

而初期拜访并不尽人意，需要华为夷引荐，后续工作看自己造化。华为夷这只老狐狸总是故意闪躲，会算账得很。对此谢嘉义和方小初心知肚明却一直没有什么好办法，只是不断制造交换条件。对华为夷来说，谁家的利润给的诱人才是正道。

代理商的管理是一门大学问。

但这次，方小初决定必须要说服华为夷陪她去一趟霍李威士和凌业，目的有两个：一是能让华总引荐一些关键人物；二是向客户宣誓主权：华为夷可是大精的代理商，凡事要优先考虑大精的。有这两点足矣。

华为夷很快就下来了，一眼看到方小初身边的区越，调侃她：“小初啊，你也有助手啦。”

“同事同事，呵呵。”方小初为两人做了介绍。

“这回大精办事效率倒是挺快，新人工作怎么分配的啊？”华为夷很关心这个。

“头半年没有任务，新人负责开发中小型客户，每个城市都可以去做，下半年根据情况会划分区域。华总，可以让 Mike 和区越搭个伙，你就等于多了个人手，跑下来的客户都是你的。”

华为夷高兴地说：“好好好，那我就不客气了。”

旁边的区越马上配合道：“华总你就尽管用我吧。”

方小初借机说：“华总，我想就这两天再去拜访一下霍李威士和凌业，这次在山东时间短，还要带着区越熟悉市场，重点客户我就只去这两家。上次和 Mike 去，勉强算是进了大门，但没什么进展。今年的任务重，光靠现有客户的自然增长肯定是不行的。春节一过，不知不觉 3 月份都过去 1/3 了，我心里也挺急的。”

说到这里，方小初看了看华为夷的脸色，是在认真听，接着说："所以想请华总您这样高级别的领导出面，带我去见见他们，我以后的工作就会顺利些，我和区越一样，就把我当成你的业务员吧。"

"霍李威士4月份要招标了。"华为夷说。

方小初有点惊讶，她还没有听到过这个消息！这个华为夷，要不是今天这番动之以情的谈话正说到这里，还不知道什么时候透露呢。

方小初说："我还没听过，也没有收到他们的投标邀请书。"

华为夷说："还没有正式发，我也是前两天才知道的。招标时间是4月12号，好像是个星期四，不知道时间会不会改。有不到一个月的时间准备。小初，这对你们是个机会。"

方小初说："对你们也是个机会。"

没想到华为夷信心不大，他说："我看怕又是一次陪标的角色，市场难做啊。"

方小初说："华总，商场上没有永远的合作，也没有永远的不合作，我知道你内心是有想法的，而且这几年也没有放弃霍李威士。听到这消息真开心啊，总算可以借招标之名见到很多关键人物了，以前是'想见无门'。对了，他们不会不邀请大精吧？"

华为夷肯定地说："不用担心，我给他们提供过一些厂家的参考。"

方小初及时捕捉到了这个重要的信息，她笑嘻嘻地试探华为夷："你看，对方这么重视你的意见呢。按你之前的说法，他们只问第亿公司的意见就好了嘛，我现在越来越有信心了。华总，我们这准备工作，要注意哪一点，针对对手见招拆招，标书内容也很重要，还得要麻烦你了。你一定要支持我哦。"

第亿就是和霍李威士一直合作的那个牛气哄哄的代理商，也是华为夷的心头刺，一个山头的两只虎。

"那是一定的。"华为夷很明白方小初为什么这么问，这丫头就怕我推其他公司的产品，这是在给我压力呢。

"小初啊，我就陪你去走一遭吧，我这几天事情特别多，就简单见个面，可能也起不到啥作用。现在去正好，等快招标的时候再去找人家，人家也会避嫌的嘛。区越，你可以跟着Mike出去熟悉一下市场，小何，你安排一下他们的工作。"华为夷觉得一次去太多人不好，尤其是带一堆小兵。他交待了何英伟，何英伟马上点头领命。

方小初随即嘱咐区越：第一次出来主要是多留意多学习，要记得把工作的内容记下来，整理总结。

方小初说到这里，不禁无奈地想：呵呵，Mike 还是一个小菜鸟呢，你俩好好摸索去吧。

时值中午，华为夷招呼道：“小初，中午你们就在我们食堂吃个工作餐，一会儿给你找个空的办公室休息一下，下午我们再出去。”

方小初中午抽时间给谢嘉义打电话汇报了这一消息。

谢嘉义也挺开心，交待她：“这个客户我们蛰伏太久了，这次成与不成，都是个好的开始。凌业那边多跟着，目前要是没什么大事，就主要攻霍李威士吧。多利用利用华总的关系，他肯定藏着掖着不少能量呢。”

下午。

“小初，你年前去霍李威士，见的谁？”华为夷坐在副驾驶座上，扭头问后座上的方小初。何英伟当司机，全神贯注地开着车。

方小初说：“我和 Mike 去见的张平，张总带我们在车间转了转，时间很短。”

华为夷说：“那我们今天先去见车经理吧，供应科的经理，你知道吧？”

“我知道这个人，但没联系过。”方小初很羞于工作的不到位。

“现在他们采购和供应合并了，以前也是一体，但有两个负责人，现在就车国庆一人了，你不是想了解一下招标的情况么？先去他那儿。”华为夷说完，之后又补充道，“他和张平不大合得来，在他面前就少提别人吧。哎，大公司，关系也复杂得很呐。”

方小初曾经苦口婆心地给 Mike 讲这些错综网络，要先理清客户关系再工作。现在果然证实了方小初之前的猜测。

方小初不逞能，顺便给华为夷高帽一顶：“华总，幸亏你给我讲这些，我会注意的。”

华为夷呵呵笑着，很是受用。

汽车在霍李威士的大门口停下，何英伟摇下车窗和门卫打招呼，华为夷露了一下脸，门卫就放行了。看起来是个老熟人啊，方小初上次来可是又登记又电话还等那么长时间的。

“不知车经理在不在。”方小初自言自语。

“我中午联系过了。”华为夷告诉她。

三人径直朝车国庆的办公室走去，华为夷人高马大，健步如飞，方小初和何英伟在后面紧跟，从大门口到办公楼这一百多米的距离居然也喘上了。

路上有人认得华为夷，微笑着和他打招呼，他每每简短回应，就继续往前走，步伐之快像是在躲什么人。

华为夷看出方小初的疑惑，低声解释道："我们刚绕过车间，怕被张平看到没先去找他，不太好。"

很快到了车国庆的办公室。一张深褐色的超大木质办公桌对着门横放，办公桌上所有物件都摆放齐整，正中央有一小摞A4纸的文件，右侧并列排着两支钢笔，一蓝一黑，连角度都那么有要求，整齐得像是得了强迫症。电脑旁一个矮胖的透明花瓶，几枝水仙插在水里，青翠喜人，没有一点枯败。

车国庆看到华总三人进来，屁股优雅地离开那张看起来非常舒服的转椅，脸上挤出来一个笑容，用恰到好处的热情和华为夷打招呼："老华，来来，请坐请坐，今天外面不太冷吧?"说着把华为夷三人让到沙发上。

华为夷热情回应："马上春天了，不冷不冷。车经理换办公桌啦?哈哈哈，几天不见面貌一新啊，你真是人逢喜事精神爽，气色特别好！来来，这位是大精公司的方经理，方小初，很有能力的，巾帼豪杰。"

华为夷很夸张地介绍着，空气里的气氛瞬间缓和起来。方小初把名片递给车国庆，说道："华总太夸张了。车经理你好。"

车经理依然保持着风度翩翩，接过名片认真看了看，礼貌地回应："听说过，女孩子做销售不容易。"之后又盯着她问，"方小姐以前来过我们公司吗?"

方小初从他的眼神中看到了一点色眯眯，尽管他表面就像个君子，她回答说："来过一两次，很惭愧真是工作失职，一直都想过来拜访的，所以今天就劳烦华总把我带来了。"

车国庆明白他们的来意，说："来的正是时候，我也正要通知各厂家呢，我们下个月一些原材料呀、器材呀要进行招标，正赶着要在这几天把投标邀请发出去，都两年没有招过标了。这次公司考虑到要有多项的选择，看看哪家的产品好，价格合适，能对我们的生产有帮助，客户更满意的，我们都拿来对比一下。一个月的时间不长，你们公司也可以准备准备。"

方小初说："好的，我们一定把我们最诚意的方案拿出来，也谢谢车经理能给我们这个机会，让大精有机会为您服务。"

车国庆看着方小初，又不露声色地转过头去，对华为夷说："呵呵，不谢不谢，也不是我一个人的决定嘛，霍李威士家大业大，要多方参考意见的。就下周吧，我把邀请书发到你的邮箱，你们就按要求做标书吧。"

华为夷继续与他寒暄，这时方小初打量着他：头发很茂密，按三七分梳到两边，黑亮，没有一根杂发，这让人有点猜不出他的年龄。上身着工作夹克，口袋领子无一处卷皱，像是被熨过，里面的白衬衫笔挺清洁，黑色正装皮鞋，表面只有少数皮皱，洁净无比。

周身都透露着这个人的一丝不苟。

这时华为夷问："车经理，这次打算邀请几家呢？"

"每个项目就邀请3、4家吧，多了也没用，只把行业内做得好的公司比较一下就行。要招标的有几个项目呢，一个月时间很紧迫。"

"这几个产品我们华丰都有在做，之前不是你负责这块的时候，我们都没机会，这次有什么需要我们做的，我一定极力配合。"

方小初点头附和，然后找了一个空隙问车国庆："车经理，像这次招标，我们除了标书之外，还需要注意哪些事情？有需要指教的，我们一定尽量把这事做得尽善尽美。"

"只要产品好，价格好，服务也好，就有机会，对每家都是公平的。"车国庆还在打幌子，随后又意味深长地补充了一句，"其实，价格也不是最重要的，霍李威士有实力用好的产品，稍微高点也没关系，主要是产品一定要好。"

方小初和华为夷对看一眼：这才是她要的答案！

华为夷问车国庆："秦总今天在公司吗？"

"秦总不在，去海南了，可能下周才会回来。"车国庆冷冷地说。

"那我就不拜访他了。一会儿我和方经理就回去了。车经理，你晚上不知道有没有空，难得大精人员也在，咱哥俩好好聚一聚。"

车国庆想了一下，说："我下班时给你电话吧，现在还确定不了。最近特别忙。"

和车国庆告别后，方小初问华为夷："华总，今天还去见张总吗？"

"我觉得还是不去了，你看我说到要见秦总的时候，他好像都不太乐意，意思就是：找他就行！还有……等我们出去说。"

三个人往停车的地方走。

回家的路上，方小初分析道："新官上任，通常都想要做一番'新'举措，表现之一，就是要推翻前一任的习惯和功绩，做一些改变出来。车国庆以前不管采购，只管供应，现在合二为一，权力在握，自然想把前几年一直不变的供应厂家来个洗牌，就算最终洗不了，弄个招标，也算是折腾一番有所作为。而且他现在肯定不愿意我们找别人，说实话，现在他的作用是更大一些。"

华为夷笑笑，没有接话。方小初看他不以为然的样子，用玩笑的语气讥讽他："华总，我说的这些，你早都知道，就是不跟我透露，还害得我动用脑细胞分析来分析去的。"

华为夷哈哈大笑："小初你也是个人精，我可是认真听着呢，你要是我们华丰的员工就好了。不过，今天车国庆的那番话，重点可不是这个，你听出来了吗?”

方小初不屑地想，这是考验自己的智商么？我当然听出来啦！于是说道：“当然，他冠冕堂皇地说要产品好，价格低，服务好就行，后来又说价格不用太低，呵呵，这价格里要有文章的。”

“是啊，我认识他很久了。车国庆这个人，啧，就和韩国的明星一样，假得很。”

“别别……这可是我们的衣食父母。”方小初笑了。她也看出车国庆一丝不苟的表象下，有一些伪君子的气味。

华为夷圆滑起来是一块老辣姜，直白起来又让人觉得可爱。和他的相处，方小初早学会了如何松弛有度。

方小初问华为夷：“秦总是最终拍板的人吗?”

华为夷说：“秦总是最终拍板的人，他的工作最难做，倒不是这个人难缠，因为他很忙，很多事都交给下属了。主要是他的老婆啊。”

“怎么，我们还得‘夫人营销’?”方小初不解，她想如果是这样，那可不只是难度的问题了。

“没用，你再怎么‘夫人营销’都没用，秦总的爱人姓罗，是在机关单位工作的，虽然人不在霍李，可却是能说上话的。”

“姓罗怎么啦?”方小初没绕过弯来。

“小初，这会儿你又笨起来了，你忘了，第亿的销售经理，总经理的得力干将，这些年一直和霍李威士合作的人，叫罗力彦。”

第二十七章　曲线而行

自从郑子衿再次出现，方小初的生活里又有了新的期待。她并没有真正地卸下心防，但她还是一直钟情于他。10 年的时间，就仿佛是岁月不小心打了个盹儿，睁开眼后，一切都还在。

妈妈说，年轻人总是把事情想得太复杂。方小初也觉得，人的心态要是总能像 18 岁时那该多好，天真浪漫又勇敢，犯傻犯二又疯狂。

方小初心思早已经飞回了上海。她目前只想认真做霍李威士的工作，于是对华为夷说："华总，凌业那边目前没有什么事，他们现在用的旭天材料，你能控制。现在重点就攻霍李威士，我们好好想想该怎么做吧。"

华为夷说："好的，凌业的事以后再说。"

方小初有些疑虑："不知道车国庆晚上会不会出来吃饭?"

华为夷叹口气："等他短信吧。你要是有事就先去忙，有消息了我给你打电话。"

方小初点头："嗯。我这次是时间短、任务多，所以想先回酒店发几封邮件。"

华为夷问："这次在哪儿住?"

方小初说："还是在你们公司附近，老地方。"

华为夷说："行，那你先回去吧，对了，你带着区越出去的时候，也把 Mike 带上。"

"我该向你收培训费的……我走啦。"方小初说完起身回酒店。

为了工作方便，每次住在这家酒店，去华丰那里很近，交通便利。

在房间里忙乎了一阵，还是没收到华为夷的电话，方小初开始思考霍李威士的问题。

华为夷看来和车国庆关系还不错，车是采购人员，他关注的东西大精和华丰都可以给。现在看来难题到了秦总，准确地说是秦总老婆的弟弟罗力彦身上。跟第亿公司一直没有合作关系，华为夷又是罗力彦的对手，怎么去接近呢?

威茨将军说过：最迂回、最曲折的往往是捷径。

对销售而言，遇上难题不要硬碰硬，曲线而行是最佳的方式。

夫人营销？这只是开开玩笑的，就像华为夷说的，你再营销都成不了她弟！

源头就是第亿。这个难题解决掉，其他的竞争对手就洒洒水了。

方小初冥思苦想都没有头绪。她把今天会见霍李威士的情况和自己的分析做了份日报发给了谢嘉义，抄送松田。习惯性地抄送肖课时，想起肖课已离职，不禁觉得有点惘然。

天下真是没有不散的筵席。

珍惜现有的点点滴滴，不畏将来，不悔过往。

方小初在郑子衿发来的图片里挑了一张最喜欢的做了手机的开机图片，那只盈盈而飞的小白鹭，她要天天都能看到它。

用手机时，才想起一下午没联系区越了，于是赶紧打给他："区越，你在哪儿呢？身边那么吵?"

区越声音很高地说："我和 Mike 拜访完客户，正等车回去。这边都是大卡车吵得很，离市区很远。"

方小初说："那快回来吧，郊外不好打车的话，随便坐个公交车到市区，再打车回来。你和 Mike 小心。"

这边刚挂，华为夷的电话紧接着打过来："小初，出来吧，车国庆说一会儿过来呢。"

方小初很高兴，简单整理一下便前往华为夷说的地址。

到了地点，华为夷和何英伟已在里面，方小初一看是西餐厅，顿时松了一口气：今晚不用海饮了！

方小初脱掉外套，坐在华为夷身边的沙发上。桌对面还有一个沙发，那将是车国庆的位置，方小初有意要和他保持距离，她还拿不准车国庆的真实人格。

车国庆很快就到了。

这时的他已经换下了工作装，穿上一身黑色的西装，每个细节都修饰得挑不出毛病。他坐下后，把沙发轻轻向方小初这边挪了挪，和大家道歉："不好意思各位，路上堵得很。"

华为夷摆摆手："不晚不晚，是我们来早了嘛。服务员……"

服务员给每个人手里送上一份菜单，华为夷招呼车国庆："车经理随便点啊，这家的牛排做得非常好，还有你很喜欢的红酒。千万别给我省钱！"

车国庆满脸笑容："用不着这么破费的，老华你太客气了。我看一下……小姐，这个是你们店的推荐菜吗？"

服务员说："是的，很多客人来了都会点这个。"

车国庆说："那就来这个吧，简单点。"

方小初一看，果然是最贵的。简单个屁！

何英伟和方小初也点了菜，何英伟处处为领导着想，点了份经济套餐。方小初觉得如果自己点得过于便宜，会让车国庆很难堪，点得贵了又凸显不出车国庆的尊贵。考虑半天选了一个价位合适的，至于是什么口味都没有去考虑。

华为夷又要了红酒，这回他没问车国庆的意见，他知道车爱喝的是什么。

四人等餐的过程当中，车国庆问方小初："方小姐是哪里人？"

方小初说："我是西安人。"

车国庆不解："那怎么跑到上海去了呢？是在上海上的大学吗？"

方小初笑笑，说："不是的。我挺喜欢上海，就去了。"

"大城市压力大啊。我们是蹦跶不动了，就在济南也很好。方小姐结婚了吗？"车国庆一边问，一边死盯着方小初，看得她浑身不自在。

方小初回答说："还没有呢。"

华为夷在旁边插科打诨："方经理眼光高着呐。"

"漂亮的女孩又不愁嫁嘛。"车国庆盯着方小初。

何英伟呵呵呵地跟着笑。他在华总面前和在 Mike 面前很不一样，像个听话的小媳妇，少言寡语、察颜观色地为华为夷打理着一切。

领导都喜欢听话的，走到哪里都带着他。

方小初不想在这个话题上继续，只笑着说："谢谢谢谢。"

红酒先上来，何英伟像个大管家一样细心地为大家斟上酒，大家碰杯之前又说了一堆废话。华为夷说："第一杯，都干了，以显我们对车经理的诚意。"

大家一饮而尽。

不像是喝红酒，倒像是喝啤酒。

等餐都上齐，大家开始慢条斯理地吃饭，席间继续寒暄，酒不到一定程度，现场还暖不起来。

红酒已经要到第 2 瓶，酒过三巡，菜过五味，车国庆有点微醺了。华为夷看时机已到，开始说正事："车经理，我真的很羡慕你，在一个大公司当个管理者，多好！像我这样没上过大学的人，进不了好企业就只能自己做。怎么说呢，现在做得还行，老婆孩子都有饭吃，可市场越来越难了，一旦做不下去，咱就连穷苦百姓都不如，不容易啊。"

华为夷诉苦哭穷的本领那是随手拈来，无须草稿。对供应商、对下属、对客户，只要有需要就不厌其烦地诉个千百回。

车国庆一手转着酒杯，眼睛盯着酒杯里微微荡漾的红酒，笑盈盈地没说话。

华为夷继续情感攻势："我们认识多少年了？车经理，有个七八年了吧？"

车国庆说："有了，我以前刚到霍李就认识你了，那时候我从国企出来，刚进公司，还是个小办事员。"

车国庆连声赞叹："所以说嘛，是金子在被窝里都会发光的！来干一杯，我敬佩你。"华为夷又一次把红酒喝成啤酒，一饮而尽。

车国庆喝一大口，没干。

华为夷说："要说我们也有时间没合作了，你叫我一声老华，咱就是兄弟，我比你虚长几岁，就厚着脸皮当回哥哥吧。总觉得，哥哥我一直没为你做点什么，你有需要的，哥哥我一定尽力配合！小初，你也敬一下车经理，难得见面，都是缘分。"

方小初拿起红酒："车经理，我敬您！华总不止一次地说起您，对您很是崇拜。我先干了。"

方小初喝光了红酒。

碰杯的时候，车国庆的手指假装不经意地碰了碰方小初的手，然后又镇定地喝光了自己杯中的酒。

华为夷抗议道："车经理，你偏心，我敬你，你喝一口；方经理敬你，你就全喝了。"

"女孩子在外面不容易，做销售的女孩子更不容易啊。"车国庆脸色微微泛起了潮红。

看着车国庆，方小初心里冷笑：还真是惺惺作态的文质彬彬。

车国庆终于开口："大精的产品质量，我们是不怀疑的，现在不只是产品质量的问题，也不是价格的问题。公司这么大，我虽然负责这次招标采购，但不是我一个人说了算，我上头也有领导嘛。我们用了 3N 的产品多年，一下子要换供应商，总得有个理由，一个能说服所有人的理由，对吧？我要往上面打报告，这些都要考虑好，争取一刀制胜！要是报告被退回来，重新申请就很被动了。大精能为我们提供什么服务，是别人做不到的？私人情感也行，公司急需的也行嘛。"

随后又补充："至于标书里的价格，不用太低，3N 也是跨国公司，他们价格也不低。公司竞标，不是政府招标，万一将来又还价呢？做公司不容易，你们也得确保有利润。还有秦总那边，最近挺头疼车间的一个什么技术问题，可以去问问张总，能解决就帮着解决点。哎，说白了我也是个打工者，也只能帮你们这么些了。”

这些信息对方小初已经足够。

华为夷见目的达到，不好意思显露自己的高兴，继续说：“来喝酒喝酒。要不要再来一瓶?”

车国庆摆摆手：“不用了，再喝回家没法交待了。”

华为夷趁机又给他戴了顶高帽：“看看，这就是男人，在外面成功，对家里还有责任感!”

结完账，把车国庆送走。

方小初取笑地问：“华总，用我分摊招待费用不?”

华为夷大方地说：“算了，今儿个有收获，我高兴。你不是还一直叫嚷着要培训的费用吗? 抵消了!”

方小初不再坚持，说：“那我这几天还要带 Mike 和区越出去，霍李威士这边你先盯着，我一回来就和你碰头。”

众人笑了，华为夷说：“还碰头呢，搞得和特务一样。”

尽管是晚上，但还是看到一线曙光。

这几天方小初带着她的王朝马汉在外奔波，办事效率堪比部队。

身边多了区越、Mike 两人，方小初的队伍势力壮大起来，旅途也热闹很多。方小初抓紧一切空闲的时间把拜访前要做的功课讲给他们听，有点像话痨。

一次午餐时，方小初刚把下午要见的客户资料拿出来，区越就意味深长地叹一口气，看起来有点不耐烦。

“你俩一定恨死我了吧? 连饭都不让好好吃。”她自嘲地说。

Mike 说：“方经理，你嗓子都哑了，多喝点饮料。你这次怎么这么急啊?”

方小初说：“计划赶不上变化，突然多了霍李威士的招标一事，时间变得很紧。好吧，今天答应你们，中午不说工作的事了，大家好好吃个饭。”

区越带着情绪说：“这些客户都大同小异，有的我们自己知道该怎么做。”

原来他是觉得方小初讲的都用处不大。同样的事情，Mike 会注意到方小初的急迫，而区越只觉得方小初在否定他的能力。

方小初了解他的爱逞能特点，区越自尊心太强，太急于表现了。但没有对区越解释，笑着说：“好，那我今天不说了，大家好好享用一顿午餐。区越你是有能力的，这几天也应该成长不少，下午的这个客户，就让你演练一回，我相信你一定行。”

区越有点吃惊，他其实并没有准备好。

Mike给方小初倒满饮料，问道："方经理，霍李威士有戏么?"

方小初说："有机会，但很难。"

Mike："他们和第亿的关系可好呢。第亿的那个老板的实力也挺大，我有个朋友就在他那儿做销售的，听说最近在江苏还开了个公司，做得越来越大了。"

"在江苏开，这可是区域串货啊！"方小初说。但转念一想，什么时候真正区域保护过？串货还真是个司空见惯的现象。

她心里一直有个疑惑，问Mike："罗力彦只是一个销售经理，怎么就那么大的能耐呢?"问了又后悔，Mike怎么可能知道这些。

没想到Mike还真知道："听我朋友说，罗力彦也是合伙人，半个老板来着。"

朋友的消息传播那是相当有用的。

方小初脑里跳出一个想法，于是对Mike说："Mike，帮我一个忙吧，向你朋友要一下罗力彦的电话。还有……不要和华总说。"

"我知道的，我现在就给你要。"Mike很痛快。

"不急不急，顺便问一下你朋友，罗力彦最近在不在济南。"方小初想：Mike，你这憨小子或许还真帮了大忙。

吃完午饭三人休息一下就出发了。Mike每天都很开心，因为跟着方小初可以随意打车，而华丰只允许坐公交。Mike感叹着外企就是好，区越不以为然，对Mike骄傲地说："在上海大多数公司都是这样的，我们以前的单位……"

Mike一脸羡慕。

到客户那里大约20分钟的车程，路上区越一直问方小初这个客户的情况，而方小初在车上接了两个长长的电话，根本没法回答他。

一直到达了目的地，区越都拉着方小初："等一下，那个经理姓什么来着?"

Mike告诉了他，然后取笑："我都记住啦。"

方小初用心良苦，没有理他。

下午见了客户，区越根本没法单独战斗，几次都向方小初投来求救的眼神。方小初没再为难他，全部都担当了。新人才来几天，听客户说技术如同天书，他能知道这一点就够了。

事后区越再也不敢嫌弃方小初的啰唆，每次拜访前都主动过来问，方小初都耐心给他讲解。

Mike看在眼里羡慕在心里："真想去你们公司面试啊。"

"欢迎。不过不知道公司要不要大专生……"区越脱口而出。

方小初瞪了他一眼。

区越只是心直口快，倒无甚恶意，马上解释："大精也是注重能力的，Mike没问题。"

Mike没在意，憨憨地笑着："我只是说说。"

"人家Mike可是有娇滴滴小女友呢，舍不得离开。"方小初缓和。

几天高强度走访下来，三人都累得够呛，年轻男生体力好，很快就恢复了。方小初在回来的大巴上睡得到站了都没醒。

交待了区越和Mike一些事情，就让他们俩去孤军奋战了。华为夷那边已经打听到霍李威士车间生产工序上的一道困扰，最近的半成品性能不稳定，找了不少原因都没有解决。

华为夷不知如何帮忙，技术上的事他不是很懂。方小初也没有好的方法，只好说尽量把张平也叫出来，探个究竟。

约了几次张平，对方都说太忙不愿意出来。

华为夷提议去见见秦总，可秦总在海南还没回来，归期延迟。

事情一度停摆。

第二十八章　只想在这里

眼看回上海的日子越来越近，事情却没什么进展，方小初决定冒个险。从第亿的罗力彦身上做工作。

她想了想，打通了同事郭林吾的电话。郭林吾负责江苏区域。

方小初先和他开玩笑："郭大帅哥，你身边没有美女吧，说话方便吧？"

郭林吾说："小初，你这是有啥大事？不会是想通了，想跟我在一起吧？那我就勉为其难地同意吧。"

方小初说："你还勉为其难？好吧，这是第二件事呵呵。说正事，你在江苏的代理商，做得怎么样？"

郭林吾不知她问这个干吗，说："挺好的。"

方小初问："有没有想过要开发新的？"

郭林吾嘿嘿一笑："想过，没胆子，除非能找个比现有的更厉害的。怎么，有推荐？"

方小初说："我这个区域有一个代理商，他们在江苏新成立一个公司，他们做的是 3N 的产品。我在想，如果你能给他苏北一些小区域，让他也同时做做我们的产品，是不是挺好？"

郭林吾说："不是不可以。我的代理商主要业务都在苏南，但这个是要和谢部汇报的。开代理商不是小事。"

方小初说："我只是建议，不急一时，重点是可以先找这个人谈谈，透露意向。"

"怎么了，方小姐，怎么关心起我的区域？"郭林吾现在才想起这是重点。

方小初没想瞒他，简单地说了一下原因。不过对于自己要攻客户的事说得不多，因为她要说服郭林吾，重点要让他觉得无法抗拒："郭帅哥，这个人的实力挺强，在我的区域内和我的代理商是平分秋色的，如果在你的区域开了公司，又做3N的产品，对你的区域不是威胁吗？不如做我们大精的产品呢。具体怎么操作，你和谢部商议商议。”

郭林吾觉得她说的有理，说再考虑一下，有消息再答复她。

很快郭林吾就和谢嘉义说了要开小代理的事，江湖老道的谢嘉义一听是方小初提供的信息，马上就想到方小初可能是为了招标的事。

谢嘉义惊觉到方小初这两年在销售策略上和以前大大不同。刚进大精时她也很努力，但那时只表现在热情和勤奋上，对待客户还不懂得迂回；而现在，方小初的能力明显大大升华，对事情判断往往一针见血，会利用一切资源，绞尽脑汁。

同时谢嘉义发现方小初开始慢慢地渗透她自己的做事风格，几次和松田的理念发生对抗，最后又被她圆滑救场。

谢嘉义察觉出方小初的这些变化，最近一直在静静地观察她。他原本对霍李威士的招标并不抱太大希望，只认为这是一个突破口而已，并不值得为一个客户而影响到江苏这么重要的区域。现在看来方小初这小妮子是铆尽全力了。

这天方小初收拾东西打算回上海，临走时给华为夷打了个电话："华总，我在想，霍李车间现在的难题，我们一时帮不了什么，但我可以申请一些大精的产品让他们试用，你觉得怎么样？"

欲取之，先予之嘛。

华为夷分析道："这个有点难。虽然是试用，但这就意味着霍李的车间有了大精的产品了，意义可是不一样的。这事你想得太简单了，张平现在敏感着呢。小初你安心回上海吧，我这里先盯着，有情况你再马上过来，这个心急也没用。"

方小初想想也是，她相信华为夷这次是真的在用心做霍李威士。一个区域内的大客户几年没进展，他的面子也挂不住。

哈，那我就安心地回上海啦！一想到这里方小初心花怒放的。

区越大概也跑累了，在出租车上一言不发，几天下来减了少许来时的精气神。方小初问他是不是不舒服，区越说没事，只是累。

宝贝，销售可不是你想象的那么轻松，你现在还无任务要求，赶紧先享受一下目前的少压时光吧。

回到上海也不轻松，第二天早上一进公司，方小初就去找谢嘉义。

"谢部早！我和你汇报一下霍李威士的情况。"方小初一五一十地阐述。

谢嘉义认真地听着，听完后，笑着对她说："除了这些，你不是也试着想给第亿的罗力彦点甜头么？"

方小初想果然万事逃不过领导的眼睛，于是把自己的想法告诉谢嘉义："我是分析这件事情可行，才向小郭提议的。因为罗力彦能力不小，他既然在江苏也注册个公司，肯定是要有所作为的，他卖的可是3N的产品啊。而且，我确实是有点私心，我想向罗力彦表达诚意。他是个生意人，不会一下子把我们拒绝死，如果想和我们合作，很有可能会在招标上给我们留条后路。"

谢嘉义说："如果合作，还需要限制他们的产品种类。"

方小初同意："是的，否则就控制不了了，可以以他新注册公司的实力情况来限制产品。"

谢嘉义说："这个我们得好好想想，毕竟不能因小失大。你那边，华为夷这次好像还挺积极对吧？"

"他自己也想做这单啊，这么大客户在他眼皮子底下丢几年了。"方小初说，"投标邀请已经收到了，我一会儿发到你的邮箱，价格我们商量好后再填。以华丰的名义参标，我还得帮他做标书，让他们做我又不放心。对了，谢部，如果我向公司申请给霍李威士一些产品试用，能申请到多少？"

谢嘉义说："你看吧，需要的话就像松总申请，不过松总的习惯，他肯定要很快能见到效果的，所以你自己拿捏。"

方小说笑笑："嗯我知道，其实就是我们想送，人家客户也不一定要呢。"

已经汇报的差不多时，谢嘉义转了个话题："这几天部里要给肖课举办个欢送会，松总说要给肖课送件礼物。我最近事情太多了，抽不开身，小初你帮我看看吧。还有，不要告诉肖课，给他个惊喜。"

方小初想说自己也挺忙，又觉得不合适。她自我安慰说这是领导对她的信任，于是说："行，不过我对选礼物也不在行，那松总的预算是多少呢？"

谢嘉义笑了："松总可不会太大方的，哈哈哈，就两三千块吧，不要超过了。我会另外再给肖课买一份，你一起看看。"

这一会儿工夫就两个任务了！方小初觉得自己应该多补充点"维生素NO"，人生要学会拒绝！而且这任务太容易出力不讨好了，她回答说："谢部，我觉得，你送肖课的，自己选更有意义。我是一选礼物就头大，光怕做不好。"

谢嘉义看出来方小初不愿意接这个活，也没再坚持，说："那我自己看吧。"随后交待了一些工作上的事，结束了谈话。

郑子衿上午发来了短信，说他已经回到了上海，方小初想真是心有灵犀啊，还同一天到达。

自从妈妈告诉她郑子衿还单身，她心理负担就少了许多。她可不愿意和有牵绊的男人多来往，人生本来活着就够累了。

前几天见了一面，方小初面对郑子衿是百感交集，一晚上也没说什么有含金量的话，而且还狼狈地差点摔个大跟头。方小初觉得自己可能是太紧张了，希望这次的见面不要再出糗。

见面前的日子是煎熬的，这几天，方小初上班时心不在焉，一份标书做了一上午还只停留在前几页，邮箱里已经有十几封未读邮件待处理。

方小初最担心的，是怕华为夷突然来个电话把她召到济南。现在可是天大地大，都不如和郑子衿的相约大！

方小初在网上不分优劣地订了好多书，薄薄厚厚花花绿绿大半箱。这像是回到了10年前，为了追赶郑子衿的步伐，她努力地汲取着书中的颜如玉，不管类别与体裁。

而现在她开始留意摄影书籍，每天睡前都会翻几页。可她的水平只能看懂图片是否漂亮，其他的文字内容无一例外地成了她睡眠的催化剂，比看哲学书还有效。

打开衣柜，没有一件满意的衣服，方小初计划约姐妹们下班后一起逛街购衣。

若不是前几天好好地看了看他，活在方小初记忆里的，就只有青春时光里的白衣仔裤。那是被定格的符号。

人人对过往怀念，又怕看到过往的人站在眼前，形象与体态都不是从前。方小初非常庆幸两个人的变化并不大。

郑子衿选择的日期，是方小初的生日，他问方小初想去哪里。方小初说一切听他的，反正你说过要让我领略春光的嘛。

于是郑子衿把地点定在了朱家角，他告诉方小初，给她发的图片里，有一张就是朱家角的。

方小初把那张照片找出来：一张如油画般的风光摄影，一排青顶白墙的古镇房屋若隐若现在雨雾里，近处飘零的落花打着旋儿投奔大地，姿态瞬间定格在画面里。四季均有落花，方小初认不出是什么花，也猜不出是什么季节。

脑子里一不小心又天马行空着。

“小初，你来一下我办公室。”谢嘉义站在门口叫她，飞扬的思绪被急刹车，她手忙脚乱地把桌面上这些私人的网页关掉。

“小初，给肖课的礼物，看得怎么样了，有没有中意的?”

方小初早忘了这事，支吾着说：“我看了不少，打火机、钱包、IPAD……还没决定要买什么。你觉得这些类别可以不?”

“这些都可以，实在不行就买个名牌的钱包吧。你忘了，肖课不抽烟的。”

谢嘉义奇怪方小初怎么会不知道。

“哦，我知道。要不就钱包吧？我看了一个牌子在打折，3000来块，还不错。不过就是有点超预算。”方小初搜索脑中这两天对商场品牌折扣的印象，假装镇定地描述。她根本不敢确定这折扣的准确度。

谢嘉义说：“算了，我自己买吧。”

方小初松了一口气。谢嘉义接着问：“霍李威士的事情进展得怎么样了？”

方小初说：“上午给华为夷打过电话，说暂时还没新动向，让我先做标书。”

谢嘉义不放心：“如果需要的话，你就还是去济南盯着吧，有什么问题可以马上解决，这次先不用带区越。如果需要费用，或拿不定主意的，记得给我打电话。”

方小初最担心这样的安排，她当然会盯着这个招标，但这两天她走不了啊！前几天马不停蹄地赶时间，累得七荤八素的不就是为了能把时间留出来给郑子衿吗？

她分析这两天不去济南，并不会有什么大的问题，于是对谢嘉义说：“谢部，我刚回来两天，需要和你定一下对策；我也可以先起草好标书，等价格什么的定好再填进去，省得到时候会忙中出错。等过了这两天我就早早出差吧。”

谢嘉义以为她是出差太累了想在上海休息几天，不忍再要求，就说：“好，你自己把握。再说，过两天还要欢送肖课呢。”

方小初抓紧问：“谢部，江苏区域开新代理的事，有结果么？”

谢嘉义大概猜到她会问这事，随即说：“松总还不在，等他回来再说吧。”

方小初谢过后离开了谢嘉义的办公室。

谢嘉义看着方小初的背影，总感觉她这两天不在状态。

人事部的小曾来找她，送上一张知名蛋糕房的代金券和一张贺卡。方小初即将迈入3字头的门槛。

30岁，还有一点青春的尾巴，又站在熟女的门口。这时候的女人摆脱了稚气，磨砺了锋芒，经济渐好，经验渐足，人生观基本定型。只要你不自暴自弃，就是女人一生中最有魅力的时期。

30岁有什么可怕？而且今年的生日，有郑子衿陪她度过呢。

大精公司员工的生日，人力资源系统里都有提示，每周做一次汇总，为次周将要过生日的员工准备生日蛋糕券和贺卡。生日当天，每位员工都会收到来自领导和同事的很多祝福。

也只有在这个时候，才能体会到大精也有人情味。

第二十九章　牵手一座城

朱家角离市区有些远，郑子衿提出来要一起出发。但方小初怕在车上尴尬无语，坚持要独自前往。

春天的脚步已近，阳光明媚得一塌糊涂，方小初头发又长了些，黑黑亮亮没有被“五大受损”过，发质好得很。车厢里有点闷，方小初看天气不错，轻轻地将车窗推开一条缝，风顿时迫不及待地挤进来，发丝瞬间飞舞，心旷神怡的。

惬意的初春。

上海的春天处处花开似海，车子行到郊外，路两旁便是大片大片的油菜花。花田里粉色、玉色的珠珠桃杏，间或有黄的绚烂的迎春花随枝轻摆，近处偶有几棵清丽的白玉兰和紫玉兰，不争艳不争春。

方小初心情大好。同车的乘客也被外面景色吸引，纷纷打开窗户，一边欣赏这草长莺飞的三月天，一边大口呼吸着春天的气息。

大好的季节，要不是郑子衿的建议，方小初都没有想过郊外踏青，大自然对她来说有点奢侈。

到达朱家角汽车站，方小初意犹未尽，她最后一个下车。

一眼就看到了车站牌前的郑子衿：他站在阳光里，穿一件淡蓝色的休闲连帽风衣，里面米白的卫衣上隐约可见的，是淡灰的猫王的素描头像，那是他最爱的流行天王。阳光从他头顶上洒上去，打成了模糊的光晕，身上的浅白和浅蓝一如年少时的色彩，并没有改变。

时光只是改变了流行的趋势，改变不了一个人定向思维的喜好。

郑子衿也看到了方小初，他飞快地跑过来。方小初开口道歉：“不好意思，我来得晚了。”

郑子衿笑着说没事，随手自然地接过方小初手里的包，然后惊讶地脱口而出："你的包怎么一次比一次沉呢。"

方小初说："越没有安全感的女人，包包越沉。"

郑子衿说："男人也一样。我的背包比这沉更多，里面所有突发状况的处理设施都有，小到针线包、创可贴和小绳子。不过有的东西几年也没用过。"

"你的包，主要是你的摄影器材嘛。"方小初说，然后补充一句，"我妈说的。"

郑子衿谦虚地说："我的摄影技术，还差得很远呢。"

方小初一直不敢看郑子衿的眼睛，她不敢与他对视。郑子衿也是，说话的时候脸总是朝着地面，好像地上有钱似的。

方小初突然哈哈大笑，说："郑子衿，看来我俩适合晚上见面啊。白天一切都看得太清楚了，瞧我们两个这不好意思的样儿。"

郑子衿抬头，盯住她的眼睛，说："谁说的？"说完一把牵住方小初的手。

方小初心都要跳出来了，她没有挣脱，还很欣喜地接受着。这时候郑子衿说："你要是觉得不好意思，就把我的手当成一根木棍吧，我爬山的时候经常会拄着一根棍儿。"

两人牵着手一直向前走着，没人敢回忆从前，没人说想念，没人说彼比的改变。

朱家角民居依水而建，均为明清建筑，古韵盎然，是江南特有的小桥流水人家。郑子衿说今天的朱家角比上次他来时明亮许多，那张照片是阴雨霏霏的时候拍的，而今有春天的草绿花红，天然的光线最足最好。

方小初听他讲着朱家角的点滴，像身边跟着导游。郑子衿说就想把她带到郊外，因为方小初一天到晚在写字楼里很需要接接地气，想来想去才选到了朱家角。

两个人走到一家靠水的小店坐下来，两张藤椅，一张藤茶几，头顶白玉兰开得正美，抬头可见。

坐下后，两人对着河面静静坐了很久，没有说话。河上有游客乘坐的小船时不时经过，也有空船的船夫划过来向他们招揽生意。

许久，郑子衿打破了沉默："小初，今天是你的生日吧？"

"谢谢你还记得，是哦，30 岁老女人了。"然后看着郑子衿说，"真快，感觉就像在昨天似的，怎么一不小心，就 3 字头了？"

郑子衿说："我上次见你，都想夸你好漂亮来着，又怕你说我浅薄。"说完从背包里拿出 2 本厚厚的册子，他递给方小初其中的一本，"小初，你认得这个集邮册吗，我上高中时集的，后来我们把它卖给古玩市场，为了给你看演唱会嘛。再后来我又把它们买回来了。”

方小初只看一眼就认出来，她说：“当然记得！不过怎么可能再买回来，应该早不完整了吧？你不要告诉我花了多少钱赎的，我心脏承受不了。”

方小初知道，古玩市场的那帮人都是见肉就割，哪怕中间只隔一天，都一定会狠命赚一笔。

郑子衿说：“所以我就不吓唬你啦。这个我隔段时间再去时，早被分得乱七八糟了，还有2张邮票被转出去。但这个册子还在。”

方小初听到这里心里很疼，当年为了想看演唱会，郑子衿背着她割了心爱之物，想想是多么痛苦的事。还在经济不太宽裕的情况下高价买回已经残缺的东西，想想就后悔。

真是年少轻狂的时代。

“这另外一本，是我把邮票上几乎所有风景都走了一遍，找到相同的角度拍下来的图片。”郑子衿把另外一本册子打开给方小初看。

方小初不禁感慨地说道：“这些年你居然走了这么多的地方。我虽然身在大上海，却像个井底之蛙。子衿，你当摄影师，就是为了云游四海么？”

郑子衿点点头：“其实当风光摄影师，半自由半工作的，听起来很浪漫，但收入并不稳定，家里人为此还和我闹过一场呢哈哈，爸妈希望我去媒体摄影，也就是新闻摄影，工作稳定。”

郑子衿顿了顿，继续说：“但这是我的选择，你知道我很坚持的嘛，而且去了那么多好地方，一切都值了。不过，我很快就不会再做风光摄影师了。”

方小初紧张地问：“为什么？”

郑子衿看着她，说：“因为我和国外一个图片社签了约，以后虽然还是天天在外，游山玩水的机会却减少了。之所以签给他们，是因为这家图片社给每位摄影师很大的自由度，而且收入不错。”

方小初不太懂摄影的事，她只是觉得有点惋惜。这时郑子衿说：“还有一个更重要的原因。”

方小初问：“什么原因？”

郑子衿看着她，笑呵呵地说：“因为……我得多赚点收入养女朋友啊。”

方小初低着头像是自言自语道：“关我什么事！”说完后又问他，“子衿，摄影是你喜欢的工作吗？”

郑子衿说：“是啊，怎么了？”

方小初此时有些伤感：“如果喜欢，就坚持自己想要的吧！这是你的梦想，而且从事创作是很有意义的一件事，你这些年肯定没有一天后悔过对吧？不像我们，一边工作一边还纠结着，越来越看不清方向。这样说来，你就比大多数人幸福，也比我幸福。”

郑子衿说：“我忘不了自己小时候的梦想。做摄影师，刚开始很兴奋，觉得能浪迹天涯了；后来就很难受，觉得自己常常像孤岛上的人；再后来，就把一切看淡了，到现在，我越来越爱这个工作。”

方小初哈哈大笑，戏谑他：“是啊，你说过，不是只有收入才叫工作嘛，你一直都在工作呢。”

郑子衿也笑了，他说：“小初，我把这两本册子送给你。从上一次送你礼物到现在，整整十年，我们的青春过了一个阶段，你别嫌弃，也别有压力，这些东西原本就该是你的。”

郑子衿很郑重地把册子合起来，摞在一起，重新交到她的手上，说：“生日快乐！”

方小初本不想伤感，但一听到郑子衿的这些话还是忍不住有点触动，接过来说声谢谢，把头稍稍转向另一边。头发披散下来半遮住她的脸，郑子衿看不到她的表情和泛潮的眼眶。

少许，方小初调整好情绪，故作轻松地说：“嗯，我当然要收下了，或许你将来就是闻名遐迩的大摄影师，那时候这些照片应该能卖不少钱的，等我哪天混不下去了，它们就是我咸鱼翻身的本钱。”

郑子衿一颗石头落了地，看着她欣然接受，还说一段轻松的话来安抚他，很开心地说：“送给你就是你的了，你随意处置。就算是糊墙纸，也算是体现了它们的价值。”

“那，带我去看看你那张照片里的地点吧。”方小初提议。

“这两本厚重的册子暂时还由我来背。”郑子衿把它们装进背包。背包里一直是鼓鼓的，方小初好奇地问：“你的背包里是不是你的长枪短炮？”

“今天只有一个普通的单反。”郑子衿说，“单反穷三代，摄影毁一生啊。”

两个人踱步到一座桥旁，游客越来越少了。这座小桥不是朱家角的重要景点，少有人来停驻。

郑子衿告诉方小初：就是这座桥。

方小初想到那张图片，再对应着这座小桥：同样的地点，不同的画面和心情。

方小初问郑子衿：“是不是摄影师都喜欢拍冷门的景物呢？”

“不是，是拍有感觉的。”郑子衿回答她，“就像见鬼了一样，突然身上打了一个激灵，有感应了就立刻拍。”

方小初“嘁”了一声。

“来，小初，今天你生日，给你拍一张做纪念。”

“好，拍的不好我可是要删除的。”方小初警告。

郑子衿不忘逗她：“千万不要喊茄子。”

方小初表示对他的建议很轻蔑，她翻了一个白眼。

很快，咔咔咔咔就拍完了。方小初本来漫不经心，谁知一看照片就被吸引住，她从来不觉得自己拍照也可以这么有灵魂。她看着这些漂亮的照片，深深地感叹道：“相机真好啊！”

郑子衿差点吐血。

相聚的时光总是短暂，转眼就要日落西山。夕阳下两个人牵着手，身影被拉得长长的。

两人一起坐车回家，郑子衿让小初坐到窗口的位置，他把东西全收起来，默默地坐在一旁。方小初看着窗外，几次欲言又止地想说话，都忍住了。

郑子衿突然扑哧一声笑了，半天没停住。方小初感到很莫名其妙，问他：“笑什么？”

郑子衿说：“我在笑你啊，明明就是有一肚子的问题，见了两次面了，硬憋着不问。”

方小初说：“哪有？又不关我事。”

郑子衿逗她说：“这可是最后的机会呀。快说，想问什么？我全部都会回答。”

方小初再也憋不住了，说：“我承认，我是对你的这十年有些好奇，十年了，我对你一无所知。”

郑子衿用眼神示意她继续问。

方小初豁出去了，她说：“好，那我问了。你这十年都在哪里？在哪里上的大学？学什么专业？为什么来上海？在上海哪儿住？”

郑子衿回答说：“我一直在西安，来上海两年多，大学也在西安，学的是新闻摄影，至于为什么来上海……”

方小初不想听到这个答案，马上说一句：“好了，问完了。”

“就这些啊？”郑子衿笑笑。

方小初说：“虽然我不知道你来上海的真实原因。但我是喜欢上海的，对我来说，大都市里人和人之间的距离感反而让我活得自在，我不喜欢在熟悉的成长环境里事事被关注的感觉，也不喜欢人和人近得没有隐私。”

郑子衿说：“上海是个很有魔力的地方，每个来上海的人都是一个活生生的剧本，有趣得很。尽管处处人山人海，吃饭都要排长队，可如果心里不拥挤，都可以把这些人潮当成背景。”

方小初说：“所以我暂时会留在这里，将来的事不知道。过两年把父母接过来，一家人享天伦之乐。”

当听到方小初说她愿意留在上海的时候，郑子衿的心里也有了决定。郑子衿没有回答她“为什么要来上海”这个问题，是因为这个理由原本是真的，但听起来怎么都像假的。

还能为什么呢？因为我知道你也在上海，选择才变得容易。我一直以为来到上海就可以离你更近，说不定还能在街头相遇。但上海之大，相遇太难。我根本不敢突然地出现在你面前。

直到春节前在我家的老楼下看到你，才坚定了我的念头，而你如果愿意在这里一直留下去，我也愿意在这里。

因为一个人，选择一个城。

第三十章　小初，看你的

在人民广场道别时，方小初坚持不让郑子衿送，自己一个人走了。

已经好久没有过的约会感觉，重新拾起。被人挂念着的感觉实在太好，起码证明我这么多年不是单相思。

30 岁了还能再遇初恋本身就是一件值得干杯的事。

方小初庆幸今天没有再在郑子衿面前出糗，心情愉悦地向地铁站走，这时摸到包里一个硬硬的东西，原来是郑子衿的相机。

方小初赶紧回过头，看见郑子衿还在那里，向她挥手示意。郑子衿看到后便急匆匆跑过来。等他接近时，方小初向前一步，不料撞到旁边一个正在喝奶茶的女孩，奶茶华丽丽地洒在方小初的裙子上，从领口到裙摆。

终于还是没保持住美好形象，方小初想想就恼火。赶紧向那女孩道歉，提出要赔奶茶钱给她。女孩看她那狼狈样，说不用，就转身离开了。

郑子衿已经跑过来，担心地问道："没事吧？我怎么一出现就给你带来灾难呢？"说完找纸巾给她擦。

方小初沮丧地说："没事，我自己来吧，我有湿巾。子衿，你的相机落我这里了。"随手把相机还给了他。

郑子衿哭笑不得，一边帮她擦，一边说："你看，不让我送你，连老天爷都不同意。"

等擦得差不多了，方小初说："不用擦了，我回去洗洗看吧。我先走了。"

郑子衿坚持说要送她到地铁站才放心。方小初笑着告诉他："我一直都是一个人，生存能力强得很呢，有什么不放心？不用啦！"

说完转身走了。

方小初手机静音一整天，等一个人的时候才拿出来看。不看不知道，一看吓一跳：未接电话至少 20 通，短信也有十几条。

方小初自嘲地想：这手机可真是热线啊，日理万机的。

按照电话的轻重缓急一个个处理，先给华为夷打过去：“华总，不好意思，我今天出去玩，没带手机。”屡试不爽的小谎话。

华为夷说：“我说呢，总联系不上你，就给你们谢部打电话了。我约好张平明天晚上见面，秦总也从海南回来了，你尽快过来吧。”

方小初连忙答应：“好好，我就定明天上午的机票。”

方小初再打给谢嘉义，同样的理由解释一遍，谢嘉义对一天找不到她有些不满，教育道：“小初，我们做销售要把手机时刻带身上，无时无刻可能都会有重要的事啊。”

方小初说：“不好意思谢部，早上走得太急了。”

谢嘉义说：“好了，下次注意。标书做得差不多了吧？不过这个到了济南也可以做，你电脑里应该也有备份。那明天就快去济南吧，这事情不能拖。”

方小初想到自己的标书其实进度很慢，可不敢和谢嘉义说没做完，怕原本就生气的他火上加油，所以回答说：“嗯，嗯，差不多了，价格和付款条件还空着，等我们确定好了再填。”

谢嘉义说：“行。价格我心里有谱，到时候商量就行。”

方小初想肖课的欢送会估计也参加不了了，于是惋惜地说：“谢部，我没法欢送肖课了，麻烦你帮我解释一下吧。”

“工作重要，我会和肖课解释的，放心吧。”

“那个，郭林吾那里……”方小初再次小心翼翼地问到这个话题。

“那个，我忙得忘了。我过两天给你答复吧，现在这不是最重要的。”谢嘉义又拖延。

又是“过两天”，你这“过两天”已经好几次了哇！

毕竟不是自己区域的事，方小初不能再给领导施压，只好说：“好的，谢谢。”

挂了电话，方小初仰天长叹：美好的生活消失得太快，又一个大好的周日要作废了！

最糟糕的不只是标书没做好，而且还没有做备份，明天早上还得去公司一趟。周末公司 9：30 才有人值班，计算了下时间，方小初只能定中午 12 点的机票。

现在干着急没办法，方小初想勤奋都不行。干脆就在网上先看看房子，下次爸爸要再问，就有得回答了。

卖房子的网站多如牛毛，方小初一搜索，就跳出来很多的信息。方小初选择了两个听起来名气大的，进去看房源。

爸爸几次说到“老房子蟑螂多”的问题，所以方小初把目标都锁定新楼盘。

不看不知道，一看吓一跳，上海的房价远比想象得更贵：都已经是外高桥的期房了，仍要20000多，近一点的楼盘均在40000以上，而且基本没有小户型。至于市中心，那就纯粹不要妄想了，等着中一次大奖或许勉强能买得起。

方小初吐了吐舌头，对这些数字很瞠目，再次感到无穷的压力，算术再差也知道这个实行起来太难了。

方小初试着看看其他版块的房子，次新房也在可选之列，次新房的好处是：如果原房主还带着装修，还能省去我操心装修的事。

时间一点一点地过去，不知不觉中方小初已经在电脑前坐了2个多小时，对各个区块的房价有一个初步的认知，她把心仪的几个房子都收藏了，并用本子记下了电话。

方小初很怕麻烦，最盼望着能找到一个完美的次新房，不需要大，只需要前一任主人有品位，装的是她想要的，拎包入住，多美！

可找房子谈何容易，爸爸说过“房子也和人一样，要看缘分”，在网上只是了解了解行情，接下来才是复杂的看房子过程。

她必须马上了解自己到底有多少钱，网银上一查，结果出来了：她有22万的存款。

这些钱全是这些年工作存下来的，在二线城市，足够一个两室的首付了，可在上海，这点钱就什么都做不了。

方小初不知道爸爸妈妈能提供多少钱，爸妈都是老实巴交的退休工人，一辈子死工资吃饭，存款能有多少？而且她方小初原本就不想再花父母的一分一毫，从小学到大学已经耗费了他们很多的心血了。

工作后每年过年给父母的大红包，他们都一分不差地存着，打算留给自己，想想就心里难过。

方小初决定了，只看次新房，带装修。价格稍低，和新房无甚差异，重点是能省十几万的装修费用。

等这次出差回来，就开始和各个房子“相亲”的过程吧。

郑子衿打来电话：“小初，到家了吧？”

方小初说：“到了。不好意思，回来后各种忙碌，都忘了告诉你。子衿，我明天一大早就又要出差了。”

郑子衿说：“没事，安全到家就好。你要出差，早点休息吧。有事随时找我，我的手机24小时不关机。”

方小初和他说两句后就挂了机，去收拾明天出差用的东西，然后早早地上床休息了。

第二天的飞机上发生了一些小插曲。

方小初邻座的一个年轻男子，从候机时就开始打电话。方小初之所以会注意到他，就是因为他肆无忌惮打电话时的高分贝，附近坐着的乘客都听到了，时不时朝他那个方位看。

直到登机、入座，这位仁兄都没有停止繁忙的手机业务，他的坐位在方小初身边，手机上还连着一个移动电源，源源不断地供应着他无休无止的电话。

方小初想他的电话使用频率如此高，寿命一定很低。

广播里已经提醒过两次乘客需要关掉移动设备，空中小姐看到这个男人一直打电话，走到他的身边微笑着提醒。他做了一个要关机的假动作，赔着笑脸说："马上关，马上关。"

空中小姐走开后，他继续编写短信。

方小初愤青的姑奶奶脾气上来了，歪着头看了他 3 秒，语气温和但坚定地说："先生，请把手机关了，你这样对整个飞机的乘客都不负责任。"

"根本没事的，我跟你说，我每次坐飞机都不关。你是第一次坐飞机吧。"对方一副满不在乎的神情。

方小初想，哼！姑奶奶我跟你杠上了，她说："我不是第一次坐飞机，因为和你一样，我也是销售人员。我只知道，不怕一万就怕万一，很多的意外，究其原因都是因为一些微小的失误造成的，尤其是在飞机上。"

男人挺惊讶："你怎么知道我做销售？"

方小初说："你打电话又是客户又是应收账款的，整个飞机的人都听见了啊。"

男人"哦"了一声，继续说道："其实飞机上不关手机没事的，每次都有很多人不关手机，不是啥事没有么？"

"我有个大学同学是空姐，她和我说过，信号干扰要是没事，航空公司就不会再三提醒了。你一直没事，是因为你运气好，遇到了好的机长，对处理突发情况的能力很强。如果遇上经验少的……这事就可大可小，非常危险！"方小初编了一堆话吓唬他，并且加重了"可大可小，非常危险"几个字的语气。

他听了有点犹豫，发完短信后，马上把手机关了。

方小初得意：就不信治不了你！这位男人又接着和方小初说："你别说意外啊、危险啊这些，坐飞机很忌讳这个。"

“原来你也是害怕的嘛，旅行愉快！”方小初笑。她怕这男人就此和她聊起来，没再制造话题，头侧到另一边，闭上眼睛，睡觉。

下了飞机急忙打车去老酒店，到房间后刚放下行李，华为夷的电话就来了：“小初，到酒店了吧？下午5点来钟你就出来吧，直接来我这儿。”

方小初说：“你时间算得真准啊，我知道啦。”

先洗一洗旅途的疲惫，又躺床上休息了半小时，化了一个清爽的妆，方小初打起精神去找华为夷。

周日的华丰公司办公大厅里，还有不少人忙碌。方小初一见到华为夷，就问：“华总，你们连周末也这么忙吗？还说业务不好？”

华为夷说：“我们这些小企业，哪有什么节假日，连我不一样在这里待命？”

“辛苦了。”方小初想，比自己辛苦的人多着呢。

何英伟依然是华为夷雷打不动的大护法，在办公室里忙前忙后的。见方小初进来给她倒茶，华为夷打断了：“小何，刚才买的牛奶还有没？给方经理一盒。”

方小初奇怪为什么要喝牛奶？

华为夷解释说：“因为一会儿你很有可能要喝不少酒，先喝点牛奶养养胃。”

牛奶喝上了，方小初开玩笑地问：“有面包么？陪客户吃饭，永远吃不饱，我不想空着腹就吐啊。”

“有面包。”华为夷果然有准备。方小初服了：“华总，你太神奇了。”

华为夷无可奈何地说：“我上年纪了，做这倒霉生意，放不下，又没法戒烟戒酒，只能把身体伤害减到最低。”

方小初说：“我们是难兄难妹。”

牛奶和面包本来是用来垫垫胃，用作保护层的，结果方小初一口气吃个饱，饿了一天了。华为夷问：“还要不？”

方小初摆摆手，有点不好意思。

华为夷开始说正题：“张平你也见过，但还没有和他吃过饭吧？他倒是不太喝酒，但这次说要带一个副手来，听说酒量很大的。前车之鉴，别急着和他提业务上的事，以关心他车间问题为主。这个度比较难把握，因为作为分管生产的副总，车间有问题总是有损脸面的，我们要掌握好说话的分寸。”

方小初又何尝不了解，她吃过张平两次苦头了。

华为夷看看表，跟何英伟说：“去车库把车开出来吧，我和小初在大门口等。”

何英伟去开车了，方小初有疑问：“华总，你有对策了吗？”

华为夷若有所思："先看情况吧。张平和车国庆不一样，他不贪小恩小惠，这样的人就不太好弄。只讲技术我们华丰帮不上太多，需要时你们能给点帮助最好，现在是厂家发挥威力的时候。走，门口坐车去。"

路不远，很快到了一个粤菜餐厅坐等，大家好像心事重重，一时无人说话，方小初和何英伟喝茶，华为夷抽烟，包厢里格外的安静。

张平准时到了，一个人，身边没有带副手。他一进门就跟大家道歉："抱歉抱歉，各位久等，我这边今天有突发的事情，本来想给华总你打个电话说来不了，但想到你们应该已经到了……真是万分抱歉，我只有一个来小时的时间，大家简单坐一坐。"

"张总快坐，真是给你添乱了，您那么忙还过来。那我们快点菜吧。"华为夷抓时间，和服务员说："把你们做得有特色的，上菜快的，介绍一下。"

服务员介绍了几个菜，华为夷过目菜单，说可以。正要点酒，这时张平制止道："我一会儿还要回公司，不能喝酒，就喝茶水吧。"

华为夷把菜点好，交待服务员一定一定上菜要快。

然后对张平说："张总真有急事，打个电话就行，没有耽误你吧?"

张总平静地说："没事，现在也是晚餐时间么，我出来一下可以。其实就是车间的事，今天秦总要在车间盯晚班，我们晚上都要在。"

方小初抓住机会问："张总，不知道有没有我们可以协助的?"

张平说："目前也说不清楚，明天你和华总再过来吧，下午来。上了夜班，上午我要回去补觉的呵呵。"

方小初原来想晚上一起去车间或许是个好机会，还能见到秦总，但在张平面前，再不敢急于求成了。所以没提出要求，只是对张平表示感谢："张总那麻烦你了。明天下午我们晚点去。"

"张总怎么来的?"华为夷问张平。

"我自己开车来的。"张平答道。

华为夷猜想张平可能是为避嫌，今天公司大小领导都在呢。他和方小初心照不宣地没再多话。接下来的时间，是方小初和客户吃饭以来最轻松的，既不喝酒，又不用挖空心思说话。

方小初很后悔吃了太多面包，否则就可以享受一顿真正的晚餐了。

40多分钟后，张平自己开车走了。华为夷送到楼下，望着张平的车淹没在车水马龙里，笑笑说："小初，看来这次还是得靠大精了。"

方小初一筹莫展，她并没有十足的把握。

第三十一章 一切可用的资源

这可真是个充实的周末！前一天还在朱家角诗情画意，第二天就跑场似的来济南了。即使到了晚上也没法早休息，要做各类报表和未完成的标书。最最重要的，是要想明天的对策，势必不能空跑一趟。

方小初想，幸亏有春节的好伙食垫底，要不然M号都不保了吧？

这段时间身体有一些透支，这时的方小初只是处于亢奋状态，只欠缺一个机会大睡，如果有，那必然会睡得浑然不知日夜。

方小初现在开始想郑子衿了，跟他在一起的时光多么的无压力啊！可现在箭在弦上，哪还容许我儿女情长？

她马上找谢嘉义商量方案，打通了谢的电话："谢部，不好意思这么晚了打扰你。"

谢嘉义说："不晚，这个时间还没看你们的报表呢，怎么样？"

方小初把情况给他详细叙述一遍，谢嘉义听完，问："这种事华为夷确实也帮不上什么忙，你有没有想好要怎么办？如果没有，明天去拜访也不会有什么实质性的成效。"

方小初说："谢部，我有两个想法。第一，申请我们技术中心派个人，技术过硬的，一起参与其中。明天下午我估计都会在车间待着了，我和华总如果插不上话，效果就会大打折扣。"

谢嘉义有点为难："可这么突然地要人，技术中心也来不及准备啊，而且这样兴师动众要是没有成效，松田那边……"

方小初猜他会这么说，她豁出去了："这个我知道，松总问起来，就我承担吧，我会和他解释。是的，就算技术中心来了人，也不一定能帮他们解决问题，更不一定就能对招标起到实质作用。可我们一开始就知道，对霍李威士是为长久计。以前没有机会时，我们想只要能做下来什么代价都在所不惜，现在总算有机会了，我们不能缩手缩脚。我想松总也能明白，当然他不明白也没关系，做销售没有点魄力怎么行？如果不试一试，连我自己都说服不了自己。”

方小初说了一番让谢嘉义备感压力的话，乍听来有些让人不舒服，谢嘉义有些不习惯，因为这话好像在强调谢嘉义太“缩手缩脚”似的。

谢嘉义印象当中，方小初很少这样咄咄逼人。可谢嘉义毕竟是领导，有他的涵养在，加上他细想方小初的话，其实句句在理。

攻霍李威士只有那么短的时间，所有的对手都虎视眈眈的，容不得有太多的思考。方小初她敢不计后果，她考虑更多的不是领导满不满意，而是过程中是否尽了力。

谢嘉义说不出那是个什么感觉，只觉得她身上开始显露一些以前不曾注意到的气场，让人不好回驳她的建议。

谢嘉义苦笑：“这个……我想一下……还是我试着联系技术部长吧，你肯定用不动他。”他深知这样做一定有利无害，但时间真的太紧张了。

“谢部，还有一个想法：我想申请一部分我们的产品，发给霍李威士，你觉得申请多少合适呢？”

“最多50套吧。”谢嘉义在心里算了一下。

“好的，我一会儿把两张申请表填好一起发给你。谢部，霍李威士这件事我处理有点仓促，让你为难了。我就是抱着豁出去的想法来做这件事，到时候成不成，起码不会留有遗憾。”方小初的语气很坚定。

谢嘉义的作风定是会支持的，他只是要考虑松田，方小初岂能不明白？她问谢嘉义：“松总那边需要我去解释吗？”

谢嘉义说：“不用，做销售本来就是要敢拼敢冲，不能过于保守，这些你都不用管了，申请可以加到80套，多一些试用才会有效果。我现在就给技术部长打电话，让他安排人。等我消息。”

“谢谢了，谢部。”方小初挺感动，接着又抛出新问题，“还有一件事……”

“你是想问林吾那里代理的事吧？”谢嘉义说，“这事之所以一直定不下来，是考虑的比较多。小初你要是想联系罗力彦，就去找他吧，但是具体的条款不能谈，因为这不是你区域内的事。你就只见见，说代替领导表达一下合作的诚意，然后把郭林吾或者我的电话给他，而且一定要强调，不是在本区域内代理！我们必须提前预计华为夷知道后的后果。”

“我现在也反而担心华为夷知道后的反应了，在这节骨眼儿上。”方小初也有顾虑。

谢嘉义说：“小初，再考虑一下吧，反正你明天要去霍李威士，也不急，我明天再想想。”

方小初说：“领导就是领导，你就是在我一头乱的时候及时地当一盏指路明灯，我再急也不会贸然行事，放心。”

“OK，那你快忙这几件事吧，趁人们还没睡觉，我赶紧找技术中心要人了。”谢嘉义匆匆挂了电话。

忙碌中时间飞快过去，不知不觉已到凌晨一点，谢部回复的邮件来了：

小初，技术部那边我已经联系好了，派刘均去。刘均定好明天上午8点的飞机，时间应该是很充裕了。刘的电话是13×××××××××。

尽管知道谢嘉义经常性地忙到一两点，永远精力旺盛的样子，方小初还是有些愧疚，赶紧回复了一封情真意切的邮件表示感谢。

刚要准备上床睡觉，方小初突然想起了什么，她打开自己私人的邮箱。果然，有郑子衿发来的在朱家角拍的几张照片和几句话：

小初，图片均为天然制造，无PS。作为生日礼物的副本。

出差的时候如果有美景，可随处拾取，我的相机借你用。

在外保重身体。

子衿

郑子衿用他自己的方式给方小初的生活带来新鲜的希望，她越来越期待郑子衿发来各处的美景美图。想到他可能即将告别风光摄影的工作，有点惋惜，也为他高兴。毕竟他做的依然是自己喜欢的事业，多让人羡慕。

关电脑，洗漱，睡觉。睡得很踏实。

次日，一睁眼已是9点多。宾馆里厚重的遮阳窗帘把房间隔成永远的黑夜，让人不知时间。

方小初从床上弹起来，习惯性地先看手机和电脑：没有电话没有短信没有邮件。似乎身边的人都想让她补个好觉，平静得不正常。在确保手机信号和电脑网络是正常的后，方小初又一头倒在床上，想再懒懒补上几分钟。

可天天和时间赛跑的方小初无福消受生活闲散，不找点事做就会心有慌慌焉，远没有郑子衿闲云野鹤般的洒脱情怀。匆匆去楼下吃了免费的早餐，就回房间一边工作一边等刘均。

刘均乘坐的飞机准时准点，方小初很高兴。她帮刘均定好了房间，掐算好时间就去酒店大厅等，眼睛不时地朝门外张望。

刘均很快就到了，提着行李呼哧呼哧地走过来，面有不悦。大概很不情愿被紧急召唤来，嘴里喊着“累死了，累死了”，一屁股坐在大厅的沙发上，方小初和他打招呼，他就冷淡地回应一句。

方小初对技术中心人员居高临下的做事方式很习以为常，销售部门要求协助工作时，他们向来都抱着一种“为你们排忧解难”的心态，爷是为你们服务的，伺候好！而做销售工作太久，就会潜移默化地变得喜欢将自己的姿态放低，并且不与任何人打死结，习惯于承受各路人员递来的白眼。

方小初把房卡和收据交给了刘均，又帮他要了一杯热茶，脸上赔着笑：“刘工，麻烦你了。事情有点急，我也是昨天被叫过来的，连周日都没有过呢。”

刘均听她这样说，脸色稍稍缓和了些，不过还是摆着一些小架子，这架子不摆白不摆，就喜欢别人极力讨好我的这种存在感。他有些漫不经心地问：“是什么问题啊？”

“我们具体也不清楚。”方小初简单说了一下车间的情况，她说目前车间到底怎么样了也不知道，但连总经理都跟夜班了，必然是很重视。

“叫我来，能做什么呢？”刘均显然是带着情绪。

方小初忽略了他的情绪，谦虚地说：“我们就是需要专业人士的帮助啊，以我和代理商的水平都是光着急没办法。如果能帮忙看看霍李威士的产品问题，就算没解决，我们也表现出了诚意，也出了力，我们就离客户更近些。霍李威士可是大客户呢，攻下来能成为我们大精在区域的风向标，也能为我们技术服务历史添上浓重一笔。”

刘均淡淡地回应：“哦，明白了。”之后又语含深意地说，“攻下大客户，你们销售人员都有得赚了，对我们技术人员来说没好处啊。”

方小初笑笑，用一贯开玩笑的语调结束这种尴尬的话题：“刘工，到时候要不要给您送个匾，上面写上‘技术精湛，妙手回春’之类的？”

“那倒不用。”刘均依然淡淡地，脸色缓和了些，没再继续话题。

方小初赶紧问：“你早早起来赶飞机，一定累了，你是想先休息一下，还是先吃点东西，我请客。”

刘均说：“在飞机上睡了一会儿，倒是不累，先吃饭吧，呵呵，怎么好意思让你请？”

“你想吃点什么？附近饭店不少，这个酒店的餐厅也不错。”方小初没理会他的客套，径直问。

这时刘均脑子里已经想着怎么宰方小初一顿，要不难以平复被紧急召来的不爽，他假装无意地说：“我是广西人，鲁菜没吃过，会不会有点咸？”

方小初马上理解，说：“那正好，前边路口就有一家广东菜馆，我吃过还不错，你先把行李放前台保管，我们直接去吧。”

刘均不再推辞，按方小初说的做了，送完行李回来时，脸上的线条比来时柔和不少。

两人一起向外走，方小初这时给华为夷打了个电话，故意拔高音量有意让刘均听到："华总，告诉你一个好消息，我把我们公司技术最过硬的工程师请来了，接下来的可就靠你啦。"

刘均在旁边听着方小初的赞美，很是开心。方小初打完电话，笑着对刘均说："华总听说你来都高兴坏了，还顺便夸我办事效率高。刘工真是谢谢你了，沾你的光，还能捞到华总的表扬呢。"

刘均与方小初平时只是点头之交，印象中和她只合作过一次，对她的脾性并不熟悉。只知道销售部的人员都是其他部门眼里的刺，究其原因，就是销售人员收入略高，还天天在外面吃香的喝辣的。

大家都在为你服务，凭什么你们工资之外还有提成，提成之外还能在差旅费上做点手脚呢?

谢嘉义曾经说过：做销售要时刻清楚自己的目标，就是做业绩。而为了我们的目标，就离不开身后这棵大树，这棵大树就是大精。这棵大树里除了销售部之外，还有其他枝干，我们要利用一切可用的资源。

方小初一直深记着谢嘉义的话，所以她对刘均起初的脸色不以为意，甚至觉得同事如果不配合，那完全是自己的问题，是自己工作没做好。销售本来就是做"人"的工作，当然也包括同事。

刘均在行业内小有名气，经常有客户点名邀请他去讲座，技术部长把他派来，足见给了谢嘉义多大的面子，也足见谢嘉义多重视方小初的建议，他一定是说了很多好话。

此刻的刘均已经和方小初谈笑风生，饭桌确实能拉近人的距离。方小初趁气氛不错，向他讲了霍李威士目前的情况，刘均脑子好，马上知道该怎么做，他说："我就解决问题，但不多嘴制造问题，对吧?"

方小初说："刘工，我申请的试用品大约要两三天才能到，现在情况不明朗，你可能要多待两天了。"

刘均点了点头，说行。

吃完饭两人步行到华丰公司，华总早就准备就绪，方小初把刚才和刘均沟通的内容给华为夷简单说一遍，然后说："华总，前车之鉴，下午就我们刘工程师发光发热了，咱俩可就不用再画蛇添足了哈。"

"小初，也学会教人了啊。"华为夷想，我当然知道了。

"我真是上一次培训给害的，现在特别好为人师。"方小初不好意思地说。

"不过发现这好为人师还很有道理。"刘均已经替方小初说话。成熟的团队，就是一定要在外维护公司团结统一的形象。

“哈哈，”方小初大笑，然后忙着转移重点，她四处扫视一圈，发现没见Mike，随口问，“怎么没见Mike，跑客户去了?”

“天天在外面跑着，但进步不大，Mike悟性差了些，好在还挺勤快，也愿意学习。”华为夷对Mike的表现似乎有所保留。

方小初不好发表意见，只能建议：“我以后多带带，我觉得Mike其实挺上进的，态度很好。对了，华总，我向公司申请试用品了，谢部答应我80套，这两天加急发过来。80套，印象中也是免费试用数量的上限了，我们诚意足够吧?”

“小初办事越来越有效率了，才一个晚上就做了这么多事!”华为夷很高兴。

“我的效率是拿深深的黑眼圈换来的。”方小初用力眨了眨酸酸的眼睛，用手指着黑眼圈，“瞧瞧我这样，女人不是应该只负责‘貌美如花’的么?”

众人哈哈笑，纷纷安慰她。华为夷心里想的是另一件事，他贼兮兮地说：“小初，这个试用品80套，算算也不少钱呢。要是当初以我的名义领用，我送他们一部分，再卖出去一部分，也有些利润可赚。”

方小初想，真是一个生意人，精得掉一地皮啊！她表示很惋惜：“可我昨天已经把报告都打上去了，还抄送了松田，无法挽回啦。而且我觉得华总你家大业大的，绝对不差这些钱。”

华为夷不同意她的话：“可以先发到我这里嘛……而且小初啊，这次你说错了，我们做生意的，还不就是成天考虑这些成本呀、利润呀，差的就是这些钱呢。朋友向我借几万块钱没问题，但是给我价格高一毛钱都不行。我们的角度不一样啊。”

听华为夷说完这番话，方小初想：自己是一直没有接触管理，也认可人站的高度不一样，考虑问题的角度也不一样，但我才30岁，怎么去体会一个快50岁的人的想法?想到这里，方小初没再说什么，连声回答是是是，然后对大家说：“时间不早了，我们出发吧。”

第三十二章　有备而来

霍李威士的生产车间正热火朝天地工作着。车间主任、机长和工人们的工作服装比往常更齐整，工牌端端正正地别在上衣口袋上方，一丝不苟。

工人们时不时拿眼神瞟向这些外来的人员，猜测这些人是做什么的，在还确定不了这些人与自己的工作是否有关系时，所有人都不敢有丝毫的怠慢。

方小初等一行人都在被分析的行列，除此之外，也有几个厂家的人到齐了，他们都在车间办公室的门口扎堆讨论着什么。因为车间轰隆隆的声音做掩饰，不需要窃窃私语旁人都听不见，方小初问华为夷："华总，有你熟悉的人吗?"

"有几个厂家的人认识，但第亿的罗力彦不在。"华为夷也在打量着他们，或者是在互相打量，眼光交汇到便会心一笑。

方小初心里有鬼，一听"罗力彦"三个字微微紧张了下：幸好没有去拜访他，要不然这个时候罗力彦出现，过来像熟人一样打招呼，岂不会尴尬死?

张平从侧门进来，走到办公室门口，步伐匆匆。一众人立刻围了上去，张平一一打招呼："我们车间的情况，说大不大，说小不小，越是细微的瑕疵，就越不好解决；公司一直精益求精，对产品质量要求很高，所以这几天加班加点的。原因大概我们也都清楚了，现在就是看如何用最好的方法去解决，今天把各位厂家的人都叫来，大家交流一下。一会儿秦总会过来开一个技术的小会，麻烦各位稍等一下。"

方小初介绍刘均给张平："张总，这是我们公司的刘工程师，今天一大早赶过来的。"

刘均递上名片，张平拿在手里认真地看，嘴里嘀咕着："好像在哪里见过……"

刘均笑着提醒他："张总，有一次在杭州的座谈会……"

"哦，想起来了，刘工，你的名片我有的，上次你讲课嘛，不错。方经理说你是上午才赶过来，舟车劳顿，辛苦你们了。这样，我们一会儿的技术会议，刘工你也一起参加吧。”张平说完，为了不顾此失彼，对着人群号召：“我们的这个技术会，时间不长，有技术人员的都可以参加，我们以解决问题为目标。”

其他厂家人员均表示没有技术人员。方小初清楚张平眼下最急于解决的就是生产要恢复正常，于是说：“张总，不用管我们了，我和华总就在车间边坐边等吧。”

其他人也纷纷做此表示。张平安排下属给客人们准备椅子，客套几句后，带着刘均走了。这时华为夷斜睨方小初，又不露声色地将眼神收回，语带深意地说：“小初，为了这次招标，你费了不少功夫啊。”

方小初没有回答，只是笑笑。

华为夷继续问：“你做了很多的安排，这些都是你想的，还是谢嘉义教的?”

方小初说：“是情势所逼，必须这样做的。”

华为夷问道：“你还有没有其他的招数?”

“走一步看一步，我的智商还不够我提前那么多天就能防患于未然，我只能在发现问题时，用尽脑细胞去想办法，笨鸟都这样。”方小初分析华为夷大概不会猜到她要去见罗力彦的事，心里略安心。

老江湖定是心眼儿不少，而她内心介意华为夷的情绪。

华为夷说：“这事儿要成了，小初你功不可没。”

“怎么会? 没有华总你的牵线铺路，谢部的支持，我看就只能干着急，没有资源，巧妇也难为无米之炊。”

“哈哈哈，我就喜欢你的谦虚，不争不抢的，大精招人很有眼力呐。”华为夷开怀大笑。

我身边藏龙卧虎的呢！

方小初此刻没有心思跟华为夷说官话，心绪一直在霍李威士的小会议室里。以刘均的技术专业度和张平的认可，定是能帮上一些忙，这次连夜争取技术人员真是一个正确的决策。

她扭头问华为夷：“华总，你说霍李威士生产上的这个事情，不会拖到招标那天吧?”

华为夷自信地说：“说真的，他们这点事，要放在一些小公司，根本就不是个事，睁一只眼闭一只眼就过去了，又不是啥大问题。我跟你说，就这样的成品出来，都比很多小企业生产的好不少。可他们对待技术认真，所以才钻个牛角尖没完，而且张平不是说了嘛，越是细微的问题，就越麻烦，弄到最后，连车间的自来水硬度都是问题了。不过你也不用担心，主管生产的副总和主任，比我们更怕会拖得久，要不这事儿传出去，也影响他们霍李威士的名声嘛。”

方小初点点头，华为夷说的有道理，她也没有太多的精力和理由把刘均捆绑在这里。招标的日子一天天逼近，越到那几天，客户越避嫌，也无法做太多的工作了。关键只是这几天。

技术会议还没结束，有些厂家的人员已经按捺不住，逃开憋闷的车间办公室，去外面透气去了。

方小初拿出手机准备刷刷网页打发时间，看到有条信息，是赵静发来的：小初你出差了？我还想着找你逛街呢，那就等你回来再说吧。

方小初回复：晚上我打给你。

打开手机邮箱，有几封未读邮件，其中一封是 Rita 发来的，方小初心里有些内疚，又害怕 Rita 的过分执着，怀着复杂的心情打开。Rita 这次没有再坚持，只是真真切切地表达了惋惜和对自己工作的反省，她已经对方小初的个性了然于胸。Rita 表现出一个专业猎头优秀的素养和敬业精神，方小初觉得她和自己在某些地方很像，或许会有条件成为好朋友。

方小初有些怀疑自己把持多年的原则是不是真的有意义。这些原则旁人看起来傻得可怜，大多数人会为了高出的一点薪水跳来跳去。

跳出去又跳回来，“人”也成不了“人才”，身上镀的金其实全都是虚沙粒，拍拍就会掉下来。方小初想要的是一个实实在在的能力提升，自己能认可的那种。如果发挥不了，换到其他同行那里，充其量只能说自己“熟悉这行”而已。

把心里想的话顺手打出来一串串的文字，编成了一封短短的邮件，脑子里念头一闪，本能地想到郑子衿，然后一点击就发给了他。

不知道郑子衿会不会也理解我的坚持呢？郑子衿的生活和自己又不同，自己所经历的职场生活对他来说有点遥远，他又能给出什么样的建议，方小初也不知道。她只觉得郑子衿应该会站在她这边，会和她一起感同身受。

正陷入一种思绪，这时一个穿着修身黑西装的年轻男人从大门口进来，把神游的方小初拉回来。身影越来越近，方小初就越发觉得眼熟，但又一时无法想起，直到这个男人从口袋里拿出手机放在耳边，方小初噗一下笑了：这动作印象太深刻了！

来者正是飞机上那个电话男。

电话男走过来，也觉得方小初面熟，打完电话后盯着方小初，说：“你……你好……请问您是？”

方小初递上自己的名片。电话男一看，脸上的表情变得有些尴尬。

方小初说：“先生，我们在飞机上见过的，还记得吧？”

电话男终于想起来了："哦哦，我说怎么这么脸熟呢，你还提醒我关手机来着，真有缘啊。"

"你是霍李威士的员工啊？"方小初问，不过她马上否定这个想法，看他西装革履，业务繁忙的样子，应该和自己一样，是来车间拜访的某厂家人员。

"不是不是，"电话男否认，他也觉得逃不掉了，心一横，说出真实身份，"我是 3N 公司的。"

旁边的华为夷马上很敏感地问："你一个人来的？"

电话男不知道他是谁，说："是我一个人，先生您是……"

"哦没事。"华为夷又坐下。他和方小初都在心里松了一口气。

电话男也有点尴尬，说还有点事就跑去办公室了。因为办公室是玻璃隔门，能看到里面的一举一动。电话男正和几个人聊着天，还不时拍拍身边人的肩膀，看起来是相当熟络。

这不奇怪，3N 是霍李威士多年的供货单位，销售人员和客户熟识是极为正常的。可此刻方小初和华为夷的心里却不再如刚才那般轻松：爬过一座小山，又一座小山，3N 和第亿才是真正的一座大山！

两人都陷入了短暂的沉默。何英伟在旁边一言不发，他在领导面前总是低眉顺目的样子，在建设性问题上不插嘴、不发表意见，更像是一个大管家。此时他正拿一瓶矿泉水给华为夷，华为夷喝两口后把水瓶又递给了他。

方小初突然觉得何英伟这辈子都不会有出息。她想起了肖课，不知道此刻的何英伟是不是和肖课一样，在隐藏着自己的个性。

华为夷带领的华丰公司，在民营企业性质的代理商里规模和实力并不小，可大事小事华为夷几乎都事必躬亲，身边没有一个独当一面的人。不像第亿，总经理下面还有一个得力的干将罗力彦，或是还有其他人。

方小初看着何英伟，心中暗暗叹气，更为华为夷叹气。百十来人的公司缺乏科学的管理，老华你纵然有三头六臂，精力毕竟有限的，能蹦跶多少年呢？

华为夷此刻还是没说话，眼睛一直望着门外，等待着张平等人的技术会议快点结束。这种百无聊赖的等候过程极为辛苦，他大概是困了，打了几个哈欠，强撑起快要合上的双眼，木木地看着前方。

方小初极少见到他这副没精打采的样子，于是主动找话题提神："华总，你知道刚才那个人，我在飞机上见过他的。呀！我忘了要他的名片，等一会儿他出来再要吧。"

"是么？"华为夷果然来了兴趣。

方小初把飞机上的一连串故事讲给他听，然后自责道："这个男人从候机厅到飞机起飞前都在打电话，我居然没有听出来电话内容与霍李威士有关。”

“是啊，要是能听到点机密就好啦，哈哈哈哈。”华为夷终于又回过神来了，不再打瞌睡。他打趣说：“这人在飞机上不听劝告打电话，素质也不怎么样嘛。”

方小初说：“可能太忙了吧，我们还是不要太早下判断，再说我还编谎话吓唬他呢。”

“哈哈哈……”华为夷大笑。

何英伟也跟着笑，方小初现在已经学会完全忽略他，有的人就是没有存在感，像孔乙己一样“可有可无”。

这时张平他们终于回来了，说是“简短的小会”，实则将近2小时。华为夷马上起身过来，方小初见刘均站在张平身后，向她悄悄做出一个OK的手势，就知道应该进行得很顺利。

张平满脸笑意地和方小初说：“我们把前两天夜班上记录下来的数据，逐一分析了，现在有了应对办法。小问题难缠，那就把工作做得再细一点，刘工还给了几套方案，个人觉得都很好，接下来把会议上大家给出的一些建议都逐个实践一回，这两天就开始。”

说完，又对着方小初说：“方小姐，刘工刚才说你申请了一些产品给我们试用？怎么没听你提起过？”

方小初道歉道：“对不起张总，我是昨天深夜才申请的，直到现在都没机会向您汇报，是不是不方便？”

没想到张平说：“哪有不方便？我们现在各种方法试用当中，你的试用品对我们很有用，方小姐真是心细如尘啊。”

方小初一块石头落地，原本还担心张平不接受呢。赶紧笑着回应道：“货今天下午发出，我安排公司发快递，估计要后天到，希望路上别耽搁。”

“不碍事……刘工你什么时候回去呢？”张平问刘均。

“把你们的事忙完吧，帮客户解决问题就是我的工作嘛。”刘均说。

说完看了方小初一眼，两人心神领会，一起向张平保证会随叫随到。

这时电话男也从办公室出来，径直走向张平，张平也看见了，他有点不太自在，脸上依旧挂着微笑。

电话男过来紧握张平的手，热情地说：“张总，不好意思，来晚了来晚了。”

因为3N和大精的人员都在场，有分量的话也没法说，张平只能招呼道：“大家都去里面坐。”

华为夷想减轻张平的尴尬，和方小初说：“小初，我们也打扰张总不少时间了，要不我们先回吧，让张总先忙。”

方小初也点头称是，两人和张平解释一番就先离开。

回去的路上，方小初说："华总，我们是不是表现得不太大方。就算是同行，竞争对手，见个面聊聊也是可以的。"

华为夷说："我是看张总难堪，不想让他难做。"

方小初说："这个我知道，可是我们这样回来……对了，刘工，你觉得他们的问题好解决吗？"

刘均信心十足地说："其实原本就不是什么问题。"

华为夷说："我们面前最大的对手还是3N和罗力彦。"

方小初没接话，想着她自己的心事：3N的人员都到眼前了，人家的优势更明显。情急之下，罗力彦，看来我必须马上和你见个面了！

第三十三章　高山流水觅知音

晚上继续请刘均吃饭，刘均心安理得地享受着方小初的殷勤，在他看来你天天请都是应该的，我来为你服务，你的讨好能换来我的极度配合。

刘均心满意足地回房间后，方小初带着她的小电脑去了附近的一间星巴克，她恨透了房间里干燥乏味的气息。

想起白天发给郑子衿的邮件，方小初打开邮箱，没想到郑子衿已经有回复。

小初：

我已经到乌鲁木齐，明天一大早要去赛里木湖，听说那里很美。

我们长大了，世界变小了，你曾经说的遥远的新疆，转眼就在脚下，才分别两天，你我就天南海北。

因为工作的原因，我遇到过很多的“穷游”青年，他们用最少的钱浏览着世间最美丽的风景，体会了真实的地域人文、荒凉与美丽。相比之下，我的费用有报销有保障，所有花销都比他们多很多，自然心境也不如他们痛快了。

这些“穷游”的每个人都很优秀，他们热爱生活，勤奋努力。我认识的几位，都在各自的城市里有学业有事业有产业。可他们试图逃离樊笼，回归自然，勇敢地选择过几天不受金钱奴役、不受利益纷争的日子。

你看，小初，每个人内心都有一个自由的梦，但任谁都没法这么超脱。虽然做不成梭罗和1900，可是谁都有能力让自己过几天这样不求上进、不谈理想的生活，一年几天就可以。

对待职场我没有发言权，只是一个冷眼旁观的幸灾乐祸者。只觉得你的原则是对的，人若是为一点小小的诱惑就跳上跳下，看起来实在可笑。追求的事物太低、目光太短浅，人反而成不了大事。你爱做一件事，到了不计报酬都要做的程度，才是痛快和纯粹的，才能够做好的是吗？像这些敢于迈步穷游的年轻人一样，勇敢地做一回自己。

不知不觉又文艺起来，拙见一堆，别笑话我。

郑子衿 20××年3月

郑子衿终于能在她最迷茫的时候再次的出现，这种触手可及的依赖感，好比大风吹得摇摆狂舞的一棵小树，被牢牢地抓住了根。

方小初太喜欢这种存在感，身边有一个人像镜子一样，需要的时候映射出自己内心。郑子衿就是世界上最能说出她心里话的人。

高山流水觅知音，管它是友情爱情还是什么情。

心情豁然开朗，这几天高频率的工作中，捡回来片刻的松懈。

白天答应要给赵静打电话，但在星巴克这样悠闲的环境里讲电话很不礼貌，方小初给赵静发短信：亲爱的，我在咖啡厅不便打电话，你方便的话上线。

赵静的头像很快亮了起来。方小初第一时间发信息："亲爱的，有大事发生?"

"没有，也有。"赵静支吾着说。

"到底有没有?"方小初急了。

"有，我本来想周末找你说说话的，可你周六约会、周日出差，毫无空暇。"赵静回答道。

"是啊，黑眼圈都出来了。"方小初看看镜子里的自己。

"你和郑子衿见面怎么样?"赵静首先问道。

"我们牵手了。"虽然赵静看不见她的表情，方小初还是有点羞答答。

"那很好……"赵静明显心不在焉。

"别问我了，说说你吧，怎么了? 你和聂小图甜蜜进行中吧?"

赵静说："聚少离多能有多甜蜜呢?"

方小初以为他们闹别扭了："不会是已经开始吵架了吧?"

赵静说："倒还没有，呵呵……小初，你会为郑子衿离开上海吗?"

方小初大概明白了是什么问题，聂小图肯定是让她去北京了。方小初想起聂小图以前也曾拿北京的美食美景来诱惑她，好像他每次都想潜移默化地影响女朋友，很有心思，甚至是些心计。

因为自身的条件良好，就有一种不露声色的霸道和优越感，同时又兼具书生气十足的外表，所以这种霸道很隐藏。

方小初没有回答赵静的问题，反问道："怎么，聂小图希望你去北京吗?"

赵静说："他只是说，要请假带我去北京好好玩几天，说我一定会喜欢上那里。我想他的意思很明了。"

果然是这样。但方小初没法和赵静说太多自己真实的看法，以赵静的冰雪聪明应该早有体会。而且爱情本是盲目的，男人的霸道与女人的温柔本来就可以相得益彰，这是无可厚非的事。

方小初说："如果只是旅游，那就去吧。我听说恋爱中的两人一起旅游，会发现对方的很多优缺点，会知道合不合适，这正好是一个机会。他愿意请假陪你，说明他尚有情趣；他愿意让你去北京，说明他尚有诚意，何乐而不为呢？"

赵静还是迷惑："如果有一天他提出让我去北京，我该同意吗？"

方小初自己也不知道，想来想去没有头绪，但又不想敷衍赵静，只好老实地说："要看你们到时候发展到什么程度了。"

方小初想，终身大事这样的大事，我不敢轻易给建议。每个人面临的情况不同，世界上又没什么所谓的恋爱规律能一概而论，爱情哪有什么道理可言。

方小初很有感触地说："你们进展够快的，这才几个月，都要背井离乡投奔情夫了。"

赵静说："也不快！你没听钱钟书说过吗？上了年纪的人恋爱就像老房子着火，可是一发不可收的。在大精快五年了，眼皮子底下串来串去的一个人，最后才串成一对儿。这年头，大家都这么忙，哪有时间细水长流啊？"

方小初笑了："说着说着，男人的内心就显现了。时间确实不是问题，感觉对味成双成对！你们什么时候去玩？"

赵静说："五一前吧，请两天假，然后连着长假一起多休息几天。人多的时候就在屋里窝着。"

方小初一想到五一长假时的北京必然是人山人海，于是说："五一啊？那祝你好运。"

赵静说："小初，像我这样理智到一定境界的人，也为男人着慌了，可真不像我。"

方小初说："不管怎么样，还是要多了解了解。"

赵静问："你和郑子衿也见了两面了，你感觉好不好？"

方小初说："还像初恋一样。好像中间并没有十年这么长。郑子衿确实是和我臭味最相投的人，我俩连不切实际都一模一样。唯一的区别就是，他将不切实际进行到底，我包着一层面具中途撤退了。"

赵静说："茫茫人海，两个疯子遇到，还是挺幸福的。"

次日上午刘均独自一人去了霍李威士，方小初就去找罗力彦了。她没有和刘均说细节，只说去见一个客户，刘均嗯了一声就走了。临走时说让方小初放心肯定能搞定，方小初谢过他。

等他走后出发，路上把手机设成了静音。

第亿国际名字上比华丰商贸响亮好听：第亿，“第一”也，而且还“国际”！足见老板的野心。规模实力却和华丰相差无几。

第亿国际设在济南泉城路上一个四星级写字楼里，公司租下整整一层做办公用，仓库是租用几间地下室，宽敞方便。

第亿的老板为了把自己打造成儒商，或者说对外的形象是儒商，整个办公室的设计颇费心思：主色调为白，随处可见的艺术品、艺术画，连前台旁边都摆放一个白色简约的书架，里面排放着整整齐齐的书籍，并以工艺品点缀。但书柜玻璃门紧锁，方小初猜测这些书大概从买来就没有被人宠幸过。

不知为什么，方小初还是喜欢华丰公司的那种务实，办公桌上堆满了各种票据、单据、报表和文件，电话线交织，电话铃声也交织，一派繁忙景象。

相比之下第亿的过于整洁安静让人有种不安，总觉得过分流于浮表，让人探不清虚实。

方小初想：也许是我区闻陬见吧！

因为没有预约，只是通过 Mike 的朋友知道今天罗力彦没有外出，前台小姐把贸然到访的方小初当成是推销员，要求她亲自打电话联系好罗力彦才放行。

方小初这时需要用气场压过这位前台小姐，她微笑着说：“小姐，你用内部电话打给罗总，就说是大精公司的人来拜访，他知道的。”

“你先打电话。”前台很执着，她就认定方小初是推销员。

方小初恨不得吞了她，你见过这么有气质的推销员吗？

不过气归气，方小初没辙，只好退出来，在他们公司门口找个人少之地，打通罗力彦的电话。这是 Mike 的朋友提供的手机号，提供时再三叮嘱不要说是他泄漏的。

电话通了。一个好听的男声传过来：“你好。”

尽管打电话前深呼吸两次，还是有些许紧张，方小初尽量用底气十足的声音自我介绍：“你好，罗总吗？我是大精公司的方小初。”

“大精公司？请问你有什么事吗？”罗力彦显然很惊讶。

“罗总，我现在你们公司门口，今天专程过来拜访你。”此刻已不能做太多铺垫，罗力彦必然没有听下去的耐心，就直接告诉他在门口，他也不至于会赶人回家吧？

“你在我们公司门口？”罗力彦加重了“我们公司”四个字的语气。

“是的，罗总，今天来得急，没有事先和您打招呼，不好意思。现在前台等着您的放行电话呢。”这时方小初已经走回前台，不由分说把手机塞给前台小姐，对着她说：“罗总电话。”

前台马上接起来，毕恭毕敬地说了两句后，把电话还给方小初，说：“可以进去了，罗总的办公室在最里面，右边第二个门。”

方小初谢过她，扬着头朝里面走去。

第亿的办公室很安静，整个办公室只有远处一个男生在打电话，方小初走过时几个年轻人都装作不经意地看她，随即闪开眼神。

一直走到里边，看到有个办公室门牌上分别用中英文写着：Sales Director 销售总监。

门开着，罗力彦正襟危坐，方小初叩叩门提醒。罗力彦抬头看见她，起身走过来和她握手。

坐定后，罗力彦自顾自不知所谓地笑起来，露出一口洁白的牙齿。方小初猜他可能是对她这位大精来的不速之客“只惊不喜”，所以马上递上自己的名片缓解冷场。

罗力彦认真看过，随手从办公桌上一个精致的名片盒里拿出自己的名片，礼貌地回递给方小初，然后看着她，说：“方小姐怎么有我的联系方式的？不过我问得多此一举咯，做销售的想要到一个人的电话是很容易的，这圈子很小。”

方小初也会心一笑，继续很有把握地拿出“模糊其概念”的本事：“是啊，圈子其实很小，各种大小场合，大会小会，总是能碰到的，只是时间太久，平常又没有什么走动，大家就忘记了。我家里的名片数数也有几百张，厚厚一摞，经常记不起来上面的人，想想也该错过不少有用的信息呢。”

罗力彦说：“方小姐在这个行业内也是小有名气的，我知道你。”

方小初不敢承受表扬，不好意思地说：“我现在有些受宠若惊了，我就是一个小业务员。”

“我们这个行业，女孩子做销售的并不多，而且你在大精也好几年了，山东业务做得又不错，和老华那边的合作也很好嘛。”罗力彦意味深长，他觉得和方小初直来直去的好，客套的话说够，很想听听方小初的来意。

方小初想：圈子果然小，初次见面，彼此情况却了如指掌。圈子不绕，可以直奔主题了，方小初收住打趣，换上一副诚恳的表情：“是，对公司来说，能找到一个代理商一直合作下去其实并不容易，就像两口子一样，打打闹闹也要过一辈子。大精在每个区域的情况都不同，具体情况具体分析嘛。有的区域就有几个代理商的，可在山东区域，鱼和熊掌兼得不了……我们一直都挺想来拜访您的，可又怕给华丰、给您造成不便。”

方小初拿捏不准罗力彦和华为夷的关系，华为夷口中的第亿和罗力彦，仅仅是将他当成竞争对手，再无其他评价。两人仅仅是一山的两虎，还是有深深的矛盾，坊间并没什么传说。方小初没必要在今天拜访罗力彦的时候，说太多其他的人和事，打打哈哈，过去就算了。

罗力彦说："这也是正常的游戏规则，大家相安无事，各做各的生意嘛。不过，方小姐今天来我还是挺意外的。"

方小初说："我今天来，说的不是山东区域的事，是'奉旨'而来。我的领导听说您计划在江苏区域新成立一个公司，主攻苏北的业务，而之前大精其实都想和您合作，一直没有机会，所以派我过来问一下您的意愿。我们特别怕这是马路消息不可靠，如果是真的就好了，我们很期待这个机会。"

"这消息传这么快……"罗力彦没想到连大精的领导都知道了。

"圈子太小嘛呵呵。"方小初打岔，"罗总不知道您的意向如何，不用急着答复的，我把我们江苏区域经理的电话给您，随时可以联系他，找我们部长也行。"

罗力彦眼睛盯着手指，思虑稍许，随后抬头问："你来我这儿，华总知道不？"

方小初说："他还不知道，没来得及告诉他，又不是谈本区域的事，他知道了也无妨。"

罗力彦飞快地在脑中分析大精找他的原因，他首先想到的是：大精是不是有意在华丰之外培育新的代理商，而苏北只是个小试点？如果合作，他如何权衡大精与3N的产品比例？

罗力彦也曾想过与大精合作，只不过华为夷抢先一步，没有入口。这几年和3N合作还是相对顺畅，市场份额却没有大精占有的多，手里抓着像霍李威士这样的少数几个重要客户而已。在客户覆盖上，华为夷撒的盘要比他大不少。

霍李威士！罗力彦想到了霍李威士的招标，但他并没有想到方小初这次的拜访，其实是为了这次招标，他一心想着方小初就是为公司传话来的。因为要做的是江苏区域，不是山东，表面看一毛钱的关系都没有啊。

可他不知道，方小初就是打着人情债来的，鉴于和他合作的条件诱惑，让他基于将来有可能和大精合作这层关系，让其对霍李威士的招标手下留情，有没有作用不知道，但这些细节的工作一定要做到。

再说了，若能合作成功对罗力彦并无坏处，业务又不流行打死结。

罗力彦问道："方小姐，霍李威士要招标了，你们也参加吧？"

"参加！"方小初斩钉截铁地说，"我们这些年一直都参加，还不是一直攻不下？呵呵，我是这个区域的担当，做客户是我的工作，我只能尽力而为。更多的时候呢，就是重在参与呵呵。”

说完，方小初看着罗力彦，笑嘻嘻的，仿佛没把霍李威士当回事。

“行，方小姐，这样，我现在没法回答你，你把你们区域代表的电话先给我，我要是考虑好了会联系，这事要和老总商量，我也是打工的。”罗力彦卖起乖了。

方小初想：好一个打工的！你不用急着答复我，我要传达的已经说完啦！于是很理解地说：“这个不急，你随时和他们联系，我想他一定很期待。”说完方小初把郭林吾和谢嘉义的手机都留给了他，说，“罗总，去上海的时候，可以去我们公司转转，我们欢迎您！”

第三十四章　信任这一关

经过三天昼夜的跟班、开会，霍李威士的产品线问题解决方案已经实施，同时方小初申请的试用品80套也如期到货。

刘均说，那个夜班在正式开机前，张平安排一台机器试用大精的产品，正好赶上了好时间。刘均说的好时间，就是问题已经基本解决的时候，所以成品出来效果很好，这无疑为大精的产品加了分。

张平曾两次在众人面前赞美刘均的敬业和专业，和大精的周全。尽管结果还不得而知，大精已经悄悄地在渗入霍李威士的各个领导层。

方小初自始至终没有见到秦总，不过据刘均说在一次跟夜班时见过一次。对秦总来说，能把一件心事速速了结是最好的结果，他没有表态，在张平汇报完情况后，点点头就走了，看起来是比较满意。

方小初把这些情况都一一汇报给了谢嘉义。

谢嘉义很高兴，多年的死口终于被撬开一线生机，而且这短短一个月的时间恰恰逼出了方小初的潜能和工作效率。

方小初又把会见罗力彦的情况一一告知，谢嘉义同意她的策略，并叮嘱她说，一定要始终坚持自己就是个传话者，与山东区域无关。

方小初说："可能是官大一级，目光就远，反而不会想到我找他的真正原因，罗力彦的眼里，目前就只考虑市场与大局安排。"

谢嘉义说："这属于细微处的渗入。换作我也防不胜防，看进一步发展吧，如果有一天能合作，也不错。"

方小初说："刘均在这边待了三四天了，现在可以回去了。谢部，我觉得有必要在汇报情况的时候，抄送给他们技术部的部长，盛赞他的工作！"

谢嘉义同意："嗯，行，同事也需要哄啊，他们开心，我们工作才好做。"

挂了电话，方小初开始写工作报告，信里面将刘均这几天的表现大大地美言了一回，信件抄送技术部长、技术副总，算是对这段工作的完美交待。

等方小初再次见到刘均时，她把在领导面前盛赞他的事告诉他，想让他高兴。不过刘均听了后情绪并不高，平淡地说一句："这些都没用……"但心里实际是高兴的。

方小初理解他跟了两个夜班，定是累得不轻，只是在客户面前状态维持得很好罢了。心里很是感激，继续说道："刘工，没有你的话，这事不会这么顺利，真的是谢谢。"

刘均点点头算是接受她的感谢，然后说："我给我们头儿打个电话，没啥事我下午先走了。"说完拿着电话走到离方小初远一点的地方，向领导汇报去了。

方小初突然很羡慕他。销售人员天天绞尽脑汁去做客户，每个人的压力不亚于自己当老板，没完没了的任务，层出不穷的问题。同事们经常自我调侃说："我们做销售的，不如自己当老板，反正一样是要赚钱，一样要承受巨大的压力，一样要处理各种问题嘛。"

刘均打完电话回来，说要回房间订机票，下午回去。方小初提出一起吃饭，刘均说算了，说收拾一下行李，买最早的机票，中午就能退房了。说完和方小初告别，说了一声"回公司见"，就去房间了。

刘均走后，方小初想起还有一些事找华为夷，遂去房间拿了一些资料，去华丰公司。

一进华丰就感觉气氛不对，何英伟看见方小初，没有像以前那样堆起像塑料娃娃一样的假笑，似笑非笑地说一句："方经理，华经理在里边呢。"

何英伟的脸色阴晴表，永远与华为夷的阴晴表一致，是华为夷身边名副其实的跟班与心腹！眼下他的表情已经说明，他的领导正在不高兴，而且这不高兴与她有关。

方小初也回敬他一个比哭都难看的笑，走进了华为夷的办公室。

华为夷头仰在老板椅的靠背上，椅子微微转着，左右、左右，像是在休息，又像是在思考问题。瞟见方小初进来，冰冷地说一句："小初，坐吧。"

方小初坐下。她看出华为夷的情绪，心里大概猜出七八分，她等待着华为夷直抛主题，自己打死都不会主动交待，便和他说："华总，不舒服啊？霍李威士那边很顺利，刘工下午就回去了。"

"好。"华为夷少气无力地应了一声。

"张总对我们的服务很满意的……"方小初没说完，被华为夷打断了："这些我都知道了。小初啊，你这些年在大精，成长很快啊，越来越有办法了。"

方小初说："我觉得我还是一样，是以前比较有惰性罢了。"

“大精的人都滑头得很，你们都了不起。”华为夷身子总算坐正，盯着方小初，像是在看一个犯了错误的人，希望用眼光套出她所有的秘密，“小初，这些年我们合作，你觉得怎么样?”

“非常之好！大精在山东区域一直保持良好增长，就是因为选对了您。”方小初就等着他的主题，很有耐心地陪着他绕圈子。

“有没有想过换掉我?”华为夷问。

“为什么要换?”方小初作惊奇状。

华为夷意味深长地说：“对我不满意，就换喽。生意场上分分和和也是正常的，买卖不成仁义在，这也没什么。你们大精对我也不可能百分百的满意嘛。”

“那倒没有。”方小初需要打消他的疑窦，“大家合作，问题当然会有，但我的方法华总你知道的，都会就地解决，不遗留也不隐瞒问题。我脑容量有限，积存不了太多的事啊。”

“你这几天见什么人了吗?”华为夷终于问了。

这就对了，快点说就好嘛，等得我好累！

方小初说：“这两天见了好多人，累坏了。除了霍李威士，还抽空去了两个客户那里，我现在下面可是有新人了，区越的工作我也得帮着点。”

华为夷没说话，他没有等到要听的答案。

方小初明白，于是作恍然大悟状，补充道：“我想起来了，华总你是想问第亿的事吧？那是帮我们江苏的区域经理传话的，问是不是要在江苏开代理的事。华总，你绕这么大弯子就是要问这个啊，我都没当回事。传完话，就完了，这又不是我的工作，纯属帮忙。”

华为夷脸色微微缓和了些，他假装大方地说：“见见也无妨，一个圈子里混，低头不见抬头见的。”

方小初心里却有一些憋屈，信任这一关，真的是很难过啊。为了霍李的这点事，我真是看尽所有人的脸色，费尽心思做那么多事，到头来还要向你解释这么多！

人一解释，就矮了三分，所以她懒得继续说下去。

方小初拿出身边带着的资料和优盘，一并给了华为夷：“华总，标书都做好了，只差价格没有填上去。你拷到电脑里吧，这是我挤出时间做好的，代价么，除了黑眼圈就是皱纹。哎又要用掉我几百大洋去买高级眼霜了。你看，你们参加投标，标书都得由我来做，做好直接给你使用，连何主管都不用操心。我这诚意还不够么?”

华为夷听到这里有些不好意思，他接过优盘准备拷贝。

这时轮到方小初的脸色淡然了，但她保持着对华为夷的尊重："华总，你看要是有不妥的，可以在上面用红色字体标注，好让我对哪里需要修改一目了然。价格上，车国庆那边应该要有点甜头吃，我们商量好了再往上填。"

华为夷打开电脑，仔细地浏览方小初做的标书。

"你先看着，霍李这几天暂时没什么紧要的事，我们盯紧就好，我去忙别的了啊，有事再向你汇报。"方小初说完就起身离开了他的办公室，故意表现了自己的委屈给华为夷看。

华为夷面子要紧，发飙不成反而又欠了方小初一个人情，也说不出来感谢的话。所以方小初和他告别时，他淡淡地说声再见，直到方小初的背影消失在视野里。

等区越也来了济南，方小初便又开始赶时间的日子。一个区越，一个Mike，铁打的三人行，成日形影不离地拜访客户。

只是很快，铁打的三人行即将缺角：Mike说要辞职了。

Mike把心事告诉了方小初，说是受不了何英伟成天骂他，以至于觉得自己一无是处。在自信心还没有完全消失殆尽的时候，赶紧辞职。

方小初对此毫无办法，她清楚Mike的处境，又不能为了痛快大骂一顿何英伟，那无疑火上浇油。而且，Mike这样初入社会的人需要有这种承受能力。

方小初问："抛开你们主管对你的态度不好，你服不服他的工作能力?"

"不服。"Mike脱口而出，"我不喜欢他的工作方式。"

方小初问："那你有什么计划?"

Mike说："我听我朋友说，第亿不错，我想去那边面试。"

"Mike，第亿可是华丰的对手啊。"她试着提醒他。

"我知道，咳，还不一定能进得去呢，我只是听说在招聘。实在不行，我就去上海找工作，和你一样，找个外企。"

方小初哭笑不得，于是对他说："如果到了第亿，又觉得不合适，你打算再跳到哪儿呢？你这是逃避。"

Mike说："我没有啊。"

方小初又好气又好笑："遇上问题就走，还说不是逃避。我以前的领导对我更凶，比何主管凶多了，我一介女流还不是坚持下来了？而且，我去过第亿，他们办公环境良好，不过据我推测，他们做得并没有你们华丰好，市场占有率还是有差距的。"

"那我再考虑考虑。"随后又叮嘱方小初，"千万不要告诉别人啊。"

方小初说："你放心吧，我没那闲工夫。"

接下来的时间，三人继续走访客户。区越学起东西毛毛躁躁，但在客户那里却往往生龙活虎，这是他的优势。偶尔也会说错话，方小初提醒过几次后也就慢慢好了。

现在区越不再抵触方小初的苦口婆心了，每次都认真地听，等他越来越上道，方小初自然也就淡于授教，区越发现她的话越来越少，嬉皮笑脸地说："方经理，你最近惜字如金，但每个字都……"

方小初看他抓耳挠腮地想成语，说道："你是想说'字字珠玑'吧？连成语都讲不全，还想拍马屁！"

"哈哈，是是是。"区越很不好意思，挠挠头。

"哟！原来你也有害羞的时候，挠头不是Mike的专属动作吗？"方小初使劲揶揄他。

三人哈哈大笑，方小初很喜欢现在这个小团队的氛围。

霍李威士招标的日子很快就到，方小初一直没有离开济南，算算已经快有一个月没有好好休息，铜头铁臂的方小初同学终于感到身体不适了。

每年春夏交季的时节她抵抗力最差，周期准得像公转自转。

这天早上她实在爬不起来，一晚上咳嗽发烧已经折腾得她精疲力尽，脸和嘴唇上的皮肤干燥脱皮，一张面膜敷上去，很快就干掉。

但说好要和Mike、区越出去的，时间临近，方小初挣扎着起了床，站在水龙头前一次次拍自己的脸和额头，希望能借冰冷的自来水降低身上的灼热，头脑清醒些。

刻意化了个淡妆，依旧掩饰不住倦容，眼眶里一直湿湿的，乍一看像哭过。区越在大厅里等她，一看她走过来，哈哈笑着说："方经理，脸今天好红啊！"

方小初少气无力地瞅他，没力气训话，问道："Mike呢？"

区越说："去洗手间了。"

方小初说："区越，今天这个客户上个月去过一次，让你和Mike两人单独奋战，怎么样？"

区越问："你今天有事？"

方小初说："我身体不太舒服，发一晚上烧，还咳嗽，老了，抵抗力不行了。"

"难怪脸那么红哈哈。"区越没心没肺，觉得方小初脸红得甚是好玩。

你居然还笑得出来！

这时Mike已经从洗手间回来，知道了方小初生病的事，说："方经理不舒服就休息吧，你不来济南的时候，还不是我一个人去跑客户？你去医院看看。"

方小初点头，说："行，那你俩去吧。我在附近找个医院，打点滴。区越你记得不要让 Mike 付车钱，他报销不了。"

"知道了。"区越拉着 Mike 走了。

不远的地方就有医院，方小初徒步去。阳光不错，可这时的方小初很期待有场阴雨天，身体又干又热像要换层皮，因为肝火旺，视力也有点模糊了，看楼顶上那个大牌子上的字都有些勉强，阳光刺得想流泪。

医院和火车站一样，人山人海，方小初挂号，然后去内科排队。好不容易轮到她，医生是一个发型吹得很洋气的中年妇女，她面无表情地问："怎么了?"

"发烧，咳嗽。"

"烧了几天了?"

"昨天开始的，不，是前天就开始了，一开始没注意。"

"咳嗽带痰不?"

"不带，偶尔会有一点。我想输液，退烧的。"

"先去验血。"医生说。

"还要验血?"

"不验血怎么对症下药? 发烧咳嗽的原因有很多……"

方小初乖乖去验血，经历验血，取报告，2 个小时过去了。

输液的时候是坐在一个走道里，方小初原本还想着可以躺在一个病床上，趁机休息一会儿。可因为输液的人太多，多数人都坐在一个走道里，旁边挂着输液支架，人挤人，没得睡。每个人睁着因为疲惫而茫然无神的眼睛，愣愣地打量着眼前的人来人往。

电话响，屏幕上显示的是松田的办公室电话，方小初赶紧接起来："你好，松总。"

松田问："小初，你在济南?"

方小初说："是的。"心里嘀咕他怎么会打来电话。

松田继续问："霍李威士的招标进行到哪里?"

方小初把情况简单明了地汇报给他。松田的中文不错，但毕竟不是母语，水平有限，不需要说过多复杂词汇，也不需要加自己的见解。

"这次公司在霍李威士上投入很大，你一定要争取成功！"松田马上就给了压力。对他来说，派个技术人员和领点试用品都算是"投入很大"的事了。

"好的。"方小初遵命。

松田听到电话里很吵，问道："你在哪里? 周围环境很差?"

"我在医院，我感冒发烧，有些严重，来看看医生。"方小初不太会撒谎，支支吾吾的。她了解松田，所以刻意说自己很严重。

“你请假了吗?”松田最直接的反应。

“没……还没有。”方小初心想完了。

果然，松田开始教训她：“出差在外，和在公司上班是一样的，要请假，大精是个有严格纪律的公司!”

方小初说：“好，我马上补请假报告。”

松田继续说：“这次就算了，以后不能这样!”说完便挂了电话。

失落感腾地一下蹿上来。为了在输液的时候不耽误工作，方小初特意叮嘱护士小姐将针头插在左手上，空着右手发短信、打电话。

可这就是松田！他的心中没有一丁点对下属的关怀。他觉得大精像个收容所，收容你们，就要为大精鞠躬尽瘁、以身相许。你们最好像机器猫一样有数不清的技能、还需要像奥特曼一样有使不尽的力量，无须有情感与血肉。

而且以松田的小心眼，他定会盯着方小初的请假报告这件小事。方小初正输着液，手头没有现成表格，她给赵静打了一个电话，让她帮自己填好，然后登陆自己的邮箱，之后再发给谢嘉义和松田。

这样才能在“发件人”上显示是方小初，才能万无一失！方小初还叮嘱赵静过 30 分钟后再发，错开时间。

赵静说：小初，我们可真累啊。

是啊，我们真累啊！方小初一个脾气上来，顺手把手机扔在包里，赌气不想接听任何电话。

可有电话响，还是情不自禁地去接。方小初越发觉得人在职场，身不由己。只是这个小小的插曲，让方小初更认清了自己今后的方向，还有选择。

第三十五章　总有人让你心头一暖

既然要请假，好啊，本小姐我一下就请两天！

方小初现在是头重脚轻，眼睛里又红又湿，浑身没有一点力气。睡又睡不着，于是窝在被子里用手机打开邮箱。

郑子衿发来的两封邮件，分别是赛里木湖和喀纳斯湖的照片。照片里赛里木湖远处山顶白雪皑皑、山下却绿茵萋萋，湖水洁净如剔透蓝宝石；喀纳斯湖的春天在群山之间静如处子，冷静又丰富，云雪烟雾凄迷。

方小初不禁扼腕。有的人在远方看风景，有的人却过这种打着点滴还要接受训话的日子，究其生活的意义，谁又比谁更聪明？

但生活是自己选的，又怪不了谁。想到这里，一股莫名的伤感涌上心头，方小初拽着被子，把头埋在里边嘤嘤嘤地哭起来。

被子马上就湿了一片，哭着哭着很快就没有力气了。身体原本水分就奇缺，这样一哭更是口干舌燥，不过心情是通畅了一些。

方小初怕有人看到自己肿眉泡眼的丑样子，就是服务员看见也不行！于是从床上爬起跑到卫生间洗脸。镜子里的自己脸烧得通红，眼睛没有半点神彩，还肿得像个水蜜桃，头发被泪水浸得干的干、湿的湿，越发乱蓬蓬。方小初反应不及平时快，怔了几秒后开始梳洗。

敲门声咚咚咚响起。

“Shit！”不早不迟，偏偏在这个时候。

匆匆湿了脸，拿着毛巾做出一副正在洗脸的样子，开了门。

“方经理，你怎么啦？”是区越。

方小初低声地说：“在洗脸。”

区越奇怪：“可你眼睛这么肿……”

“刚在看电影，感动的……怎么了有事？”方小初尽快转移话题。

“看什么电影哭成这样，女人真是……”区越嘟囔着，然后说，“是谢部，他说你的电话打不通，我说你病了，他急着找你呢。”

方小初苦笑：“哦，我知道了。我一会儿给他回电话吧。对了，这个时间你怎么也没出去?”

“中午啦，我和 Mike 都回来休息了。”区越想方小初肯定病糊涂了。

“哦是吗?”方小初早忘了时间。

“我和 Mike 吃过饭了，还给你点了两个菜，清淡的，一会儿送到你房间。”区越说完回房间休息了，方小初谢过他，心里还挺感动。

大大咧咧的人也有细心的一面啊！回床上找手机，发现手机自动关机已久，匆忙插上电。在手机腾地又亮了的一刻，方小初从伤感回到现实。

手机一亮，我的安宁又要被打破了，哪怕是在病中。

霍李威士的招标日期马上就到了，投标的一共 4 家公司，大家都把第亿作为最主要对手，不太有人注意到大精和华丰所做的工作。华丰是参标公司，方小初陪同华为夷去竞标，过程细节不再赘述。

华为夷他们事后才知道，罗力彦报的价格并不低，和华丰相差无几，但华丰这个价格包含着车国庆的那部分水分，第亿的价格构造就不言而喻。

这些永远都是当事人的秘密。方小初也不清楚罗力彦有没有“手下留情”，这个要看他是否和郭林吾合作才能知道了。

招标结果第二天就公布：华丰商贸和第亿国际双双中标，鉴于产品稳定性要求，第亿在每年采购份额中占 60%，华丰占 40%。

得到这个消息后华为夷和谢嘉义都很兴奋，松田也打电话表扬了她。尽管是 40%，但对大精和华丰来说意义足够重大。

华为夷当即要请方小初、区越去吃大餐，方小初拒绝了他的盛情邀请，她对此反应很平静。

在努力了很久的东西终于到手时，或许不像想象的那么激动。在她看来，为了霍李威士而全力一博，整个过程证明了自己的改变，这就够了。她晚上带着区越和 Mike 两个左膀右臂去吃烧烤。

方小初说：“区越，因为我的拒绝，你丧失了一次吃大餐的机会。”

区越眼一翻：“吃大餐干吗？在这儿多爽！”

Mike 说：“可我却捞到了一次吃烧烤的机会啊。”

“也是，也是。”大家同意。

方小初想起上次独自在酒店附近吃烧烤的情景，对着两位帅哥说：“吃饭的时候有人陪着自在多了。一个人，尤其是女人，独自去下馆子真的是有点不伦不类呢。”

区越说：“别人一定以为你失恋了。”

“哈哈……”Mike只顾着吃和笑。

区越一直都挺好奇方小初的私生活，问道：“方经理，你有男朋友没?”

“你居然问领导的私事！”Mike总是维护方小初。

“我不是领导哦。”方小初微笑着说，“在大精，我们属于老人带新人的性质。那个，我也不知道算不算是有男朋友。”

“那就是正在暧昧当中。”区越自作聪明地分析道。

方小初没理他的茬儿。因为羊肉串实在太美味了，还有带壳的水煮花生和烤鱼烤菜，哪顾得上和他贫嘴。

“快吃，快吃。”Mike招呼着说。

“Mike，你还决定辞职吗?”方小初问，“我觉得你现在活泼多了，刚见你的时候，时常抿着嘴，脸绷得紧紧的，紧张的要命。这才短短几个月，你现在就挺放得开。这就是好的变化！”

“我再考虑考虑。”Mike吃着一串烤鱼，脸色郑重。

“来来，不说严肃的，大家干杯，为即将到来的小长假！”区越建议道，然后说，“喝完这杯，我和方经理就要返程啦。”

三人举杯开怀畅饮。

上海。

吕唯唯知道方小初和郑子衿已经见了两面之后，狠狠地骂了一通，说她居然不懂得分享。并且提出也要见见郑子衿，见见方小初念念不忘的这个男人到底长什么样子。

方小初说：“一切还未定，就见面多尴尬，再等等吧。”

五一长假马上到了，对于大精那些恨不得吐血在岗位上的工作人员来说，这也是他们趁机探亲的机会。

赵静因为要去北京找聂小图，还多请了两天年假。尽管最后顺利地批下来了，可松田每次见了赵静还是会面露愠色，意思是说：七天长假还不够?

赵静说：“松田就是见不得别人好。”

同事们纷纷制定着五一的出游计划，大家见了面互相调侃着，要从自己活腻了的地方，到别人活腻了的地方去玩。

方小初计划七天长假全部颓废度过，在家吃睡和睡吃，她在网上订了大量的食物饮料，又选了几本一直想看的小说，提前制定着假期不出门还不被饿死的生存大计。

郑子衿五一会去哪里呢？好几天没他的消息，感觉又像突然消失了一般。

黄建华突然在 MSN 上呼她，方小初打开窗口。

黄建华问：“小初，最近不错啊，一个大客户被拿下了。”

方小初想起他也去力克面试的事，有些防备，于是谦虚地说：“都丢了几年了，再不拿下面子上过不去了。”

黄建华说：“怎么样，今年的计划应该很好完成吧？”

方小初回答道：“还是未知数。尽力而为就可以了。”

黄建华问：“这两个月带新人怎么样？有没有当领导的感觉。”

方小初说：“没有。我和区越是同事，没有从属关系。”

黄建华打来两个字：呵呵。然后说有事下线了。

方小初觉得黄建华有话要说，或者想套自己的话，只不过是不知道如何开口吧。

这时廖成走过来，问方小初：“听说赵静和我们公司的一位同事处着呢？”

方小初眼睛也不抬：“你都看到了，这段时间我一直在出差，哪知道这些事？”

廖成不放弃：“小初你跟聂小图关系好像不错，哎，小图人不错，上次来了也没空请他吃个饭！”廖成尽量显得轻描淡写，试图用拉家常的方式套点新闻出来，同时又肯定“公司的一位同事”就是指聂小图，他知道方小初不会和他热络互动，就自言自语起来。

“你就是有空也不会请他吃饭呀廖总。”直接戳穿他的吝啬。

“廖总”是方小初的杀手锏，二字一出廖成声音马上低八度：“都说了，不要再叫廖总。老哥是关心你才问的，你不要防范心理过重嘛。记得以前你和聂小图挺好，怎么又听说和赵静好上了？”

公司果然是个飞短流长之地！八卦重头戏往往是两种类型：升职降职和男女关系。你以为遮掩的巧妙，敌不过四面八方像监视器一般的眼睛。

方小初抬起头，笑嘻嘻地看着廖成，眼神里包含着轻蔑和不耐烦，还有一丝要爆发的前奏，廖成心有点慌，嬉皮笑脸地说：“别这么盯着我看呀，不知道的以为你看上我了呢。”

方小初说：“爱上你也不错，千里之外，接吻的时候都不发愁。”

廖成问：“为什么？”

方小初说：“因为你舌头长呀。”

“看不出来你也会讲荤笑话……”没等廖成笑出声，他马上反应过来，方小初是在骂他长舌男，一时接不上话。

方小初生气地说：“廖成，你很无聊。我一直以为坐街婆才是八卦的主流人群，怎么就一直忽略了你？没当娱乐版记者真是屈才了。”

说完低头继续做事，表情严肃得像要吃人。

廖成从没见过方小初这个表情，同事之间再相互讨厌都不会这么不给面子，真不知道这女人是吃错什么药了！

纸老虎面对气势总是招架不住，他一时无法应付这个场面，加上是上班时间也不能有大动静，于是一声不吭地走开了。

廖成的小觉悟并没有让他意识到这个玩笑开得有点大，更意识不到这是方小初对他不满而反击的第一枪。他心里愤愤难平，方小初你这么紧张干吗？一定心里有鬼。

于是后来公司地下便流传着一个精彩绝伦的三角恋故事，情节精彩堪比电视连续剧，这个故事流传了一段时间后，被另外一个新的故事所取代，如此生生不息，装点着枯燥的上班生活。

这时郑子衿的电话打过来，问：“小初。是我子衿。”

方小初压抑着想念，问道：“怎么好几天没有消息？我都习惯让你炫耀摄影技巧了。”

郑子衿说：“哈哈，因为我去了一个信号很差又没有网络的地方，一场惊险，现在要打道回府了。向你报平安。”

方小初说：“哦。”然后本能地问道，“五一你有安排吗？”

郑子衿想了想说：“我很想回家，你回不？”

方小初刚决定五一在家睡大觉，现在听郑子衿一问，马上说：“想回，我也打算要回家。”

郑子衿很高兴，说：“那太好了。等我回去，我们一起回。”

挂了电话，迫不及待地告诉爸妈要回家的消息。爸妈自然是非常高兴，只有妈妈多了个心眼儿，奇怪地问：“咦，不是说太累，不想回来的吗？”

打完电话，去茶水间倒咖啡，路过公司景观最好的大玻璃窗前，不由向外望去，天高云净，碧空万里。景由心生，此刻的方小初看什么都觉得美丽无边。

下班后，方小初约吕唯唯一起逛街。她想买几件新衣服。

到了约定的地点，唯唯早在那里等，一见到她，就开始啧她身上的那件外套：“这件衣服多少年了？”

方小初说：“我很环保！”

“那你怎么不裸奔呢?”吕唯唯翻了个白眼，“别让我再看见它!”

“有那么旧吗?”方小初说完低头打量一下，觉得挺好呀。

吕唯唯说:“不是旧，是在我眼皮子下面都晃了太多次了。小初，你上次同学聚会时那种风格的衣服就很适合你，漂亮极了，那我们今天就锁定目标吧，也没时间乱逛。”

方小初挽起她的胳膊:“嗯，就逛那种简约好看的，呃，还有，价钱也好看的。”

吕唯唯警告:“反正就是别再装萝莉了。”

两人肆无忌惮地哈哈大笑，说就这样定了，便宜的咱不买。

哼哧哼哧在正大附近逛了一晚上，吕唯唯手里花花绿绿的几个袋子，收获不小。唯唯每次逛街都要扫一通货，用她的话说，就是“现在的人都这么忙，逛街一定要有收获才值得”。

方小初本来是让她陪自己的，结果她倒买了不少东西。自己只买了一件小西装外套!两人最后实在走不动了，就坐在商场中心椅子上休息。

对面橱窗里放的一双靴子吸引了吕唯唯的注意，她指给方小初看:“妞，那双靴子和你今天买的衣服很搭哦，百搭款，很适合呢。”

“可那个牌子似乎很贵。”方小初看到店门上那高端大气的装璜和品牌标志，有点泄气。

“我送你。”吕唯唯说。

“不行。”方小初坚决不同意。

“送你一双好的靴子，希望你舒舒服服、漂漂亮亮地去见郑子衿。反正我也好久没送过你礼物了。”

方小初很感动，她有些动情地说:“哎，大人，你说我们俩个，性格大不同，却成了最好的朋友，这世界上有什么事是不可能发生的呢?”

“而且你要买房子了，省些钱吧。”吕唯唯其实很善解人意。

方小初嘟着嘴要亲她，吕唯唯赶紧躲开:“留着你的KISS给郑子衿吧，恶心死了。”

方小初还是犹豫:“穿上那么贵的鞋子，我还敢走路吗?”

吕唯唯说:“鞋子是为你服务的，别让它绑架了你的生活，就把它当成普通的鞋子穿。”

方小初自怨自艾:“我就是受苦的命，用不了好东西。”

“等休息够了，就把它拿下!”唯唯咬牙切齿，像是锁定了猎物，不让它逃走。

“唯唯，离假期还有几天，每天下班后都有时间去看房子，你陪我吧，我可是要回去和我爸复命的，每次打电话都要催我。”

“这事当然我得陪，我买过房子，我是专家。”唯唯说。

接下来的连续几天，方小初都和吕唯唯马不停蹄地四处看房。有唯唯这个高级参谋在，几番观察比较下来，两人都心仪长宁区的一套次新房，是一个新加坡人在 2007 年的时候买的，现在急着回国低价出售。

房子装修品位合乎方小初的要求，买了即可拎包入住。55 平方米的小户型，空间利用得很好。

加加减减算了下，首付就需要 50 多万。方小初告诉唯唯自己的存款才 20 多万，也就是说，如果要买这套房，需要父母资助 30 万，这个数字很难让人接受，而且家里也不可能会有这么多钱。

“我可以借你一部分，不过我是全职太太不赚钱，可以贡献的力量不大。”唯唯说。

“大人你太好了，你要是个男人，我百分百会嫁给你。不过，真的不用，谢谢了。你的钱都是你老公赚的，别因为我让他有意见。我们再看看别的房子吧。”

说是看看别的房子，可一旦有了满意的后，就曾经沧海了，看别的总是不合心意。两个人不约而同地还是牵挂着那个房子，售楼人员使用了高压营销，不断地释放“这个房子天天都有很多人看，一不小心就被人抢走了”的信息。方小初答复她：房子要和父母商量，节后才能给答复。

唯唯说：“房子越早买越好，反正你一个月租金 2000 多，不如付了房贷。排除万难买了房，又不用装修，住进去了就一定不会后悔当初的选择了。”

方小初也想买，只是一想到要让父母把全部家当给她买房，就心里一阵阵地揪心。曾几何时看着陆家嘴附近的房子都信誓旦旦地说一定要用自己的能力买下一间。结果奋斗这些年，陆家嘴附近的房子连想都不敢想了，买偏一些的地段都需要父母出大头。

理想与现实有些距离，方小初并不想追求虚华的生活，她很不愿意父母供她上学后，还持续不断地为她受累。

方小初停止了看房时光，收拾行李回家了。

第三十六章　只是晚一点爱你

西安。

还是郑子衿家的老房子，楼下的老树长出了新枝桠，前后三个月，这里的故事已经悄悄发生了变化。春节前在这里狼狈相遇，这次却是两人双双回来，此情此景，恍如一梦。

十年，是抓不住的昨天。我们在各自的人生轨迹里走了很长的路。年轻时错过的，真的还能追回吗？早知道就在可以挥霍青春的岁月里大步向前，不空留一丝遗憾了。

在楼下习惯性地朝二楼的窗口望去，熟悉得不能再熟悉，这种熟悉感瞬间把时光拉短，仿佛一切如昨。

郑子衿说："你上次来这里，我在你背后站了好久，你都没发现。"

方小初说："嗯，我当时是在想，这房子拆了会给多少钱。"

郑子衿止不住笑了："我也想知道呢。其实那天我说不出的高兴。"

"没看出来。"方小初若有所失的表情。

郑子衿牵起她的手说："走，上楼。"

屋里的一切都没有变化，和方小初记忆中的一模一样，只是多了一台笔记本电脑。方小初把包放在沙发上，走到那排书柜前。

郑子衿说："上大二时我家就搬走了，没让爸妈卖这个老房子，我自己有空就会过来住，不过，我也住不久了。"

方小初问："怎么了？"

"要拆迁，这附近的老房子都要拆掉。"郑子衿挺惋惜。

"你还挺怀旧。"方小初说。

"这里的书都没有变，新买的都放在新家了，对了，你还记得那台厚得像砖头一样的笔记本电脑么？"

“当然记得哈哈哈，当时可是神器呢。”方小初笑着说，“那时候班里的同学为你能拥有一台本本而羡慕忌妒恨，大家都说你怎么那么有钱呢？”

“你看，还留着。”说完郑子衿把方小初带到那个电脑前。

“还能开机？”方小初不相信这古董还能用。

“能是能，不过开机的时间……够我们喝杯咖啡的了。”郑子衿点了开机键，然后去给方小初倒咖啡。

“你这里还有咖啡？真是全乎啊。”方小初很惊奇。

“当然。我只要一在西安就在这里住呢。”

电脑总算打开了，桌面上除了“我的电脑”等基本图标外，就只有一个连连看，是最老版本的那种。方小初打开它，结果发现卡得厉害，还是当年的用户名：小初。

方小初可不想过早伤感，装作没看见，连忙关电脑，结果也用了很长很长时间。

这时候郑子衿端了两杯咖啡过来，放在那张已经掉漆的木茶几上，问：“怎么样，古董吧？”

方小初点点头，说：“你还真是像一个老人家，尽喜欢收藏古董，像你这么爱怀旧的，得买个仓库来存放记忆呢。”然后又很好奇地问，“你家里人都不来这个房子吗？”

郑子衿说：“这个小区，现在是阳气不旺阴气旺，爸妈从来不来的。”

一时又无话，两人相对无语。四目交接时，又都不好意思地大笑。方小初弯腰去拿桌子上的咖啡，这时看到郑子衿两只脚的袜子颜色好像不一样，又抬头看了看他，示意他看下面。

郑子衿看了半天也没发现有什么问题，他忍不住地问：“怎么啦？我的裤子拉链拉好了啊。”

方小初翻个白眼，告诉他，袜子穿错了，然后偷偷地笑着，心想：郑子衿啊郑子衿，你也有邋遢的时候。

郑子衿很不好意思，跑到卧室去换袜子，换好后出来，对着方小初说：“你的眼睛可真尖，只是内外穿反了都能看出来。你没事盯我的脚干吗？”

方小初说：“难道要看你的脸吗？”说完后觉得这是一句打情骂俏的话，有点不好意思。

郑子衿说：“哎呀，怎么办？我天天和花草树木打交道，不会缓场，我现在好想和你热聊一番，可惜却没这个能力。”

方小初说：“要不还像上一次一样，真心话大冒险，还是我问你答。”

郑子衿说："放开了问吧，我肯定不撒谎。"

方小初郑重其事地问："接着上次的话题：你有没有交过女朋友?"

郑子衿摇摇头。

方小初不信，说："必须老实作答。"

郑子衿说："真的没有。我全家人都可以做证。"

方小初不屑地说道："郑子衿，你真的很屌哎。你怎么说也是五官端正气质良好的，怎么连女朋友都没有呢?"

郑子衿嬉皮笑脸地说："倒是有暗恋我的。"

方小初表示可惜："可惜了大好年华！那你就没有生理需要么?"

郑子衿一口老血差点喷到茶几上，他抗议道："我让你放开了问，你还真不客气啊? 这种问题，很难以启齿的嘛。"

方小初此时已经收不住了，好不容易两个人不再相对无言了，这气氛可不能再冷回去！她继续问："必须回答，否则我怀疑你的性取向问题。"

郑子衿红着脸承认说："生理需要当然有了，只不过……小初我求你跳过这一题，我只向你保证，我喜欢女人，OK?"

方小初放过他，然后问道："说，做过最龌龊的事是什么?"

郑子衿想了半天没有头绪，说："小初，你的问题都好难回答。"

方小初说："我也是想活跃活跃气氛，你看我俩严肃得像是在开会。那最后一题：我很想知道，我们这么多年没见，你是不是也会偶尔地想起我? 想起我的时候，都想些什么? 是我的歇斯底里，还是我的任性霸道?"

听到方小初终于打开心扉，问他这样的问题，郑子衿很动容。他看着方小初说："都不是。我们那时候都还是学生，什么都不懂，承受不起彼此的未来。我以前很不合群，在班里你是我唯一的朋友。这么多年过去了，我比以前开朗些，也有了几个经常联系的朋友，只是谈恋爱的经历，就一次。不只你不相信，连我的家人和朋友都觉得我很不正常。"

方小初说："这么说来，我的生活比你丰富多了，起码我还相过亲，还谈过一次恋爱，尽管那男人很烂呵呵。我像个听话的小孩一样，做着一份比较稳定的工作，父母放心，朋友也不少。除了是个剩女之外，其他一切都好。"

郑子衿说："你知道吗? 我有个最大的遗憾，就是去了那么多的地方，上山下海的，身边却没有你。我快要不做风光摄影了，多想带你出去走走，你愿意去吗?"

方小初的眼泪像断了线的珠子一样刷刷落下来，她走到窗口，看着窗外颓垣废土中新开的花。

等待了多年的话语，今天听到了，心里却像打翻了调味品一样五味杂陈，说不出的难受。方小初想大概是自己压抑情感太久，一时不适应这种突如其来的美好。

当爱情再次来临时，你还信不信？成年人的世界好纠结。

郑子衿也哭了，男儿有泪不轻弹，他极力地想控制，又控制不住。他看着方小初在窗前一动不动，阳光剪出了她最漂亮的背影，头发上绒绒的表层都看得清清楚楚，他不知道该不该打破沉默，紧张地等待着她的反应。

过了一会儿，方小初扭过头来，眼睛红红地看着郑子衿，问道："早说嘛，你什么时候带我去啊？"

郑子衿跑过去一把抱住方小初，再也不想控制泪水，哭得不成样。这个拥抱像是等待了一个世纪，这些年所有的疑问、想念、纠结与爱都在此刻变得无言，谁都明白彼此对此情此景的感受。

方小初一边哭一边说："郑子衿，幸亏你现在出现了，要不然我就嫁给相亲的那个大叔了，呜呜呜。"

郑子衿用吻来回报她，是中国式的湿吻，鼻涕眼泪一把抓。

下午两人一起去高中母校。

郑子衿和方小初站在高中校园的大铁门外向里面观望着。因为是节假日，只有一个保安值班，不放闲杂人等进入。两人只能远远地看着里面一草一木的岁月变幻。

"那新盖的楼是什么？"方小初问。

"新的体育馆。"郑子衿回答道。

"那几排中国槐都那么粗壮了。"方小初想已经十年过去了。

"还有所有的房子都被粉刷一新。"

方小初咯咯地笑着，问："不知道现在教室里天花板上，还是不是那个吱吱呀呀乱叫的大风扇？哈哈。"

郑子衿说："我不止一次担心它会掉下来。"

方小初斜眼看他："是吗？我觉得你一直都异常淡定，原来也会关心身外物？"

"装淡定呢。"郑子衿坦白。

春天的阳光温暖而没有杀伤力，两个人站在那里说了好一会儿的话。保安是位50多岁的大叔，他一个人开着小电视在门卫室里看着，时不时走到门口看着他们，大概在想"这两人有病啊，看什么看"。来回三次以后，大叔终于耐不住性子了，忽忽忽地走过来问话，一口地道的西安口音："你俩是干啥嘀么?"

方小初说："叔叔，我们在这个学校上过学，过来看看。"

大叔说："我以为你俩要偷东西嗫。"

两人大笑，赶紧说对不起。方小初说："走吧，再不走大叔压力太大了。"

沿着校门口的小路一直朝闹市的方向走，学校两旁多了新潮的便利店和文具店，装修精致。

快到一个居民楼时，郑子衿指着一栋楼和方小初说："田老师家就在那栋楼，田老师就是我当时把和你恋爱的消息告诉他的那位老师，后来我每年回家都要去看他，你想不到吧，田老师是知道我秘密最多的人呢。不过，他前年去世了。"

说到这里时郑子衿虽然脸上带着微笑，但眼神里透露着一种悲伤。方小初并不熟识田老师，无法去体会伤心，她只是更加用力地拉住郑子衿的手。

郑子衿恢复了神情，提议说："我没事。我们去吃麻辣烫吧。"

方小初一听就表示赞成："我好想吃啊，走!"

前方有一对年轻男女站在不远处看着他们，方小初不认识，以为是自己衣服哪里开了吸引陌生人这样看她，她下意识地检查自己的穿着有没有问题。

郑子衿拉着方小初走过去。

"哥!"那女孩见了郑子衿叫了一声。

方小初一愣，仔细看了女孩一眼，确实是郑子佩。认识她时她才十来岁，现在已经是个大姑娘了。

"哥!"男人也跟着叫一声。

"小初，这是我妹妹子佩，你还记得她吗?这是我妹夫。佩佩，这是……"

"你是方小初吧?"郑子佩认识她。

方小初笑笑说："是的，佩佩你好。"

郑子佩用一种分析的眼光打量她，然后又扭头问郑子衿："好呀，哥你谈恋爱居然还保密!"

郑子衿说："我们也是刚刚见面不久。"

郑子佩半信半疑地说："我才不信。你一直在那个老房子待着，不就是为了……"

"佩佩，你们俩这是打算去哪里?"郑子衿打断她的话。

"我们找吃饭的地儿呢，哥一起吧。你请客嘿嘿!"

郑子衿用眼神看着方小初，征求她的意见。方小初冲他一个灿烂的笑："好呀!"

四人一起找饭店吃饭。郑子衿和方小初没再提麻辣烫的事，那是属于他们的回忆。妹夫提议去一家湘菜馆，大家都同意了。

妹夫看来对饭店很熟，自然地承揽了点菜的任务，郑子衿去洗手间，桌子边剩下四眼相对的方小初和郑子佩，有些尴尬。

这时郑子佩开口了："我哥特别不实际！小初姐姐，你要多管管他。"

方小初没想到是这样的开场，她看着郑子佩，等她说下文。

郑子佩继续说："工作自作主张也就算了，也不谈女朋友，不过现在这件事看来是尘埃落定了嘿嘿，以前是把钱都买了书和磁带，现在都买了相机。不过爸妈也习惯了，我哥从小到大就特别自我。"

"别这么说哥哥，他比我们有理想，男人总要有自己的爱好。"妹夫点完菜，在旁边帮郑子衿说话。

"和他一起的同学，你应该认识的，都发展的那么好的，房子、车子、孩子的，可我哥就满足于我家以前那个老房子，一回来就过去，还不亦乐乎的。小初姐，你要有机会就说说他，他肯定听你的。"

郑子佩心里很清楚方小初在哥哥心中的地位，这些年郑子衿的很多行为她都看在眼里。

"好……好啊。"方小初想：让我劝他？得了吧，我和他一路货色。

"哥哥和我们是不一样的，他比我们都上进好不好？"妹夫还是向着郑子衿。

郑子佩刚要反驳，看见郑子衿从洗手间回来，马上转移话题："哥，你谈恋爱，怎么不告诉我们？我回头告诉爸妈。"

"不要，佩佩。"郑子衿阻止她，"这事要由我来说。"

这时候妹夫开口了："子佩，哥的事你不要添乱，小心越帮越忙。你不要忘了，当时我俩上学时就偷偷谈恋爱，是谁替我们保密的？"

方小初对郑子佩说："佩佩，我和你哥确实刚见面没多久，我们需要些时间准备一下。"

郑子佩勉强答应了。和事佬妹夫再次彰显作用，他马上缓和气氛："菜来了，吃饭！"

"你真是吃货啊！"郑子佩娇嗔地责怪他。

饭吃到一半，方妈妈的电话就来了："小初，在哪儿呢？"

"我……在看老同学。"方小初支支吾吾地说。

"以前回到家，天天打都打不出去。"方妈妈可不好哄。

"妈，有事啊？"方小初问。

"明天你不是要回上海了吗？你爸爸说有重要事和你说呢。"

“好好，我马上就回。”挂了电话后，方小初抱歉地对其他三位说：“不好意思啊，家里有事，我爸找我呢。”

“原来你对阿姨也保密啊！”郑子佩说。

方小初不好意思地笑笑：“我妈说是重要的事，我也不知道是什么，那我先回去啦。”

“那我今天回去陪爸妈住，佩佩你呢？”郑子衿问妹妹。

“我们先在外面溜跶溜跶吧。”郑子佩说。

吃完饭方小初打车回去。一进门，看到爸爸正在悠闲地浇花，妈妈在厨房切水果，一下子放心了。

“什么大事啊？”方小初不满这么被紧急召回。

“没有什么大事。”方爸爸笑呵呵地说。

“嘁……”方小初回到自己的房间。

“小初，你过来，你前两天不是说看上一个房子么，到底要多少钱啊？”

方小初从自己的房间出来，准备还是和爸爸说明白。

“就这个房子。”她把用手机拍的房子图片给爸爸看，妈妈听说要看房子图片，也凑过来。

“不错啊，这房子。”妈妈赞叹。

“价格更好看！所以我打算不买了。”方小初试图打消爸妈的念头，“这是以前一个老外买的，他近期要回国了，所以急于出手，说实话是挺划算的，但再划算也是个天文数字。优点是我能省装修的麻烦，人家装的比我更有品位啊，缺点是首付都得 50 多万。”

“小初，我一直没有问过你现在到底有多少钱。”爸爸问。

“我现在有 20 多万，差得远呢。”

“差的那 30 万爸妈给你垫上。不过你一定要看好了，不要被骗。一定要手续齐全，有大红本的。”

“我知道的爸。”方小初明白这么多的钱要是被骗了，一个普通家庭着实承受不起。她问爸妈：“你们怎么可能有这么多的钱？这么豪气？爸，妈，你们可千万不要因为我买房子而借钱，我租房子没什么的，上海很多年轻人都租房子，挺好。”

方妈妈说：“借什么借？你爸妈工作一辈子了，怎么能没点积蓄？再说你以前给我们的，我们也存着呢，人老了，又没啥消费的。”

爸爸转身去穿外套，一边说：“今天叫你回来就是和你说这个，趁下午还有时间，爸和你去银行，把钱转给你。爸妈只有存折，没有你们用的卡什么的，得等着银行开门的时候办呢。”

“行啦，要去就快去，省得人家银行关门了。”方妈妈催促着。

方小初鼻头酸酸的差点又掉下泪来，不过对至亲不需要说太多客套话。这房子看来一定是要买了，她对着爸妈说："爸妈，房子买好，你们和我去上海住。”

爸爸说："再说，再说，小初我们快出发吧。”

第三十七章　当剩女恋爱

假期过后，郑子衿和方小初相约回到上海。

郑子衿与欧洲那家图片社的签约执行时间马上到来，他这段时间要为新的工作做准备，事情挺多。

方小初也一头栽进工作当中。因为成功地攻下霍李威士，松田对到她的态度来个大扭转，见面时总是带着笑，嘴角上扬的弧度也比以往大了。

方小初记得他的冷血，她对松田保持着必要的礼貌，除此之外不再有多余的马屁和热络。

销售部里就两位女士，外部不自觉地就将两人比来比去，她有些不自在这种缥缈的风头，所以最近天天都尽量待在椅子上，减少在办公室的晃动次数。

郭林吾在 MSN 上问方小初："如果我这边真的与罗力彦合作，你觉得利和弊，哪个占更多呢？"

方小初说："后果不知道。不过跟罗力彦合作，前期多费点力气，谈好约束条款，后期就好操作一些。"

"说来听听。"郭林吾谦虚地请教。

方小初说："帅哥你真是谦虚，你比我更有经验好不好？罗力彦你没见过，可能不太了解，我觉得第亿的实力对你的主代理目前构不成威胁。他们很注重门面，也有雄心要做大，乍看他们的办公室，你以为是 500 强的办事处呢。但我觉得，他们更需要实际的市场占有率，所以或许是个好机会。"

"他们在山东做得不大？"郭林吾问道。

"大！我一直以为和我的代理商华丰差不多，但实际上市场占有率还是有一些差距，第亿有背景，不缺钱，资金实力是有的。"

"也不知道他们在江苏有没有一些熟络的关系。"郭林吾说。

"应该有吧，这个我倒是不知道。不过，帅哥，如果真的合作，一定要将丑话说在前面哦。前期做出限制，后面才好控制局面。切记切记！比如产品类型、地区限制等等。”

“退一步讲，合不合作的决定权，其实在我们手里，对吧？”郭林吾很自信能控制好。

方小初认同他的看法。然后郭林吾说：“不过小初，你脑子还真是好使，居然能想到罗力彦这个细节。”

“嘿嘿，原来你也知道啊，见笑了。”方小初说。

郭林吾刚下线，赵静过来叫方小初一起去洗手间。

两人一前一后出了门，走到楼梯间，确定没有人时，方小初说：“我们俩真像中学生，上厕所都必须有人陪。”

赵静自嘲说：“我俩还是销售部的话题人物呢，先是三角恋，后是我俩的对比，我们制造了多少办公室的地下欢乐啊。”

方小初笑笑：“原来你都知道。”

赵静说：“当然，我还知道你教训了廖成。”

方小初很开怀：“哈哈哈，早说我俩不是女人了，真真难得啊，居然在这种恶劣的条件下还成了朋友。”

“我们的胸怀还凑合。”赵静说，然后话峰一转，“我打算辞职了。”

“什么？”方小初吃惊，怎么去了一趟北京回来就要辞职了。

“我想去北京找个工作。”赵静说。

“我们公司并没有明文规定不许恋爱，不需要辞职，赵静，你被别人的流言蜚语影响了么？”方小初问。

赵静摇摇头，说：“不，是我早有离职的念头。我们都来5年了，还是销售担当，虽然级别上叫‘主任’，可还是‘担当’，我想到下一个5年，还是‘担当’，很快到了瓶颈期，到时就成了鸡肋了。”

“这点我也同意。”赵静说的正是自己常想的，方小初问，“那你打算什么时候提出申请？”

赵静说：“马上。广东区域是A类区域，公司找人接手需要时间，我等公司把人找好的那一天，再走。”

方小初还是觉得有点太快，她问：“你和聂小图，真的发展到为他换一个城市的地步了吗？你是南方人，在北京会习惯吗？”

“小初你是北方人，不也在上海生活得很好吗？这些不是问题。”赵静抿着嘴笑，她的淡定方小初最清楚。

方小初抱了抱她。对于朋友，只能尊重她的选择，并祝她好。

方小初说："亲爱的，你辞职后，我们就是朋友了。"

赵静反应几秒才明白方小初说的意思，她感慨地说："是啊，在一个公司时，就总是同事。"

两人从洗手间回来后，谢嘉义赶紧叫她们："快快，去哪儿啦这么长时间？临时开个小会。"

其他人果然都已经坐在小会议室，两人拿起纸笔匆匆走进去。

松田和谢嘉义都在，谢嘉义照例主持会议："今天是个临时的会，时间不长，大约一个小时左右。松总和我说想了解5位新人的工作情况，新人来了快要两个月了，不知道对自己的区域认识如何，和各自区域的经理配合的如何，对产品知识掌握的如何，我们都很想知道。而且，5位帅哥，你们的试用期马上就要到了，这2个月虽然没有加任务，但也马虎不得。今天突然组织会议，你们不用紧张，掌握多少就阐述多少。谁先来？"

焦点到了5位新人身上，区越同学向来都逞能又大胆，腾地一声站起来："我先来吧。"

区越首先感谢了方小初对他的耐心帮助，事无巨细地教，他从一开始有点反感到最后很感激，因为方小初一针见血指出他毛躁的习惯并加以修正，两个月过去，自觉做事稳重了许多。之后区越又说起方小初为霍李威士奔波致累病的消息，故意夸大了戏份说给松田听，谢嘉义听了嘴角微微上翘，露出一个不易察觉的笑；松田眼睛微瞪呈放空状态，他全部都听进去，但没有表态。

区越的小聪明夹杂一些小义气，方小初很感激他。

区越继续说重点，这两次出差拜访了什么客户，与代理商的业务员如何配合，有什么收获，并依自己的判断，加上方小初的讲解，对区域有个基本的认识。区越说中小客户潜力巨大，主要问题是价格。

"价格不是问题！"松田说。在松田那里所有的问题全都不是问题，有了问题，全是销售担当能力的问题。

方小初看见区越的表情明摆着是想扁松田，她示意他继续陈述。

等区越说完，十几分钟已经过去了，谢嘉义表扬了他的工作和勇气，他得意洋洋地坐下。

松田依旧是别人欠他债似的一张扑克牌脸。方小初特别担心他的表情因为长久单一僵硬，慢慢失去笑的功能。

王飞雨第二个汇报，他要比区越稳重许多，表达也更有条理，重点突出。让方小初吃惊的，是王飞雨也提到了她，王飞雨说从进公司开始，方经理对他们的商务培训让他受益匪浅，他以前听过的很多培训都千篇一律，只有方小初理念最新。这些理念很实用，带到工作中，面对客户和竞争对手就不再有那种剑拔弩张的血淋淋感，整个过程会变得舒服许多。

方小初有点始料未及，觉得受之有愧，所以始终保持沉默，除了赵静，没有再直视过其他人的眼睛。

等其他几位都汇报完工作，一个小时过去了。

谢嘉义环视一周，说道："其实给五个区域的经理带新人，我们的初衷是初步锻炼各位的管理能力，能把新人带好是一种能力，但我发现大家并没有意识到。"

会议室的气氛突然凝重起来，谢嘉义继续说："我听一圈下来，发现目前是两种状态，一种是事必躬亲，一种是放养管理。这两种，都不是我想要看到的效果。区域经理们在方向上必须给予指引，不是看到什么事就做什么，没有拜访计划，不分轻重缓急，不管拜访结果，为了拜访数字而拜访。"

接下来的时间，谢嘉义狠狠地批评了各位区域经理一番，最后说："我并不是要急于求成，马上要见到多么大的效果，我只是觉得各位区域经理在这个事情上认识不够。"

谢嘉义极少说很严厉的话，这番批评已经是极少见了。

谢嘉义曾经说过：就算是一个小小的部长、课长，也要以能力服人，以人格魅力服人，如果下属仅仅是因为你的职位而服你，那是做管理者最大的失败。

他很少用批评的方式阐述观点，从很大程度上缓和了松田的坚硬，但今天看来，他确实是真的生气了。

谢嘉义对着几个新人说："几位帅哥，你们的试用期马上就要到了，接下来的时间跟着你们各自的经理好好加油。松总，你有补充吗？"

松田轻轻摇头，谢嘉义正要示意散会，松田又突然开口："肖课离职后，课长职位空缺，我们会从各位区域经理中选择一位，具体考核办法，和人事部商讨后发给大家。谁都有机会！"

散会后，区越走在方小初身边悄悄地问："试用期很难过吗？"

方小初说："做好自己该做的，就很好过。"看着区越一脸疑窦，安慰他说，"区同学这么紧张还是头一次，放心吧，我们是正规的公司，花力气培养人，不可能白费两个月工夫然后又不要了，除非是综合素质真的太差。"

区越心宽了，又换上开心的脸色："走，吃饭去。"

方小初说："你找你的小伙伴去吧，我还是找我的好闺密"。

松田的一席话无疑给大家伙提了神，有志青年开始在脑中勾勒未来蓝图，有的人面不露色，有的人暗潮汹涌。一个小小的课长职位就让人们内心骚动起来。

赵静递上辞呈，所以她已经站在竞争之外。她的辞职信让谢嘉义和松田有些措手不及，因为正是用人之际，而且事先全无征兆。

赵静辞职理由上写着“个人原因”，也看不出真正的离职意图。因为个人原因是在国内辞职使用频率最高的原因，几乎所有对公司的爱恨情仇，最后都可以归结于这无伤大雅的四个字。

快到下班时间，松田有事先走了，他刚刚踏出公司大门，方小初就悄悄去找赵静，看着她还在忙。

赵静对方小初说：“自从申请了离职，虽然依旧还做着手头的工作，但心态变得轻松起来，发现好多以前头疼的问题，变得异常简单。看来真的是心态决定一切呢。”

方小初同意：“是啊，很多时候就是我们自己把自己给捆绑了。”

赵静说她目前还没有想好下一步的打算，可能会去学一个讲程，人力资源也好，管理也行，总之是要突破瓶颈。她低声地问方小初：“你打算参与课长的考核吗?”

方小初眼神很坚定，她满不在乎地摇摇头，轻声说：“如果新选的课长，和以前肖课一样只做打杂的工作，对我没有任何吸引力。”

赵静已经看得很透，她说：“哎，谢部肯定不会放太多权，你不要看他对下属好像很不错，其实到了一定位置，疑心就重了。”

方小初说：“所以，就不和他们凑热闹了哦。亲爱的，自曝八卦时间，我和郑子衿，又走到一起了。”

没想到赵静一点儿也不感意外，她说：“我都觉得有点慢了呢。两个人年少的时候没有经得起等待，没有伴随着对方一起成长，本来有点遗憾，可最终看见一个成长得很好的对方，不也挺好吗?”

方小初调侃她：“瞧你现在说话一套一套的！还成个哲学家了，出口成章的。不过这年前年后短短几个月，咱俩变化真是快啊。”

赵静说：“谁又能想到，我一个劲地撮和你和聂小图，结果把自己搭给他了呢。”

“廖成说的没错，确实是个复杂的三角恋呢呵呵。”方小初不禁笑出了声，最近她内心特别地畅快。她自觉失态，又压低了声音，伤感地说：“只是没有你的参与，这个绯闻要结束啦。”

赵静也有点伤感。她马上转移话题：“郑子衿会来接你下班吗?”

方小初说："他来接就成四角恋了！好了，我回去了。"

接下来的几天把房子的事情敲定，首付款已经交过，这段时间就等着办手续了，方小初即将结束租房的生涯。

方小初把买房子的事情告诉郑子衿时，郑子衿第一个反应就是："可以把我的长枪短炮寄存在你那里吗？安全可靠！"

"寄存我这里，我可以随意使用不?"方小初早对它们垂涎三尺。

"用它们砸核桃都行！"郑子衿准奏。

以郑子衿的个性，必然不会搬来和她住。先抛开"彼此需要空间"这样的原因，男人住女人的房子总是没法心安理得，而且方小初很享受这样的一种相处方式。

转眼又到了别春之季，前几天已经立夏，春夏交季时期乍暖还寒，桃李早已暗自成荫，浅青变深绿。

今天约了郑子衿，方小初早早到了，坐在餐厅等他。她今天穿着一件黑色小西装外套，里面质地很好的淡粉色针织衫，休闲的灰色 A 字裙，穿着唯唯送的高级小短靴，气色好得如同春日的桃花。

这家主题餐厅叫"80"S，坐落在静安寺地铁附近一个不起眼的小巷子里，两边都是梧桐树。

这家店需要网络或电话预定，并且进门输入密码，是方小初选择的约会地点。店里的摆设全部都是 80 年代生人的最深刻记忆，所有的东西都耳熟能详，充满时代感。

书架上上学时的课本、小人书、港片、磁带、录像带，还有加菲猫、阿童木、蓝精灵等 90 年代风靡的卡通公仔；菜单上的小吃里有果丹皮、酸枣面、小雪人，桌子上还提供各种游戏：东南西北的折纸、俄罗斯方块、铁皮青蛙和用输液管编的金鱼。方小初想自己小时候还会编这种金鱼来着，不知什么时候就忘光了。

电视里正播放着 80 年代最时尚的广告：

"牛肉、白菜，还有，太阳神！"太阳神什么时候消失的呢?

"张德培信赖飘柔，头发更飘柔！"

"每当我看到天边的绿洲，就会想起东方一齐洛瓦。"这是冰箱么?

"去污强！1∶4！用量省！1∶4！时间短！1∶4！"

"燕舞，燕舞，一起歌来一片情（一声），燕舞，燕舞，一起歌来一片情(二声)！！"

"噗……"方小初一口饮料差点呛住自己，笑得花枝乱颤，好在店里人不多。她呛得有点难受，忍不住咳了两声。

这时郑子衿也到了，看到她笑成那副模样，又看看电视里的广告，也跟着乐起来。他坐在方小初的对面，方小初喊他："过我这边来呀，要不你看不到电视了。"

郑子衿欣然坐到她身边。

过了一会儿广告放完了，开始放动画片。方小初总算稳定下来，对着郑子衿说："怎么样，我挑的地方不错吧?"

郑子衿赞叹道："太不错了，我一进来都傻眼了。"

"你看这些陈旧的东西，摆在这些都有点起毛的木架子上，还别有一番风味呢，我刚才用手机随便拍了几张，画面色彩很漂亮。"说完方小初把手机里的图片给郑子衿看。

方小初侧着身子在手机上划拉着，两人头碰头挨得很近，郑子衿的体温都感受得到，方小初不禁脸红了。而后想起郑子衿是专业的摄影师，于是自我调侃道："某些专业人士就勉强看看我们这些菜鸟的作品吧。"

郑子衿说："店家的灯光打得真好，随便一拍就很有感觉呢。"

"主要是手机像素好。"方小初的脸越来越红，郑子衿靠得这么近，再近点就要意乱情迷了。她镇定了情绪说："现在也有房子了，我特别希望我家里的每个物件拿起来，也都有时代、有故事、有内容，我就一点一点打造我的小空间吧。"

郑子衿说："这个啊，我倒是能帮上你。"

方小初迫不及待地问："怎么帮?"

"我们在西安的老房子，马上就要拆了，如果你不介意的话，我把那一屋子的书和破古董全都送给你，你嫌弃不? 你别为难，我只是听你刚才那么一说，想到自己正好有一些东西可以满足你的要求，你要觉得风格不符合，就可以拒绝我。"

方小初眼睛睁得大大的，表示不太敢相信。

郑子衿以为她很为难，马上说："没事没事，我只是提议哦。"他学着方小初的语气说话，打消她的紧张。

方小初说："不是不愿意，而是……那些东西都是你的宝贝，我知道的，你珍藏那么久……我当然愿意，只是觉得受之不起。"

郑子衿说："东西有意义了才珍贵。"

方小初还是没信心："如果有一天，我们又……多年不见了，我会把它们全部再寄还给你。"方小初一时想不出用什么字眼，她不想说"又分手了"。

郑子衿轻轻地揽住她，认真地说："送给你就是你的了。它们有个好归宿，总比被小贼偷了强。"

方小初说："正好那个新加坡人留下的书柜也足够大，我再买一个放在客厅，应该可以放下它们了。哈哈，我即将变成一个文化人！"

"到时候你的小屋里的气氛，应该就可以直追这家餐厅，我再帮你设计一下灯光，一定住得舒服惬意。"郑子衿看她接受了，很开心。

"谢谢你啦，子衿。"

郑子衿说："其实我有私心呢，我就想着，以后见你的借口就多了，用都用不完。等我也买好房子，我们就有两个地方存放它们了。"

方小初突然坏坏地笑了一声，她说："郑子衿，先是相机，后是古董，你可真是步步为营啊。"

郑子衿被看穿了，不好意思地说："被你看出来了，我无地自容。"

方小初问："你的新工作怎么样了？顺利吗？"

郑子衿说："放心吧，都是签了约的。看来我也要存钱买房了，省得我们俩阴盛阳衰，现在换成我追赶你了，满足不？"

方小初说："相当满足，太满足了。"

吃完饭方小初懒洋洋地把头斜靠在郑子衿的肩膀上翻看小人书，郑子衿则在对付手里的一个九连环。少许的阳光投进店里，和室内的光线交汇，素日紧张的毛孔顿时张开，舒服通畅，就像洗了三温暖，整个城市都变得懒洋洋。

方小初喜欢这种踏实的感觉。

第三十八章　树欲静，风不止

生活如常继续，只是有了牵挂后不再孤单。一个多月后，房子的一切手续都办妥，因为是装修齐备的次新房，即刻可以拎包入住，方小初选在一个周末搬家。

搬家之前的几个晚上就开始打包行李，方小初租住了两年的这个小屋里，不知不觉积攒起了数不清的物件，破家值万贯！楼下买了六个搬家用的特大号袋子都不够，还整整齐齐多了十几个纸箱。

搬家的那天，郑子衿、吕唯唯、赵静、陈橙和小淳他们悉数到齐。郑子衿负责大件的物品，女同胞们负责小件的，人多力量大，省了不少搬运的费用，大家打电话约了一辆搬家货车，顺顺利利就搬完了。

这是方小初的朋友们第一次见郑子衿，大家都对他印象很好，尤其是唯唯和赵静，她俩几乎是一有空闲就盯着他看，弄得郑子衿有点不好意思。方小初告诉他："子衿，你的名字，早名扬四海了。"

唯唯说："郑子衿，又帅又清爽，跟我老公一样。"

众人嘘她。笑作一团。

方小初请大家吃火锅表示感谢。午餐结束后，姐妹们都回家了，只剩下郑子衿。郑子衿说要帮她收拾新家，工作完毕后再走。

住新房的亢奋扫去了搬家的劳累，两人像小蚂蚁一样幸福地忙碌着。房子前一天已经收拾干净，就等着所有的物件各归各处。

等到纸箱和大袋子里面空空如也，方小初才累得一屁股坐在沙发上，这时已经五个小时过去了。

收拾的时候，方小初特意空出来两个地方：一个是卧室里带锁的橱柜，一个是整个书架，这些都留给了郑子衿，在等他的寄托之物。

郑子衿帮忙完毕，去便利店买了快餐和饮料给方小初，然后就回家去了。

方小初总觉得和郑子衿的恋爱，还和高中时期一样。对于人生中他的再次出现，方小初现在已经不再迟疑和畏惧。连赵静这么理智的人都能为爱出走，我又过多忧虑什么？

有一句话说得好：过去的挽留不住，未来的又把握不了，我们只能珍惜此时此刻的人和事。

闭目养神片刻，等恢复一些体力后，方小初向爸爸妈妈报告搬新家的消息。爸爸高兴得合不拢嘴，妈妈高兴的同时，关注到一个问题："有没有放点鞭炮？"

方小初一边快餐，一边说："放了。"

妈妈奇怪："谁给你放的？你从小就怕鞭炮啊。"

方小初真是惊叹老妈的脑子转得快，老实地回答："妈，是郑子衿放的。"

妈妈听到这消息很开心："小初，你们现在谈恋爱啦？"

方小初说："嗯，是啊，我们……其实刚开始。"

妈妈说："没有住在一起吧？"

方小初红着脸说："没有啦，妈。你知道的，我喜欢自由。"

妈妈叹了口气："咱家不是老古董，尽管房子是我们买的，子衿想住也可以的。只不过妈妈提醒你，如果要同居，就要以结婚为目的。"

方小初宽妈妈的心，说："放心吧。我知道。"

爸爸又交待了一些诸如门窗要紧锁、煤气要记得关之类注意安全的话，就挂线了。

今天可是累得不轻，所以虽然是新居第一夜，换了地方睡，方小初依然呼呼一觉到天亮。

周一一上班，得知赵静要正式离职的消息。

自从赵静提交申请以来，谢嘉义就将招聘申请交给诸琳，要求招人，但迟迟没有合适的人选。因为广东区域事关重大，松田、谢嘉义和诸琳特意开会，统一招聘意见，打算由老员工接下，新人分到C类区域。但由谁来接任这个区域才是最头痛的问题。

松田由此对赵静冷眼相看，觉得她辜负了自己的期望，亏自己还在年会上将她封为"十佳员工"，真是让人失望。

松田的脾气上来谁都拦不住，他想既然你要走，不如早点滚蛋。同时赵静提交申请已将满一个月，符合离职条件。松田就委托谢嘉义，尽快让赵静走人。

谢嘉义原本是计划让赵静多留一段时间的，缓冲的时间能更富足些，松田的安排让谢嘉义很恼火，他在心里狠狠地骂了一些脏话。松田你一个情绪，可知道给我的工作造成多大的不便?

但官命难违，只好照办。

赵静一听谢部喊她要单独谈话，心里便猜出了八九分。她迈着轻松的步伐，朝方小初递了一个眼色，就去谈话了。

看到赵静进来，谢嘉义先是说了一些惋惜和不舍的话，满脸愁容，无奈地说:“小赵，我并没有想到你这么快会离开，哎，讲真的我现在是有点乱了，连交接工作都没有做。广州这么大的市场难道要由我亲自去负责吗?”看见诸琳进来，谢嘉义收起了牢骚，他被松田的武断行事搞得相当恼火。

谢嘉义继续说:“今天是你最后一天在公司，原本想大家聚在一起为你饯行，可是最近事情太多太多，同事们又要马上出差。所以改天吧，改天叫兄弟们一起，到时候打你电话。”

赵静猜想一定是松田的指令让她早早离开，谢嘉义看起来也很不情愿这样的安排，而且连光明正大的欢送会都不敢在松田眼皮子底下办，她没有表示出任何的情绪，平静地说:“好的。等大家都有空的时候再约时间吧。谢部，那我今天和谁交接工作?”

“先和我交接，毕竟对你区域最熟悉的人，只有我了，现在时间还早。等我和松总碰头，过一会儿再叫你吧。”

赵静出去了。

同事们知道赵静今天是最后一天上班后，都纷纷过来和她聊天，说一些诸如“打算去哪里”“以后一定要保持联系”之类的客套话。松田一出现，人们就很快地闪开了。赵静此刻俨然已经像个局外人，这种感觉让她很失落。

不论是在一个公司工作多久，走的时刻都觉得自己是个陌生人，待在一个不属于自己的办公桌前，连看看电脑里的资料都有一种窃取商业机密的感觉。

聚到终须散。赵静的觉悟使得她很快就释然。

方小初在一旁漠然地看着这一切，知道自己有一天离开也会是这个场景，也会在明明是厌倦和失望透顶的理由下，淡然地填上“个人原因”这个像万金油一样的离职理由，静静地离开。多数人都是有职业素养的，善始善终是最好的结局。

“小初、王飞雨、赵静，你们三个人进来一下，还有区越也一起来吧。”谢嘉义在小会议室门口喊。

方小初有种不祥的预感。

区越觉得能第一时间掌握消息，显得有些兴奋，他是个唯恐天下不乱的主。

“哦，你们都到了。时间紧迫，我闲话少说，大家知道赵静明天就要离职了，但广东区域这么大一个市场就空下了，这些天我和松总商量过几次，现在初步决定，小初，你兼管广东市场。”

虽然有心理准备，可还是为公司这个决定大吃一惊，方小初很本能地提醒道：“谢部，松总，山东离广东，距离很远。我负责两个大省，不利于很有效率地工作吧?”

“现在飞机很方便。”紧闭双唇的松田突然插话，他不喜欢有人反对他的意见。

为什么不找黄建华、陈睿这些直线距离较近，又精力旺盛的男性担当呢?公司想挑战能力的人大有人在，而且课长的考核就在眼前，有很多人想大显身手啊！方小初心里进行了长长的抱怨。

谢嘉义像是看透了她的心思，接着松田的话继续说道：“是啊，现在交通很方便的，只不过小初你会辛苦一些。我们考虑过好几个人选，最后都觉得不太合适。小初，结合你的工作表现，我们都一致认为：你还有很大的潜力没有被挖出来，你绝对能够胜任广东这个区域。而且，山东现在有区越帮忙，广东也有王飞雨，人员足足的。如果人手不够你随时提出，诸经理这边会极力配合给你增加人员。”

这似乎是无法拒绝的决定，可方小初还想争取一下：“谢部，我是觉得，我在山东区域还有很多事情没完成，像凌业就还没有做进去，区越现在还不能独立工作。今年年初制定任务时，我们的目标是要把区域做得更细致，可这样一分配，两个区域都无法做得深入了。”

松田显然有些不耐烦，语气稍稍加重：“这是公司的决定！”

方小初被噎得无话。

谢嘉义问另外两位：“怎么样，王飞雨、区越，你们能接受这个挑战，配合方经理把区域做好吗?”

区越马上保证，说：“我一定尽力。”

王飞雨把刚才的这些谈话看在眼里，他看出方小初并不想接广东区域，他作为新人敢提什么意见，而且他有私心，就是还挺想让方小初带的，于是说：“方经理的工作量会很大，我尽力替她分担吧。”

方小初彻底失望。

“小初，关于课长晋升的考核办法，马上就出来了，这对你来说是个考验，你加油，我和松总都很看好你。”

方小初挤出一个微笑，僵硬得任谁都能看出她内心的不乐意。

赵静觉得有点过意不去，很同情地看着她。

这时松田对着几人说:“把其他人叫进来,我要宣布一件事情。”

几个人神色都挺沉重。

等其他人进来后,松田站起来,扫视一圈确认人员都在场,说道:“很遗憾地向大家宣布一个消息,我们的销售担当赵静即将在明天正式离开大精公司,赵静在大精一共四年多的时间里,工作很值得被认可,她要走我们很舍不得,但我们尊重她,并希望她能在新的人生道路上更加成功!”

大家鼓掌。

此刻赵静却异常地尴尬,好在这尴尬不久,松田接着说:“经过我和谢部长,还有诸琳经理多次的沟通,决定让方小初暂时接管广东区域,区越和王飞雨两位担当都要向方小初汇报工作。这是一个临时的决定,也要在此期间考验她的工作能力。”

这个消息比赵静离职更像一颗重磅炸弹,人群有点不淡定了。

“新任课长的考核办法,诸琳经理会在这两天发到大家邮箱,祝大家工作顺利。”

说完后,松田示意散会。

从会议室出来,人群一窝蜂拥挤着回座位,这时说话不方便,赵静用力抓了抓方小初的胳膊,表示安慰。

真是计划赶不上变化,方小初感到一种无助感。

人人都认为她是受到公司重用:分管公司两个 A 类区域,手下又有两名新人,明摆着上级很重视她,课长说不定也要归她了。

仅仅因为这一件事,她和同事们的关系便悄悄地发生了变化。

而方小初压根不想拥有这些。前几天还计划着请个长长的假,跟着郑子衿去穷游几天,郑子衿已经在制定行程了,湖光山色沙漠星星还有青年旅舍,仿佛已经向她招手。而现在,工作量马上要增大,不知道还有没有时间。

方小初没想过现在辞职,自从买了房,自觉对父母又多了一份亏欠,也多了一些压力。尽管父母并不需要她去还钱,她还是没法洒脱地辞职不干。

郑子衿说过,两个人都有各自的事业,并不会成为浪漫的阻碍,相反,大家在专注于一件事的时候,彼此才最有吸引力。纵然不能离开案前,过过更健康的生活,偶然请个长假去散散心总是能做到的。

可没想到,从天而降一个更大的任务,她即将面临着更多的分身乏术。方小初心情真是郁闷到了极点。

度过了难熬的一天,晚上和赵静一起吃饭。

“散伙饭,只有我和你。”赵静说,有些解脱,也有些失落。

“我以前想过一个问题，职场里可不可以有朋友，现在知道了，这个可以有。”方小初拿起酒杯，喝了一口，怅然若失地说：“狗急跳墙，你说，为什么他们会选中我？”

“原因很简单。”赵静现在更是旁观者清，“第一：你是个真正能干活的人，他们对自己的员工，比谁都清楚；第二：觉得你和我关系好，就算我走了，你有什么不懂的不明白的，我都会倾囊相告，以利于工作之便。”

“原来如此。”方小初咬牙切齿。

“小初，人有能力，就注定要被人利用，你以后工作不要太使劲了。”赵静现在活得很明白，她安慰方小初，“开心点，小初，你以后就是销售部唯一的女性了，万绿丛中一朵花啊。”

“还有心思开玩笑！”方小初转而一笑，又若有所思地说，“你说我们不做销售，还能做什么呢？”

赵静摇头表示不知道：“这是一个欲罢不能的工作，所以我才想读一些其他的课程，实际上就是心虚，不知道自己除了这个还能做什么。做惯销售的人，成天在外面跑来跑去，谁能受得了天天坐在办公室朝九晚五呢？也习惯了高收入，花钱灵活，时间灵活，其他的职位，估计也只有当管理者才能这样吧。”

方小初说：“我经常想如果不做销售了，我到底还会些什么？越想就越不自信，我们是不是对自己的要求太高了？”

“是给自己压力太大了。我们天天都是正能量，用来激励自己，偶尔负能量一次也无妨。”赵静话锋一转，“我过两天就要走了。”

“不会这么着急吧？”方小初问。

赵静看着方小初八卦的小眼神，坦白地告诉她：“五一放假时都住到一起了，我都以身相许了，还不抓紧点？”

“这么快！”方小初觉得自己和郑子衿似乎太纯洁了点。

“亲爱的……”方小初对赵静说，“你这也算是一个头脑发昏的事了，是‘美好得发昏’。剩女的恋爱，还真的就像老房子着火，那就让它烧吧，熊熊燃烧！谁管得了下一秒会怎么样？不过，倘若有一天你觉得这感情不对，就一定要像现在这样，能勇敢地拿起，就能勇敢地放下。别让自己受委屈，知道不？爱情很容易让人变得卑微。”

“为新时代女性干杯！”两人喝光了杯中酒。

“最近联系肖课了吗？”赵静突然问。

“没有呢，忙得都顾不上。”方小初想起肖课去力克面试的事，告诉赵静说，“你知道吗？肖课和黄建华都去力克面试过。我也去过，力克改了公司名字，去了才知道。”

“肖课确实是跳到力克了。”赵静说。

方小初一点儿也不惊讶，她对赵静说：“接下来，就要看黄建华的定力是不是深厚了，我倒是希望公司能用课长职位来挽留住他。否则，你走了，黄建华再走了，更是一团乱，到时候受累的是我们。”

赵静喝得有点醉意，她大笑说：“小初，你看来任重道远，要在广东市场与肖课面对面了。好在你们双方都在明处，大家彼此了解。”

方小初说：“NO，我不了解肖课。他在大精隐忍了那么多年，一直像打杂一样，对他的能力，我估量不到啊。”

赵静说：“走一步看一步，我现在可有不少时间，回头把广东的各主要事项给你列一下表，整理好了发给你。松田为了不看到我，连交接的时间都不给，离个职嘛，搞得跟背叛了他似的。”

方小初说：“松田认为铁打的营盘流水的兵，离了谁都行。不过确实是这样！离了谁，地球不可能就不转了，或者转得更快了。艰难是艰难些，总会过去的，而且，谢部那边也对市场大概了如指掌，所以松田也是有恃无恐的。”

方小初说完，举起酒杯，说：“亲爱的，为你的春天，我的冬天，干杯！”

赵静也端起酒杯：“为你和郑子衿能早一天去云游世界，祝福。”

两人一饮而尽。

第三十九章 选　择

一晃，半年即将过去，6月是至关重要的一个月。而大精每年都会有一个半年会议，商讨各区域情况，有问题及时解决，并制定下半年对策。

这样一来，销售担当们在繁忙的工作之外，又增加了很多工作量，每个人都忙得灰头土脸。

同事们都先后出差了，方小初因为有新的任务，比平常要多做功课，所以晚走两天。她让区越先去了山东，并给华为夷打电话，让他安排区越的工作，自己则留下来和谢嘉义、王飞雨一起了解广东市场。

这天谢嘉义又把方小初叫到会议室，方小初正要喊上王飞雨一起进来，被谢嘉义制止了："小初，先不忙叫他，我们单独聊聊。"

方小初坐下，等他发话。

"呃，有两件事，第一，松总和我，还有人事部商量过，考虑到你现在负责两个区域，工作量加大，又要带新人，以后还有可能负责一些培训工作，所以打算给你加薪。这是我们临时加薪的表格，内容不多，你看一下，再签个字就行。"说完，谢嘉义递过来一张纸，是半张A4纸大小的表格，上面姓名、部门、职务、加薪金额和理由等均已填好，就等签字。

方小初看了一眼，加薪1500元，她没有多想就签了字。

谢嘉义说："这个数字或许并不大，但你知道的，我们一般是年底才会统一加薪，而且前段时间刚加过一次，这是松田定的数字，希望你能满意。"

方小初说："谢谢，不过这1500元的含金量肯定不低。"

谢嘉义笑笑。谁都知道，这小小的1500元可是要员工拿更多的工作去换的，白拿不了。而且赵静刚刚离职，方小初又和她关系要好，会不会受她的影响这可说不准，必须先把方小初稳定下来。

方小初接着问："谢部，还有别的事？"

谢嘉义说："是的，就是关于课长考核的事，你会参与吗?"

方小初半天没有回答，她并不想参与，她不想像肖课一样做那些订酒店订礼物的杂务。在大精，课长唯一的好处就是可以再度加薪。

谢嘉义见她没回答，也没有再继续等，就说："这事考虑考虑，等半年会议过去，这事就该定一定了，还有些时间，不急。"

方小初为不用回答这个问题而松一口气，转而又抛出新问题："谢部，我倒有些事情。"

"你说。"谢嘉义看着她。

方小初说："我们的销售队伍，大家负责的市场差距太大了。比如说我，一个人负责2个A类区域，一年的销售额加起来有8000来万；但还有同事负责的小区域，每年也就几百万，大家的能力真的差那么多吗？我总觉得这样的安排，会造成很多人心里的不平衡，每个人都愿意看到自己的能力被认可，人很容易有情绪的。如果是我，我就会有情绪，我不是圣人。"

谢嘉义扑哧笑了："可我们大精是按增长率拿工资的，你看负责小区域的同事，赚的钱不比你少啊，他们基数小，增长容易。大家应该很容易接受这样的安排吧。"

方小初自从接手了广东，几天几夜没睡好，很有压力。她说："谢部，你说的对，可能因为我是一个挺重视能力的人，希望被肯定。你说我丑，都比说我'不中用'让我舒服，我很希望能挑战自己，但也知道做销售不是表表决心就可以做好的，我现在很怕我把这么重要的两个市场搞砸。"

"原来是这样。"谢嘉义明白了她的顾虑，他说，"你之所以有压力，说明你有责任感。我们部门里有能力者大有人在，个个都是一把好手，但是论责任感来说，却真的没几个。就前几天新人们的第一次报告，听听就能听出端倪，我和松总一致认为：你是最认真的。而且听华为夷说你把他们的业务员也带得很好。你经常都觉得自己很忙，可你知道其实好多同事一出差就等于放鸽子了吗?我们对此睁一只眼闭一只眼。"

方小初知道他说的没错，可还是很不接受他说下属的事，疑人不用，用人不疑，销售人员在一线上绝对是付出比偷懒多得多！

方小初没法反驳他这些，领导都喜欢过快对人下结论，她又改变不了这一切。

谢嘉义接着说："重点是，你还没有意识到这是对你的一个提高。管理能力，难道只需要给一个头衔就能锻炼了吗？虽然你负责2个大区域，可其实你和负责小区域做的工作是没有什么区别的。无论是大、小区域，我们大精的销售模式基本都一样。这正是给你的最好成长机会啊。”

方小初基本被他说服了，领导就是领导，你有一千个心思，他们就有一万个对策等着你。

“怎么样，消化了吧？哈哈哈。”谢嘉义跟没事人一样，看着方小初说，“把王飞雨叫进来吧。”

于是三人又开了一个长长的会，主要涉及广东区域大小问题，不再赘述。

好不容易忙完一天的工作，郑子衿在公司楼下等她，外面已是夜色一片。他的新工作还未正式开启，最近时间比较多，可以经常陪陪方小初。

和郑子衿在一起时，方小初极少谈到自己工作中的事情。可今天一看到他，方小初就再也控制不住长久的压抑，只想一吐为快。

郑子衿看着方小初的黑眼圈，知道她最近压力肯定不小，心疼地问：“最近天天熬夜啊？”

方小初把最近发生的事情说给他听，说完后把头靠在他的肩膀上，不再说话。郑子衿抚弄着她的头发问：“你会去申请当课长吗？”

方小初说：“不会。我不想当部长的大管家。”

郑子衿说：“当了课长，想带你去玩就更难了。”

方小初说：“你知道吗？其实在见你之前，我就知道你做摄影师了，你以前兼职的那个网站，就是唯唯她老公所在的公司。当时我就好羡慕你，觉得我们的生活真是天壤之别。我身在大上海，却是井底之蛙，对外面的世界充满着好奇，几年了都没有走出去看看。”

郑子衿说：“哦，原来你早知道我的消息了，居然还玩神秘。”

方小初生气地说：“郑子衿，我说的重点不是这个。”

郑子衿说：“没遇到你之前，我做我的寒酸的摄影师，很快乐，觉得赚点钱够花就行；可我们再次走到一起后，我的观念几乎是刹那之间就改变了，我要做一个收入稳定的摄影师，我要对你负责。但我觉得这改变很幸福，没有被强求的感觉。”

看方小初没说话，郑子衿拍拍她的脑袋，继续说道：“小初，你难过，是因为你还是一个热爱生活的人，而且还对生活很负责任，只是这个责任和你喜欢的生活方式发生冲突了，对吗？我们都是一样的人，不喜欢对任何事情无能为力的感觉，却又什么都改变不了。”

方小初说：“不是。我难过，是因为我现在饿了。”说完，离开郑子衿的肩膀。

郑子衿一脸的无辜：“早知道美食能治愈一切，我就不那么绞尽脑汁背台词了。"

方小初伸出双臂用力地抱住他，说："子衿，你说的我全都听进去了，有你在，我有什么可万念俱灰的？充其量就是一些工作的压力而已，我没那么脆弱。而且，我听到你说要为我负责，你打算怎么负责呢？打算一直让我饿下去吗？"

郑子衿看到她已经没事，一如以往的坚强，很是欣慰。他笑着说："我给你做饭吃，尝尝我的厨艺。"郑子衿的笑容和以前一样，眼角一弯，就能融化所有的冰雪，一如十年前白衣蓝裤的少年时。

方小初挣开他的环抱，立刻往外走，一边说道："那还等什么？去你那儿吗？"

在郑子衿的租住房里，郑子衿在厨房里忙活着，他早就买好了满冰箱的食材，打算改善一下方小初的生活。合租的另外一个人这几天出差在外，方小初很是自由自在。

方小初几次想搭把手，都被郑子衿赶出来，他说："这些年自己一个人生活，早练就独立生存的能力，你再等一下，马上就好。"

等郑子衿把菜端出来的时候，方小初已经在沙发上睡着了。郑子衿把她叫醒，打算让她吃饱了再睡。谁知方小初一睁眼，看到满桌的菜色，立马来了精神。

她对郑子衿说："真看不出来，你居然会做饭。你不是文艺青年么？我们现在可以开始了么？"

方小初每吃到一个菜都要赞叹几句，她说："我自以为我也挺会做饭的，现在才知道，我做的那些都没难度。"

吃完饭后，在郑子衿的卧室看他的摄影作品，没想到他居然获过大奖，但从来没有听他说过。方小初意味深长地说："我越来越崇拜你了呀郑子衿。"

郑子衿装作痛苦地说："只是不知道，什么时候我的行程才能加上你，我们一起出去，住宿节省一大笔嘛。"

"住宿当然……"方小初突然明白他的意思，没有拆穿他的邪恶，故意说，"省钱啊？那我们就住青年旅舍，那种床位的，跟五湖四海的人住一起！省钱又好玩！"

郑子衿不服输："好啊，让你听五大洲不同男人的打呼噜声，我听过的，真的是百转千回、行云流水呢。"

方小初突然坏坏地问他："郑子衿，你不要告诉我，你还是……"

郑子衿说："是。"

方小初听后笑呵呵地跑开了，跑到沙发上继续看电视。郑子衿也过去，两人依偎在一起聊天。

聊着聊着方小初就困了，又在他肩膀上打起了盹儿，郑子衿发现她的声音越来越游离，就挺着身体让她睡，半天没敢太动弹，最后肩膀都酸了。

等一觉醒来，发现天已经大亮。郑子衿就在身边，身体稍歪了些，靠着沙发靠垫。方小初想，为什么在他身边就会情不自禁的神经放松，像午后的猫一样赖在阳光里，说睡就睡着了?

就这样，两人匆匆见了一面后，很快方小初又出差了。

谢嘉义陪同她和王飞雨一起去广东，目的是介绍方小初给各大客户认识。出发前的两天，已经给所有的客户都发了“广东大区负责人变更通知书”。

在广东的前三天，谢嘉义都是带方小初见重点客户。谢部大驾光临，自然天天都少不了有人请客吃饭，好在广东人并不如北方人那般爱劝酒，三个人状态并没有受影响。第四天下午谢嘉义就走了，交待了一些注意事项，说了加油打气的话。

尽管做了那么多的准备工作，方小初还是感到不知从何下手。包里背着三本厚厚的名片夹，都是赵静留下来的，赵静做事向来有条理，连名片夹都分门别类，整理有序。

新的区域，棘手问题多多：广东地区的代理商和赵静合作多年，形成的默契和信任感不是一朝一夕可以做得到；力克的攻势看来也是越来越大，方小初才见过几个重点客户，就3次在车间看到过力克的产品。

方小初没打算去联系老肖，这是毫无意义的事，谁都没法去损害自己公司的利益去达成什么协议，充其量只能问问好。而且双方较量起来，老肖对大精了如指掌，自己在明处、人家在暗处，有点吃亏，还是保存些实力。

方小初恍然大悟松田和谢嘉义当时对肖课的安排：公司上级永远不会对下属百分百放心，如果当时就让肖课接触太多的销售管理内容，现在面对的更是一个强大对手啊！

转而想到即将到来的课长职位大战，方小初在心中更坚定了自己的想法。

王飞雨真是没有看错，他头脑灵活，做事思路清晰，而且最重要的是非常勤快，很擅长时间管理，拜访的成效明显。通常都能汇报来最有用的信息，以此施以解决方法。

方小初此刻才真真切切地感受到，有一个得力的助手是多么重要的事，是真正能替自己分担太多的工作量的。

方小初马不停蹄南北两地来回跑，直到月营业会的前一天才回到公司。

回到公司的方小初明显比出差之前消瘦了不少，方小初自嘲说现在一定能穿上S号的衣服了。同事们看到她，都大呼瘦了，想必是人人都觉得她就是课长人选了，言语当中还多了一些小心翼翼。

廖成对自己的仕途有一点放弃，他对方小初伤感地说："重点区域都轮不上我，课长是别想了。咳，负责小区域也挺好，增长快，赚钱不少。"

方小初第一次听到他说一些中肯的话，看他落寞的表情心生一些同情之心，安慰他说："升职加薪也是为了赚钱，你年年增长幅度那么大，赚钱才是根本嘛!"

方小初回公司太晚，于是熬夜赶营业报告，又是半个通宵。

前2个季度的销售总结会，比平常的月度营业报告延长一天，3天的半年会结束后，这一年就结束大半了。

大精的业务增长率是16%，与预期的18%有一些差距，但通常每年的高峰定货期都是在最后一个季度，所以松田对前半年的完成基本是满意的，加上近期人员不稳定让他有所收敛，没有对任何人发飙。

开完会刚坐下准备放松，谢嘉义告诉大家："课长晋升考核办法已经发到每个人的邮箱，你们看一下，有意向者将自己的那部分认真填好发到我的邮箱。有一些别的部门，领导评估的要空出来，记得不要填。最晚明天下午下班前发给我。"

方小初打开副件，是一个EXCEL表格：

管理人员绩效考核评估表（包括以下内容）

员工姓名

所在岗位

工作时间

公司服务时间

评估期间

晋升岗位

过去两年业绩达成率：部门提供

解决问题能力：自我评分、部长评分、副总评分、偏差

团队合作性：自我评分、同事评分、部长评分、副总评分、其他部门评分、偏差

执行能力：自我评分、部长评分、副总评分、偏差

组织管理能力：自我评分、部长评分、副总评分、偏差

工作技能：自我评分、部长评分、副总评分、偏差

工作态度：自我评分、部长评分、副总评分、偏差

处罚与奖励

部门领导意见

人事部门意见

合作部门意见等

总分一共 100 分，得分最高者晋升为课长。

大致浏览完毕，方小初就关闭了邮件。有人朝她这里看来，方小初过滤掉所有的眼光，全情投入其他的工作。

第二天，谢嘉义收到申请课长的八封回执，没有方小初的。

谢嘉义突然明白为什么在之前的交谈中，方小初没回答他这个问题，原来她是真的不想参与。

有 2/3 的人没有回复，多数是没有负责公司重点区域的员工。每个人都很清楚自己在一个环境里所处的位置，人人都能分析到一件事物的可能性，这样或许还能换来一个云淡风清。

谢嘉义本来想找方小初谈话，问问这一个月以来工作的情况，还有为什么不想晋升课长；他刚拿起话筒，这时看到玻璃门外方小初正在拉着王飞雨和区越两人说话，想必是交流工作内容，所以作罢。

这个缓冲的时间让谢嘉义重新梳理了想法，他决定不再提及此事。

第四十章　且行且珍惜（大结局）

这个月有不少同事刻意推迟了出差时间，在公司静观其变，因为评估表里有些选项是“同事评分”，所以竞选者们有意无意比平日更接近身边同事，销售部比以往更显一派和谐景象。

方小初把出差申请一提交，等签字下来，就带着区越和王飞雨早早出差了。王飞雨一个人飞往广州，方小初先和区越去山东安排工作。三人的航班时间接近，遂从公司出发一起打车去虹桥机场。

过了安检后还有一些时间，三人找了个咖啡厅坐下来。方小初正要打开电脑，王飞雨说话了：“方经理，强迫自己，休息一下呗。”

方小初接受了他的建议，把电脑合上。区越则关心另外一件事，他属于直来直去心眼儿不拐弯的类型，在公司里就按捺不住差点想问了，他问道：“方经理，你竞选课长吗？”

方小初开怀大笑，等笑够了，眼含深情地面对着前方，做出一副坚定样说：“我深深地爱着大精！”

王飞雨和区越丈二和尚摸不着头脑。

方小初看着两人，解释说：“你问我‘竞选课长’嘛，我就想起‘竞选总统’了，所以，我必须要表达一下对组织和人民的热爱嘛哈哈。”

两人明白了方小初的冷幽默。

方小初告诉他们：自己没参与。

区越很不解：“为什么呢？”

“区越，你不想让我带你啦？我要是当了课长，看你去哪儿找我这么好的老师去？”方小初故意这样说。对区越这样的大嘴巴，又心直口快的，不能和他表达太多内容和心情。他本身并无坏心眼，可看问题简单，保不准哪天和别人分享去了。

王飞雨脑子更好使一些，马上加了一把火："就是，我这才刚让方经理带着跑市场没几天，我还没有享用够呢。"

区越已经被绕进去了，早忘了自己提问题时想要的答案，只一个劲地附和："也是，也是。"

王飞雨要登机了，和他挥手告别后，方小初和区越坐在候机室继续等。因为听了王飞雨的建议关了电脑，方小初不知道该做什么。

这是多年来形成的强迫症，过度依赖电子设备，无论是洗澡吃饭还是坐车睡觉，电脑或手机都在1米以内的地方。现在是时候慢慢抛下这些高科技的束缚了。

区越总是有各种新鲜的问题，他看方小初无聊，又主动找她说话："方经理，我以前的公司，新人进公司时都会有一些户外的拓展训练，每年也有一次旅游，大精有吗?"

方小初依然看着座位前方，一边回想一边回答区越的问题："日本总部有这样的活动，不只是新人入职，员工每年都有机会去拓展。听说很艰苦，不是我们想象中的那种轻松。有日本同事说，活动每年不一样，爬富士山、滑冰、越野跑、蹦极，还要去田里收庄稼。日本人的敬业和吃苦你是领教过的，他们可是来真的。"

区越听着很兴奋："我觉得还挺刺激的呢，那我们上海公司没这样的活动吗?"

方小初呼一口长气，说道："哎，逐年递减中……我记得刚进公司时，虽然没有像总部那么大型的活动，但还出去过两次：第一次是被拉到上海近郊，安排了类似于户外冲锋CS、露营那样的活动，松田玩起来还是挺疯的，你能看到和办公室里完全不一样的他，那时候就体会到他是真正能做到'劳逸结合'的。

"第二次也是在上海近郊，反正就是从来没出过上海呵呵，让肖课设计和安排了一系列的游戏，什么游戏呢？就是穿裙子都可以去玩的、很小的游戏，只需要热情，不需要什么智商和体力的游戏。然后一起唱歌，吃饭，有点隔靴搔痒的感觉，不太尽兴。

"再后来，就没有后来了，只剩下每个月营业报告会后的聚餐。"

区越问："如果有像日本总部那种野外的训练，你愿意去吗?"

方小初肯定地说："我愿意，我的生活太枯燥单调了，需要刺激。"

区越说："我以为你不敢呢，比如说蹦极。"

方小初说："你小看我，我心里可是住着一个爷们的。"

"公司不组织，我们可以自己去玩！我们两个，再加上飞雨、Mike，四个人去报名参加个户外训练啥的，肯定挺带劲。”区越幻想着。

“三男一女，四人帮啊？区越你真行，哈哈哈！公司知道了一定以为我要拉帮结派呢，或者以为我要老牛吃嫩草，从身边小男生下手。不过想到松田气得脸僵的样子，我是有快感的，冲着这个也要去玩。完了，我不该给你说这些，我应该时刻给你正能量才对。”

“我们都成年人了，谁对公司的事不是心知肚明啊？”区越爱逞聪明的特质又来了，他“切”了一声，表示对方小初刚才的话不以为然，他接着说，“谁让他不带我们去玩？我年轻有活力有能力，可不想过早地像他们一样秃顶。”

他嘴里说的‘他们’是指松田和谢嘉义。

方小初不想让这种能量蔓延下去，尽管心里很认同区越的态度。但她作为老师，不能东西没学会，先诱发了他人一堆牢骚。她又一次及时地将脱缰野马般的区越拉回现实：“区越，该登机了。”

在山东只待了一周，就飞往广东。山东是自己做了几年的区域，情况了如指掌，和代理商的合作也越来越有默契，经过上次霍李威士的招标，华为夷对方小初信任更上一层楼，当面感谢过她为华丰做的那么多工作，那是他最真诚的时刻。

方小初现在每次来山东，都会给华为夷带一些上海的、或是进口的稀罕特产以拉近彼此的关系。自己分身乏术，华丰成了山东区域最主要的一个大本营。加上 Mike 和区越两个人的业务能力也渐入佳境，这时大多数的精力，都由山东转向广东。

不知不觉又快到月底，很多同事都已经回沪，方小初和王飞雨还有很多工作没完成，推迟了回公司的时间。

这天拜访完客户，两人在肯德基啃汉堡包。最近他们吃的最多的就是快餐。一是因为老肯、老麦随处可见，很方便；二是每天的行程真的很赶，常常是带上外卖到车上吃。

因为肯德基有 Wifi，手机很快联上了网。方小初打开公司邮箱，看到几封未读邮件，最醒目的一封就是人事部门发的“销售部员工晋升通知书”，方小初拿着手机让王飞雨看，王飞雨也很想知道，凑过来急切地看正文：

销售部员工黄建华（原职务：区域销售主任），因其优秀的工作表现，丰富的工作经验，良好的责任心和团队合作精神。经公司严格考核，现晋升为销售部销售课长一职，向部长谢嘉义汇报。

人力资源部　20××年7月27日

王飞雨想方小初会不会有些失落？转念一想，是她自己主动放弃竞争的怎么可能失落？于是放松地和方小初开起玩笑说："国不可一日无君，销售部也不可一日无课长啊，我们又群龙有首喽！"

方小初也跟着笑，这是她预料中的结局，于情于理，都应该是黄建华担当此职。他在部门里年龄最大，工龄最长，能力又不在话下，只是平常不太关注其他同事，有些个人主义。公司让他担任课长，正好一改他只做自己事情的作风。当了领导，以前的同事都成了你的下属，他们的工作统统也是你的工作，与你息息相关了。

"只是我们多了一个领导，浙江区域又少了一个负责人，不知道谁会像我一样临时受命？"方小初这样想着，忽而又觉得自己杞人忧天，实在不该操这些无谓的心。

大精终究还是有破例的，方小初想。

自己从年纪轻轻做销售，一路成长过来，始终没有真正猜透高层管理者的思维。人站的高度，决定了看世界的角度。

船到桥头自然直。我们每个人都像一枚面值最小的硬币，掉在地上，都很少有人会捡，我们不是明星，哪来的那么多观众？除了亲人，谁又那么的不可或缺，又何须背负那么多的压力呢？

方小初终于明白，自己肩膀上的压力其实都是强加给自己的，出于追求那种稳定的安全感。在大精的5年里，抛开拥挤的假期，都不曾真正地放松过。

方小初想起区越的建议，向身边的王飞雨说了，没想到王飞雨果断赞同："当然好啊，我们这么年轻力壮，自己去组织户外拓展多有趣！"

方小初被他们感染，说道："是啊，我们不该被写字楼捆绑，等有空我就安排，只是要保密。对了，飞雨，我不在广州的时候，你一个人能应对不？"

王飞雨以为方小初要离职，他看她对课长一职都不感兴趣，就有这个预感。他急急地问："方经理，你……你要辞职吗？"

方小初说："不是，我不会辞职，我还有房贷要还呢。我打算请个长假。"

"多久？时间太长领导们会准假吗？"王飞雨很怕这个尽职尽责的老师会长时间不在。

"我打算请半个月，"方小初顿了顿，铁定了心，"这么长时间，事假不好请，我就请病假好了。"

王飞雨比较迷信，他说："不要这样咒自己吧，就实话实说。"

方小初想想也对，君子坦荡荡嘛："好，那我就请事假。我就是想放松一下，养足了精神就重新战斗。"

"你打算什么时候开始休？"

“这次回去，我们公司8月份有4天高温假的，你还不知道吧？我可以连着高温假一起休。”方小初回答说。

“好吧。”王飞雨有些小失落，他心里对独立工作没底。方小初看透了他的担心，给他打气道：“有谢部，有新的课长，还有这边的代理商，没有问题的。有事还可以给以前的赵静或给我打电话。赵静一定会不吝赐教，我会提前和她说明。”

王飞雨点点头。

说完方小初马上给郑子衿打电话，告诉她自己要请长假的消息，她说：“子衿，我想好了，8月请假和你去避暑！”

郑子衿早就盼着这一天，他开心地说：“哈哈，我就知道你按捺不住了，一切交给我安排。”

方小初开始了新的兴奋和期待，她恨不得马上就递交请假单。

因为人员一再调动和流失，大精的销售部最近大会小会增多，一个接一个，商量各种对策。方小初刚接手广东还没稳定，现在又要物色新人选接手浙江，诸琳那边出了多套方案来应对。

谢嘉义想既然方小初开了一个先河，所以完全可以内部物色，同时委托猎头直接挖人。可一时间到哪儿去找一个一来就能上任的区域经理呢？没办法，黄建华只好继续兼管浙江区域。

前几天方小初突然请假的消息也让谢嘉义心生不快，这纯属火上浇油的性质嘛！但方小初坚持说有事不得不走开，不能太不通情达理，只好勉强地签字了。

方小初请假时，告知谢部肖课跳槽到力克的消息，让谢嘉义心情跌到了谷底。他反复叮嘱方小初，事儿忙完了快点回来。

大精依旧一派四脚朝天的忙乱景象，那边方小初和郑子衿正在欢快地打包行囊，准备出发。

方小初第一次看到郑子衿专业出行的装备，很多的东西她见都没见过，比如隐形钱包和空调T恤，都让她在心里啧啧称奇。最后干脆将自己的行李也交给他打理了。

郑子衿拿出一瓶防晒霜给方小初看，炫耀着说：“小初同学，你们女人大概都不知道，花几百块买高级防晒霜，都没有我这个神霜管用，而且物美价廉。”

方小初拿着那瓶防晒霜反复看，都想不出这是什么牌子。郑子衿神秘一笑，说：“请允许我卖个关子，暂时不能告诉你，你要是知道了，以后还怎么依赖我？”

方小初恍然大悟："我还一直奇怪呢，你天天上山揽月、下海捉鳖又丛林冒险的，怎么皮肤还这么好？"

郑子衿被她逗乐了，说："我之所以不想晒成非洲土著，是因为心存一个信念，就是怕有一天再遇到你时，丑得不能看。我听说女人也都是外貌俱乐部的呢。"

方小初调侃道："意思是说，这还是一个励志故事？"

郑子衿说："嗯，可以这么说。"

方小初突然悲哀地说："而我只要一出现在你面前，就总是出糗。"

郑子衿不要命地说："没办法，因为你邋遢的时候太多了。"说完自己先被逗乐了，戏谑地看着方小初。

方小初发誓今天一定要揍他个生活不能自理！

欢乐的时光总是很快，几个小时后，两人已经坐在去呼和浩特的飞机上。郑子衿说要先带她去看草原星空蒙古包等塞外风光，去品尝那一吃就忘不掉的牛羊肉，玩够了以后再转飞机去满洲里。

方小初问："为什么想到去满洲里呢？因为凉快吗？"

郑子衿说："因为你说你没有时间去办护照，又想看看不同的风景，那满洲里就是最合适的选择咯。因为那里有浓浓的异域风情！"

"郑子衿！"方小初叫他。

"干吗突然连名带姓叫我？"郑子衿很奇怪。

"我这次出来，可是在公司最需要我的时候，很不仗义地开溜的，所以一定要玩得痛快，才能捞回票价！我只带了眼、嘴、鼻、耳、腿，没带大脑，我想过几天不需要智商、不思进取、颓废至死的日子，所以，一切需要动用脑细胞的事，就拜托你啦！"

"嗯，虽然我智商也不太够用，但我试试吧。"郑子衿说。

"你还得教我摄影。"

"这个需要智商的。"郑子衿提醒她。

"哦，那算了。"

"我给你准备了最简单的相机，很好操作的。"

方小初说："算了，我要是会摄影了，小心抢你的饭碗，而且，你得保留一个让我心生崇拜的技能对不？"

郑子衿问："小初，你在飞机上拍过图片吗？"

方小初摇摇头："没有，我一直都是飞机还没飞就睡着了。"

"你看……"

飞机窗外如层峦叠嶂般的云海，毫不客气地向上翻滚，与湛蓝的天际浑然天成，煞是壮观美丽。两人把脑袋凑到小窗户前，贪婪地看着这曾经无数次错过的美景，早忘了要睡觉的事。

路就在脚下，何须待到朱颜辞镜花辞树呢?